# Die Legenden von Shèngdì

## – Das Geheimnis –

*von*

*Steve Erun*

Bibliografische Information der Deutschen Nationalbibliothek:
Die Deutsche Nationalbibliothek verzeichnet diese
Publikation in der Deutschen Nationalbibliografie; detaillierte
bibliografische Daten sind im Internet über dnb.dnb.de
abrufbar.

Herstellung und Verlag:
BoD – Books on Demand, Norderstedt


ISBN 978-3-7448-5594-5

# Der Legende Vorwort

Eine Frau, deren Leben in wenigen Augenblicken völlig auf den Kopf gestellt wird… daran ist doch nichts besonderes, werden Sie denken und Sie haben im Prinzip recht, verhielte es sich nicht so, dass sich besagte junge Frau, Ende des 16. Jahrhunderts in China befindet.

Xian Li (gesprochen: Schian Li), so ihr Name, hatte schon diverse Abenteuer in ihrem Leben bestritten und war der Ansicht, mit allen Wassern gewaschen zu sein, doch dann geschah etwas Unerwartetes…

… aber *das* lesen Sie besser selbst!

Ein paar einleitende Worte sollen Ihnen, werter Leser, den Einstieg in dieses Buch erleichtern, damit Ihrem Lesevergnügen nichts im Wege steht.

Das Buch ist im sogenannten Short-Story-Stil geschrieben. Das heißt, jeder Teil ist eine eigene Kurzgeschichte (Short Story). Die einzelnen Kapitel sind in sich abgeschlossen, aber erst alle zusammen ergeben die Handlung. Wobei die Bezeichnung „Kurzgeschichte" den Stil und nicht die Länge der Kapitel definiert. Ereignisse werden kürzer und prägnanter erzählt, als im Romanstil. Eine mehrseitige Beschreibung, wie ein Weg zurückgelegt wird, oder wie die Bäume im Wald rauschen, wird man hier vergebens suchen.

Zu vielen Begriffen steht eine kurze Erklärung in einer Fußnote. Wer an genaueren Informationen interessiert ist, findet im Anhang des Buches eine Übersicht (das Glossar). Das gilt für alle Begriffe, die in DIESER besonderen Schriftart dargestellt sind.

Nun wünsche ich Ihnen spannende Lesestunden!

Ihr Steve Erun. Wien, 2017

# Der Legende erster Teil: Das Unwetter

Die Sonne brannte unbarmherzig auf die Wüste herab, die Luft flirrte vor Hitze und man würde nicht erwarten, in dieser Gegend jemanden anzutreffen. Und doch bewegte sich eine Gestalt auf den Rand der Wüste zu. Ihr schwarzes Gewand flatterte im heißen Wind und der große Bambushut war tief ins Gesicht gezogen. Auf den ersten Blick konnte man daher nicht erkennen, ob es ein Mann oder eine Frau war, die sich den Weg durch diese unwirtliche Einöde bahnte. Wang Xian Li konnte das nur Recht sein, schließlich musste nicht jeder gleich wissen, dass er es mit einer jungen Frau zu tun hatte. Sie war jetzt auf dem Rückweg in ihr Dorf, am Fuße des TIAN SHAN-Gebirges. Viele Wochen war sie fort gewesen, um die TAKLAMAKAN-Wüste zu erkunden.

Doch wie kam eine junge Frau überhaupt dazu, wochenlang durch die lebensfeindliche Wüste zu wandern? Sie war eine Abenteurerin, die stets neue Herausforderungen suchte und so wagte sie sich dorthin, wo sich sonst niemand hintraute. Ihr Äußeres schien jedoch so gar nicht dem zu entsprechen, wie man sich eine Abenteurerin vorstellte. Sie war weder besonders groß, noch schien sie kräftig oder muskulös zu sein. Mit ihren streng zurückgekämmten Haaren, die hinten zu einem Knoten gebunden waren, wirkte sie eher wie eine junge Ehefrau, die ihre Tage damit verbringt auf kleine Kinder aufzupassen und einen Haushalt zu führen. Wer sie jedoch näher betrachtete, würde feststellen, dass ihre disziplinierte, gerade Körperhaltung und ihre Art zu gehen, dem widersprachen und eher auf eine trainierte Kämpferin hinwiesen. Auch wenn sie diese, wegen der Sonnenglast, fast geschlossen hatte, entging ihren wachen braunen Augen kein Detail ihrer Umgebung.

Xian Li liebte die Einsamkeit und genoss es, wenn sie lange niemandem begegnete. Zwar war sie beileibe keine Einsiedlerin, doch ertrug sie die Nähe vieler Menschen nicht allzu lange. Dann musste sie wieder eine Zeit lang allein sein. Aber eine junge Frau, die ganz allein durch das Land zieht, dass sie mit Banditen, Wegelagerern und anderen Subjekten teilt, die sich eine allein reisende Frau gern einmal »näher« ansehen würden? Nun, sie hatte gelernt, auf sich selbst aufzupassen. Wenn ihr unfreundliche Zeitgenossen begegneten, die der Ansicht waren, dass eine junge Frau eine leichte Beute sein müsste, so hatten die Angreifer meist keine Gelegenheit mehr, diese Fehleinschätzung hinterher zu bereuen. Sie hatte, von frühester Kindheit an, bei einem großen Kung Fu Meister gelernt und es selbst zur Meisterin der Kampfkunst gebracht. Sowohl ohne, als auch mit Waffen, wie dem JIÀN[1], oder dem SHÀN[2], den sie an ihrem Gürtel trug, konnte sie sich hervorragend zur Wehr setzen.

Sie war jetzt noch etwa eine Tagesreise von ihrem Dorf entfernt und plötzlich begann sich der Himmel bedrohlich zu verfinstern. Sorgenvoll blickte sie auf die Wolkenformationen und erkannte, dass ein Gewitter heraufzog.

'Erde und Himmel wollen Krieg gegeneinander führen', dachte sie, 'ich muss sehen, dass ich irgendwo eine Höhle oder wenigstens einen Überhang finde. Wenn mich die Macht des LEI KU[3] ungeschützt trifft, trete ich schon bald DI-KANG WANG[4] gegenüber!'

Gewitter waren selten hier, an den Ausläufern des Tian Shan, konnten dafür aber umso verheerender sein, wie sie aus Erfahrung wusste. Nicht selten

---

[1] Ein Schwert
[2] Ein Fächer aus hartem Material, der als Waffe Verwendung findet.
[3] Chinesischer Gott des Donners, der Wolken, des Sturms und des Regens.
[4] Chinesischer Gott des Jenseits.

verwüsteten solche Unwetter große Landstriche, lösten Erdrutsche aus und zerstörten ganze Dörfer.

Sie lief schneller in Richtung der Felsen, in der Hoffnung irgendwo Schutz zu finden. Offenbar waren die Götter ihr heute wohlgesonnen, denn schon nach kurzer Zeit fand sie eine kleine Höhle.

‚Welch ein Glück! Diese Höhle ist groß genug, um das Unwetter darin abzuwarten', dachte sie.

Nicht lange, nachdem sie ihren Unterschlupf erreicht hatte, fielen schon die ersten Tropfen und nur wenige Minuten später regnete es nicht nur, es schüttete, dass Xian Li keinen Meter vor den Eingang der Höhle sehen konnte. Schnell kam zu dem Regen noch ein Gewitter, das so heftig wurde, dass man hätte glauben können, die Blitze würden das ganze Gebirge sprengen und der Donner war kaum mehr zu ertragen. Sie hielt schützend die Hände über die Ohren, doch dämpfte das kaum das Grollen des Donners. Es klang, als würden tausend Kanonen gleichzeitig abgefeuert und das Echo ließ den Lärm nachhallen, scheinbar bis in die Unendlichkeit.

Donner und Blitz überschlugen sich nun fast und schaurig erhellte immer wieder das fahle Licht der Blitze den Eingang der Höhle. Durch den ohrenbetäubenden Lärm waren ihre Nerven zum Reißen gespannt und sie wusste, dass dieses Unwetter mehrere Stunden anhalten konnte.

Plötzlich hörte sie ein Grollen und Poltern, das nicht vom Gewitter herrührte und ihr stockte der Atem. Eine Gerölllawine ging ab! Wenn die Steine den Eingang verschütten würde, sähe es schlecht für sie aus. Aus der Höhle heraus sah sie Unmengen von Steinen vor dem Eingang ihres Unterschlupfs niedergehen. Bange Augenblicke lagen vor ihr. Würden sie weiterrollen, oder sie lebendig begraben? Immer mehr Geröll polterten den Hang über der Höhle herunter.

‚Ein großer Brocken, der den Eingang verschließt und diese Höhle wird nicht meine Rettung, sondern mein Grab sein', dachte sie angespannt.

Sollten ihre Abenteuer, nach allen Fährnissen, die sie überstanden hatte, hier in einer kleinen Höhle ein jähes Ende finden?

Endlich fielen keine Steine mehr herab und Xian Li atmete erleichtert auf. Heute war BUDAI[5] wohl auf ihrer Seite, denn die Steine waren weitergerollt und der Eingang war frei geblieben.

‚Das war aber verdammt knapp', überlegte sie und fragte sich, wieviel von ihrem Glück sie wohl heute schon verbraucht hatte.

Das Unwetter wütete weiter und weiter und es schien sich kein Ende abzuzeichnen. Mehrere Stunden war sie dem Terror der Elemente nun schon ausgesetzt und es erforderte eiserne Selbstbeherrschung, nicht die Nerven zu verlieren und einfach hinauszurennen, was den sicheren Tod bedeuten würde.

Endlich, nach einer Ewigkeit, wie es ihr schien, begann das Unwetter abzuflauen. Es donnerte jetzt seltener und auch die Blitze wurden weniger und schließlich hörten sie ganz auf. Allmählich ließ auch der Regen nach und bald tröpfelte es nur noch spärlich. Dann war es endlich vorbei.

Inzwischen war aber die Nacht hereingebrochen und man konnte in der Dunkelheit nicht die Hand vor Augen sehen; an ein Weitergehen war daher nicht zu denken.

'Lei Ku scheint sich endlich wieder beruhigt zu haben! Doch es ist spät geworden. Ich werde die Nacht wohl hier verbringen müssen.'

---

[5] Chinesische Göttin des Glücks und der Zufriedenheit.

Sie wusste, dass sie keine Angst vor umherstreunenden wilden Tieren zu haben brauchte, denn ein Tier, das vor dem Unwetter keinen Unterschlupf gefunden hatte, würde nicht mehr am Leben sein.

So richtete sie sich mit ihrer Reisstrohmatte ein provisorisches Lager her und schon nach kurzer Zeit war sie erschöpft eingeschlafen.

Als der Morgen graute, erwachte Xian Li und verließ vorsichtig die Höhle. Es zeigte sich nun, dass sie mehr Glück gehabt hatte, als sie am Vorabend geahnt hatte, denn die Gerölllawine war offensichtlich noch viel größer gewesen, als sie dachte. Viele Meter weit lag das Geröll vor der Höhle aufgeschichtet und machte es ihr nicht eben leicht, wieder den Weg, oder was davon übrig war, zu erreichen.

Sie sah sich um und staunte. Die Landschaft hatte sich, in nur einem Tag, vollkommen verändert. Von den Bergen herab flossen Bäche, wo gestern noch keine waren und wohl schon morgen keine mehr sein würden. Gewaltige Erdrutsche hatten eine neue Landschaft vor ihr geschaffen. Wo sich am Tag zuvor noch der Weg am Fuße der Berge befunden hatte, lag nun meterhoch Schlamm und Geröll. Die Erdrutsche würden sie zwingen, große Umwege zu gehen und die Verwüstung, die vor ihr lag, ließ eine düstere Vorahnung in ihr aufsteigen, was mit ihrem Dorf geschehen sein mochte. Ein paar Stunden würde es jedoch noch dauern, bis sie das Dorf erreicht haben würde.

‚Vielleicht ist die Schneise der Verwüstung nicht so weit gekommen‘, hoffte sie daher.

Sie machte sich wieder auf den Weg. Die Sonne stieg immer höher und die zunehmende Hitze machte die Umwege, die sie gehen musste, ermüdend. Ihre Erfahrung riet ihr jedoch davon ab, sich Abkürzungen über die Geröllfelder und Erdrutsche zu suchen, denn wenn sie in einen Spalt fiel, oder sich ein Bein brach, würde das ihr Ende bedeuten, denn niemand würde sie hören oder sehen können, um ihr zu helfen.

Die Sonne begann schon wieder mit ihrem Abstieg, als sich Xian Li endlich dem Dorf näherte. Obwohl sie erleichtert feststellte, dass noch Hütten standen, konnte sie selbst aus einiger Entfernung schon erkennen, dass das Dorf das Unwetter keineswegs unbeschadet überstanden hatte.

,Hier muss es gestern schrecklich zugegangen sein', dachte sie. Vor ihrem inneren Auge sah sie Bilder, von schreienden, in Panik umher laufenden Leuten, die vor umstürzenden Hauswänden und umherfliegenden Trümmern Schutz zu finden suchten, nur um von den Trümmerteilen schließlich doch erschlagen, oder von Schlamm- und Geröllmassen fortgerissen zu werden. Kurz schüttelte sie sich, um diese Bilder zu vertreiben.

Als sie näher herangekommen war, sah sie einige Bewohner, die das Trümmerfeld absuchten. Wonach suchten sie? Vielleicht nach Überlebenden? Vielleicht nach Habseligkeiten?

Bald hatte sie den Dorfrand erreicht und sah sich traurig um. Auch wenn noch eine Anzahl Hütten stand, so schätzte sie doch, dass das Dorf gut zur Hälfte zerstört worden war. Ihre Hütte stand zwar noch, doch viele andere, in denen sie oft Leute besucht hatte, waren einfach verschwunden.

,Und was mag mit deren Bewohnern geschehen sein', fragte sie sich. ,Sind sie tot, oder haben sie sich retten können?'

Bevor sie sich weitere Gedanken machen konnte, kam ein junger Mann auf sie zu, der wohl in ihrem Alter sein mochte. Seine ungelenken Bewegungen und seine Körperfülle zeigten, dass er kein großer Freund von körperlichen Anstrengungen war. Seine dunklen

Augen wirkten lebendig und er schien hocherfreut zu sein, Xian Li zu sehen. Freudig begrüßte er die Abenteurerin: „Nihǎo,[6] Xian Li!"

„Nihǎo, Feng Hu!"

Einen Moment lang sah er sie schweigend an, dann sagte er: „Es scheint mir fast ein Wunder zu sein, dass du noch am Leben bist!"

„Ich habe eine Höhle gefunden, in der ich das Unwetter abwarten konnte. Doch hier scheinen viele nicht so viel Glück gehabt zu haben."

Er nickte langsam.

„Ja! Das Unwetter hat fast das halbe Dorf zerstört", antwortete er seufzend. „Du hast dir nicht gerade den besten Tag für deine Rückkehr ausgesucht."

„Es scheint so!"

Erneut sah sie sich um, dann fragte sie: „Wie schlimm ist es?"

„Es hat viele Tote und Verletzte gegeben! Ein Krieg hätte uns kaum schlimmer zusetzen können, als der Zorn Lei Kus!"

„Dann wird Quian Tian Wen, ja alle Hände voll zu tun haben."

Traurig schüttelte Feng Hu den Kopf und meinte leise: „Wohl nicht! Auch Quian Tian Wen ist tot!"

Erschrocken schlug sie die Hände vor den Mund. Das war ein schmerzlicher Verlust für das Dorf! Der Schamane würde nicht leicht zu ersetzen sein. Als sie an Quian Tian Wen dachte, verlor sie sich einen Moment lang in Erinnerungen an ihn:

*Vor vielen Jahren war plötzlich ein seltsamer Mann bei ihnen erschienen. Niemand hatte ihn kommen sehen und doch stand er plötzlich mitten im Dorf, wie hingezaubert. Seine ruhige, erhabene, fast schon majestätisch wirkende Art, hatte jeden gleich für ihn eingenommen. Schon bald zeigte sich, dass er ein*

---

[6] chinesisch: Guten Tag

*Schamane war und als er den Dorfältesten fragte, ob er sich hier niederlassen könne, stimmte dieser sofort zu. Welches Dorf würde nicht gern einen Schamanen beherbergen? Seine Hütte hatte er etwas abseits, nah an den Felsen gebaut. Und von jenem Tage an, half er jedem, der es benötigte, heilte und schenkte weise Ratschläge. Einmal, so erinnerte sich Xian Li, hatte sie ihn in seiner Hütte besucht, da saß er mit dem Rücken zur Tür und redete mit der Felswand vor sich, in einer Sprache, die sie noch nie gehört hatte. Konnte man mit den Felsen sprechen? Nun, ein Schamane konnte das sicher! Vielleicht wohnte ein Geist in dem Fels und Schamanen redeten ja mit Geistern. Sie hatte nicht gewagt, ihn danach zu fragen, schließlich hatten Schamanen ihre Geheimnisse und diese gaben sie nur an andere Schamanen weiter.*

Und nun war er tot! Xian Lis Gedanken kehrten ins Hier und Jetzt zurück.

Feng Hu sah sie noch eine Weile schweigend an, dann fragte er: „Hilfst du uns, das Trümmerfeld aufzuräumen?"

„Natürlich!"

Er nickte und ging wieder zu seinem Teil der Aufräumarbeiten.

Xian Li wusste, dass es durchaus wahrscheinlich war, bei dieser Arbeit auf unschöne Überraschungen zu stoßen. Feng Hu hatte von vielen Toten gesprochen und sie konnte davon ausgehen, dass sie eine ganze Anzahl davon im Schlamm und Geröll finden würde, das die Hütten samt ihren Bewohnern fortgerissen hatte. Sie atmete noch einmal tief durch, dann machte sie sich an die Arbeit.

Als sie wieder einmal Teile einer ehemaligen Hauswand wegräumte, sah sie etwas glänzendes am Boden liegen, das ihre Aufmerksamkeit erregte. Es war eine handtellergroße Metallscheibe. Neugierig hob sie diese auf und befreite sie in der nächsten Pfütze vom Schmutz. Sie war silberglänzend und auf ihr waren seltsame Symbole eingraviert; waren das Bilder oder eine unbekannte Schrift? Als sie die Scheibe länger in der Hand hielt, schien es ihr, als würde eine leichte Wärme davon ausgehen, doch das musste wohl Einbildung sein, wie sollte von einer Metallscheibe Wärme ausgehen können? Sie steckte die Scheibe in die Tasche ihres Gewandes, um weiterarbeiten zu können.

„Xian Li!"

Sie sah sich um, aber dort war niemand, dennoch hätte sie schwören können, dass jemand hinter ihr, ihren Namen geflüstert hatte. Irritiert schüttelte sie den Kopf und arbeite weiter.

„Xian Li!"

Erneut sah sie sich um, nur um wieder festzustellen, dass dort niemand war. Die nächste Person stand viele Meter entfernt und mühte sich an einer umgestürzten Hauswand ab.

‚Ich glaube, das Unwetter hat mir doch geschadet', dachte sie. Dann nahm sie, wie einem Impuls folgend, die Metallscheibe aus ihrer Tasche. Sie spürte nun deutlich ein warmes Pulsieren. Mit einem Mal überkam sie ein leichtes Schwindelgefühl und sie wähnte sich plötzlich an einem anderen Ort. Sie sah seltsame Häuser und merkwürdig gekleidete Menschen die sich in den Straßen einer großen Stadt bewegten. Im nächsten Moment waren diese Eindrücke vorüber und sie sah wieder das Trümmerfeld vor sich.

„Hilf mir, Xian Li", flüsterte die unbekannte Stimme.

‚Also, wenn ich nicht verrückt geworden bin, geschieht hier etwas sehr seltsames', überlegte sie.

Bevor sie sich weitere Gedanken machen konnte, sah sie Feng Hu auf sich zu laufen. Schnell ließ sie die

Scheibe wieder in ihre Tasche gleiten. Das war nichts, was ihn etwas anging.

„Kannst du bitte mal mitkommen, Xian Li? Wir haben da ein Problem, wie es scheint."

Sie seufzte. „Was ist es denn?"

„Komm lieber mit und sieh es dir an! Ich fürchte, es ist sehr schwer zu erklären."

„Na schön, ich komme mit!"

Sie folgte ihm zum Rand des Dorfes, wo es an die Felsen grenzte. Vor einem Loch in einer Felswand blieb er stehen.

„Und was bitte ist so interessant an einem Loch in der Felswand?"

„Dass hier noch bis vor Kurzem die Hütte von Quian Tian Wen stand?"

Sie sah ihn irritiert an. „Und wo ist die jetzt?"

„*Das* ist das Problem, das ich nur schwer zu erklären finde: Sie ist weg!"

„Hat dich bei dem Unwetter irgendetwas am Kopf getroffen? Hütten verschwinden nicht einfach so!"

„Nein, ich bin völlig in Ordnung! Du hast recht, Hütten verschwinden nicht einfach so und die Leichen ihrer Besitzer auch nicht, oder?"

„Quian Tian Wens Leiche ist auch verschwunden? Wie soll das möglich sein?"

„Wenn wir das wüssten, hätten ich dich nicht hergeholt. Vermutlich hat das etwas mit dem Loch zu tun. Vielleicht müsste man in das Loch hineingehen…"

„Und? Was hindert dich daran?"

Feng Hu und die Umstehenden sahen sie sehr auffällig an und Xian Li verstand. „Ihr wollt, dass *ich* da hineingehe? Geht's euch noch gut?"

„*Du* bist doch die Abenteurerin hier, oder?"

„Schon, aber warum sollte ich wohl in ein dunkles Loch in einer Felswand steigen, von dem niemand weiß, wie es entstanden ist, oder wohin es führt?

„Weil ich dich brauche!" hörte sie wieder die flüsternde Stimme.

„Was zum…" Schnell sah sie sich um, aber wieder war dort niemand.

„Xian Li, alles in Ordnung mit dir?" fragte Feng Hu besorgt.

„Ja, ja! Alles in Ordnung!" Für sich selbst fügte sie hinzu: ‚Obwohl ich da nicht ganz so sicher bin.'

Sie atmete tief durch und sagte: „Gut, ich gehe dort hinein – aber nicht allein!"

Feng Hu durchfuhr ein mächtiger Schreck, denn er konnte sich vorstellen, was sie als nächstes sagen würde.

„Feng Hu, du kommst mit mir!"

„Ich? Warum sollte ich das?"

„Zum einen, weil ich sonst auch nicht gehe, zum anderen ist das nichts, was man allein in Angriff nimmt."

„Und warum nimmst du nicht jemand anderes mit", wollte er wissen.

Sie sah sich um. Sonst standen nur noch Tang Zhu Chan und ihre jüngere Schwester in der Nähe. Niemand, der ihr eine wirkliche Hilfe wäre. Dennoch fragte sie: „Zhu Chan, willst du mit mir kommen?"

Die Angesprochene wich entsetzt zurück und schüttelte ängstlich den Kopf.

Xian Li sah wieder zu Feng Hu. „Nun, beantwortet das deine Frage?"

Er fügte sich. „Einverstanden! Komme ich halt mit", sagte er mit einem tiefen Seufzer.

„So kommen wir weiter!"

Sie wandte sich wieder um. „Zhu Chan, ich brauche eine Blendlaterne und ein Seil!"

„Hole ich dir", antwortete die Frau und machte sich sogleich auf den Weg.

Feng Hu sah sie irritiert an. „Wozu brauchst du ein Seil?"

„Wenn du vorhast, mit dummen Fragen, mich dazu zu bringen, dich nicht mitnehmen zu wollen, muss ich dir sagen: Das klappt nicht!"

„Ich meinte die Frage durchaus ernst", antwortete er beleidigt.

Sie seufzte. „Bist du sicher, dass es dort drin nicht irgendwo steil hinauf oder hinunter geht? Ein Seil könnte dann äußerst hilfreich sein, oder?"

„Schon gut! – Daran habe ich nicht gedacht!"

‚Sicher hast du das nicht', dachte sie, ‚du hast dich ja noch nie aus dem Dorf hinaus bewegt!'

Xian Li und Feng Hu kannten sich schon seit ihrer Kindheit. Und schon seit dieser Zeit herrschte eine gewisse Hassliebe zwischen ihnen. Sie war energisch und bestimmend und er eher träge und, wie sie fand, ein echter Nichtsnutz. Sie hatte auch nicht vergessen, dass er sie einmal in einer ziemlich misslichen Situation im Stich gelassen hatte:

*Nicht weit vom Dorf entfernt, gab es eine kleine Schlucht an deren Rand herrliche Granatäpfel wuchsen. Als Jugendliche waren sie einmal dort gewesen, um die Früchte zu pflücken. Als sie sich auf einem Ast befand, der ein Stück über die Schlucht hinausragte, hatte er, in seiner tolpatschigen Art, den Halt auf einem höheren Ast verloren und sich erst auf ihrem Ast wieder abfangen können. Durch die Bewegung war sie abgerutscht und hing über der Schlucht. Anstatt ihr zu helfen, war er in Panik weggerannt. Daran gedacht, Hilfe zu holen, hatte er allerdings nicht. So hatte sie am Ende eines Astes, über einem tiefen Abgrund gehangen. Ohne ihre Kampfsportschulung, in der sie gelernt hatte, Schmerzen eine Zeitlang zu ignorieren, hätte sie sich sicher nicht wieder hochhangeln können, sondern wäre abgestürzt. Sie hätte ihn damals am liebsten erwürgt, als sie wieder im Dorf war.*

Dieses Ereignis hatte ihre Beziehung eine lange Zeit getrübt und wirkte sich auch noch heute manchmal auf die Art und Weise aus, wie sie mit ihm umging.

Sie mochte ihn und dann wieder konnte sie ihn nicht ausstehen, besonders wenn ihre Energie auf seine Trägheit prallte.

Feng Hu hingegen hatte ganz andere Gefühle für die energische junge Frau. Schon seit einiger Zeit hatte er sich insgeheim in sie verliebt, doch hütete er sich, ihr das zu offenbaren. Er hatte die Befürchtung, dass sie ihn, im günstigsten Fall, auslachen würde. Über den ungünstigsten Fall wollte er nicht nachdenken. Ihre manchmal herablassende Art ihm gegenüber, war ihm nicht annähernd so egal, wie es den Anschein hatte, aber was sollte er tun? Sich mit ihr streiten, oder gar handgreiflich werden? Sie war eine ausgezeichnete Kämpferin und er war sicher, dass ihm eine Auseinandersetzung mit ihr, nicht gut bekommen würde. Er wusste, dass sie eine sanfte und eine harte Seite hatte, doch zeigte sie allgemein nur die harte, besonders ihm gegenüber.

An einem anderen Ort, aber doch nicht allzu weit entfernt, atmete eine Frau erleichtert auf.

„Sie kommt her" sagte sie zu ihrer Dienerin.

„Sag mir, Herrin, war es den Aufwand wert, nur damit eine junge Frau hier her kommt? Es hätte dich fast das Leben gekostet!"

„Es war es wert, glaube mir. Nachdem, was mir mein Mann erzählt hat, ist sie vermutlich die einzige, die es schaffen kann, uns zu retten."

„Und dazu braucht es eine Abenteurerin, Herrin?"

Die Frau nickte. „Ja! Es braucht eine *fähige* Abenteurerin und sie muss eine ausgezeichnete Kämpferin sein – und diese Xian Li ist beides!"

„Ich hoffe, du hast Recht, Herrin! Denn wenn nicht, sind wir alle verloren!"

„Mach dir keine Sorgen, ich irre mich nicht! – Jetzt geh' und hole sie an der Passage ab."

„Wie du wünscht, Herrin!"

Die Dienerin hüllte sich in einen Umhang und ging hinaus.

Als Zhu Chan die Laterne und das Seil gebracht hatte, meinte Xian Li: „Nun, dann lass uns aufbrechen, Feng Hu!"

Mit wenig Begeisterung ging er zu der Felswand und sah sie an.

„Was hast du? Wartest du darauf, dass dich das Loch verschluckt?"

„Nein, aber... – Ich soll als erster da rein", fragte er entgeistert.

„Ganz recht! – Pass aber auf, wohin du trittst!"

‚Na toll! Keiner weiß, wie das Loch entstand, was es ist und wo es hinführt und ich habe die zweifelhafte Ehre, als erster meinen Hals zu riskieren...'

Mit entsprechend wenig Enthusiasmus stieg er in das Loch hinein. Zu seiner Erleichterung gab es keine unliebsamen Überraschungen. Er sah sich genauer um. Scheinbar handelte es sich nicht um eine Höhle, wie er gedacht hatte sondern um einen Gang im Fels, zumindest sah das Stück, das er durch das einfallende Licht erkennen konnte, so aus.

Er rief hinaus: „Es scheint alles in Ordnung zu sein! Man kann gut hier stehen, du kannst nachkommen!"

Xian Li schulterte das Seil, nahm die Blendlaterne auf und folgte ihm in das Loch hinein und sah sich ebenfalls um.

„Hmm... ein Gang im Fels. Warum befand sich in, oder hinter Quian Tian Wens Hütte ein Gang, der in den Berg führt?"

Feng Hu zuckte die Schultern. „Meinst du, er hat den benutzt?"

„Ich weiß nicht, ich bin häufig bei seiner Hütte gewesen und ich glaube nicht, dass mir ein Loch dieser Größe nicht aufgefallen wäre..."

„Er hätte nur ein Tuch in Farbe der Steine darüber spannen müssen und das Loch wäre unsichtbar gewesen."

„Möglich..." Sie dachte einen Moment nach. War nicht das Loch ungefähr an der Stelle, an der Quian Tian Wen mit der Felswand geredet hatte? Wenn dem so war, konnte dann vielleicht Magie mit im Spiel sein? Es war wohl besser, wenn sie ihre Überlegungen nicht Feng Hu mitteilte. Er wäre im Stande, umzukehren und sie doch noch allein gehen zu lassen.

„Aber das erklärt nicht, wie seine Hütte verschwand, zusammen mit seiner Leiche und wie das Loch wieder sichtbar wurde", meinte sie daher nur.

Sie leuchtete mit der Blendlaterne in den Gang hinein. Der Weg schien beständig aufwärts zu führen.

„Lass uns weiter gehen!"

Feng Hu nickte und folgte ihr tiefer in den Berg hinein.

‚Ich hoffe, sie weiß, was sie da tut. Wir laufen hier in den Berg hinein, als würden wir irgendwo draußen spazierengehen..."

Plötzlich blieb sie abrupt stehen. Er war so in Gedanken, dass er gegen sie prallte.

„Pass doch auf", zischte sie ärgerlich.

„Warum bleibst du so plötzlich stehen?"

„Sei leise! Dort vorn wird es heller. Lass uns vorsichtig sein!"

Eng an die Felswand gedrückt, schlichen sie weiter vorwärts. Bald hatten sie eine Biegung erreicht und Xian Li spähte vorsichtig um die Ecke. Einige Meter weiter öffnete sich die Passage plötzlich zu einem Tal. Sie sah sich zu Feng Hu um, legte den Finger auf die

Lippen und bedeute ihm, ihr langsam zu folgen. Bald hatten sie das Ende des Ganges erreicht und staunten. Vor ihnen lag ein Talkessel, der wohl im Durchmesser eine halbe Tagesreise haben mochte. Das Erstaunliche jedoch war, dass sich dort eine größere Stadt befand, mit Häusern, die in einer Form gebaut waren, wie sie sie noch nie gesehen hatte. Oder doch? Irgendwie kam ihr diese Bauform, mit den fast ovalen Häusern und den abgeschrägten Spitzdächern plötzlich doch bekannt vor.

‚Merkwürdig, die Häuser sehen aus, wie die, dich gesehen habe, als ich die Metallscheibe gefunden hatte...'

„Wo sind wir hier?" fragte Feng Hu.

Xian Li drehte sich ungläubig zu ihm um. „Sag mir, dass du *nicht* gefragt hast, wo wir hier sind! – Woher soll ich das denn wohl wissen? Ich war noch nie hier!"

„Entschuldige!" brummte Feng Hu.

Xian Li sah sich um und schüttelte den Kopf. „Das gibt's doch gar nicht!"

„Was denn?"

„Der Talkessel ist nach oben hin offen, aber nichts hier macht den Anschein, als habe das Unwetter von gestern dieses Tal erreicht. Hier ist nirgendwo Hochwasser, nirgends Anzeichen von Erdrutschen oder Gerölllawinen, keine Verwüstung, gar nichts! Unser Dorf ist vielleicht zehn YIN[7] entfernt und wurde halb zerstört! Also irgendetwas hier ist sehr seltsam!"

„Vielleicht sollten wir wieder zurückgehen?"

Sie sah ihn verächtlich an. „gǒuxióng![8]"

„Hast du mich mitgenommen, damit du jemanden zum Beleidigen dabei hast?"

„Seit wann bist du so empfindlich?"

„Wie wäre es zur Abwechslung mal, wenn du mich nicht herablassend behandelst? Du motivierst mich

---

[7] altes chinesisches Längenmaß = 33,3 Meter

[8] chinesisch: Angsthase, Feigling

nicht unbedingt, mit dir ein, möglicherweise gefähr-
liches, Abenteuer bestehen zu wollen. Sicher, du
kannst mich natürlich verprügeln, oder sogar mit
deinem Shàn umbringen, nur dann ist irgendwie
niemand mehr da, der dir helfen könnte. Genauso
wenig wie, wenn ich jetzt einfach umkehre! Und du
musst mir schon einen sehr guten Grund geben, um
mich davon abzuhalten!"

Völlig irritiert sah sie ihn an. In all den Jahren, die
sie ihn kannte, hatte er noch nie so reagiert und sie in
Frage gestellt. Trotz der misslichen Situation, in die sie
das brachte, musste sie zugeben, dass ihr sein
Verhalten gefiel. Zum ersten Mal hatte er nicht träge
und weich reagiert. Doch er hatte sie jetzt unter
Zugzwang gesetzt. Wenn sie ihn nicht anders
behandelte, würde er umkehren und sie allein lassen.
Es war nicht so, dass sie sich fürchten würde, ein
Abenteuer allein zu bestreiten, das hatte sie schließlich
schon dutzende Male getan, aber sie hatte ihn als
Rückendeckung mitgenommen und diese zu verlieren
missfiel ihr sehr. Welchen guten Grund könnte sie ihm
nennen?

„Entschuldige, Feng Hu! Es lag nicht in meiner
Absicht, dich zu beleidigen und es tut mir leid, dich
herablassend behandelt zu haben. Ich glaube, ich bin
über die Jahre schon so gewöhnt daran, dass du meine
Art geduldig erträgst, dass ich über mein Verhalten gar
nicht mehr nachdenke."

Sie senkte den Kopf und meinte: „Und ich wünschte,
du hättest schon früher so reagiert, wie jetzt eben. Ich
hätte dich sicher viel mehr schätzen gelernt."

„Du meinst, du hättest mich nicht als Nichtsnutz und
Fußabtreter betrachtet?"

‚Verdammt, was soll ich jetzt sagen', fragte sie sich.
‚Wenn ich ja sage, dreht er auf dem Absatz um und
geht, andernfalls lüge ich ihn an und er weiß das auch

und dann geht er auch. Was ist nur mit ihm los? So kenne ich ihn gar nicht.'

Sie blieb die Antwort schuldig und sah zu Boden.

Er nickte, dann meinte er: „Dann kann ich jetzt ja wohl zurückgehen!"

Als er sich umdrehte, hielt sie ihn am Arm fest, nicht hart, wie er erwartet hätte, sondern nur als Geste, um ihn aufzuhalten.

„Bitte, bleib hier! Ich brauche dich dabei!"

Er sah sich zu ihr um. „Eine Bitte von dir", fragte er erstaunt. „Weißt du, dass dies das erste Mal ist, das du nicht in einem Befehlston mit mir sprichst? – Gut, ich komme mit dir!"

„Danke, Feng Hu!"


Als sie weitergingen, löste sich von der Felswand ein Schatten. Alarmiert wandte sich Xian Li um und griff an ihren Gürtel. Eine verhüllte Gestalt ging auf sie zu. Als sie sie erreicht hatte, nahm die Kapuze ab und die beiden sahen, dass es sich um eine Frau handelte. Sie mochte ein paar Jahre älter sein als Xian Li, war aber deutlich größer als sie. Schwarzbraune Haare, mit einigen helleren Strähnen, umrahmten ihre ebenmäßigen Gesichtszüge und Feng Hu fand, dass sie gut aussah.

Sie schaute Xian Li in die Augen und sagte: „Waffe du brauchst nicht! Ich nicht haben Waffe, nichts euch tun will", sagte sie.

Xian Li nahm dennoch die Hand nicht von ihrem Shàn. „Wer bist du?"

„Ich Liyanshimeen! Gewartet auf euch. Ihr jetzt fertig mit Streit?"

„Warum hast du auf uns gewartet, woher wusstest du überhaupt, dass wir kommen würden? Und wo sind wir hier?"

„Gewartet, weil Herrin befohlen mir! Woher wusste? Herrin gesagt mir! Sagt, hat gerufen dich! Dies Reich Shèngdi!"

„Mich gerufen? Ich kenne deine Herrin doch gar nicht, wie sollte sie mich rufen?"

Liyanshimeen lächelte leicht. „Du genau wissen! Du sie gehört! Jetzt hören auf fragen, hören zu mir, dann wissen alles!"

Xian Li fügte sich. „In Ordnung, ich höre dir zu!"

„Gut! Herrin Hilfe braucht lange schon! Gedacht Mann kann helfen, aber Mann jetzt tot! Er geworfen fort Scheibe, du gefunden, dann Herrin dich gerufen! Du müssen helfen Herrin! Herrin jetzt in Gefahr, weil Mann tot. Band kaputt mit Außenwelt, jetzt wo Mann tot. Brauchen dich, sonst alles in Gefahr, wenn du nicht helfen! Ich dich jetzt bringen zu Herrin! Du mir folgen und passen auf, dass nicht gesehen ihr von anderen!"

„Welchen anderen", wollte Xian Li wissen.

„Niemand euch sehen soll! Nur ich und Herrin! Jetzt still sein und folgen mir!"

Feng Hu raunte Xian Li zu: „Was denkst du? Sollen wir ihr einfach so folgen?"

„Ja! Sie weiß Dinge, die sie nicht wissen können dürfte. Folgen wir ihr, aber vorsichtig!"

Liyanshimeen drehte sich verärgert um. „Ihr nicht wissen, was heißt: Still sein? Geben keinen Ton von euch, nur folgen!"

Sie führte die beiden in, wie es schien, geheime Passagen hinein und bereits nach kurzer Zeit hatte sogar Xian Li jegliche Orientierung verloren. Wenn Liyanshimeen sie abhängen würde, kämen sie nie zurück. Eine lange Zeit folgten sie ihr. Plötzlich blieb sie stehen, legte die Finger an die Lippen und bedeutete ihnen, in die Hocke zu gehen. Etwas entfernt gingen Leute vorbei. Xian Li hörte Wortfetzen in einer Sprache, die sie noch nie gehört hatte. Wo waren sie hier nur hingeraten? Endlich ging Liyanshimeen weiter. Ein paar

Ecken weiter, standen sie vor einer massiven Tür. Ihre Führerin sagte ein paar Worte in der unbekannten Sprache und die Tür öffnete sich. Sie winkte den beiden einzutreten. Jetzt befanden sie sich in einem größeren Raum, der mit einigen Kerzen beleuchtet war.

An einem Tisch saß eine großgewachsene, schlanke Frau mittleren Alters, deren langen dunklen Haare fast bis zu ihrer Taille herabreichten und den ersten Ansatz von grau zeigten. Ihr Gesicht hingegen zeigte keine Spuren von Alter und drückte Ruhe und Erhabenheit aus. Als Xian Li und Feng Hu näher kamen, stand sie mit einer anmutigen, fließenden Bewegung auf, um die Ankömmlinge zu begrüßen. Anders als ihre Dienerin sprach sie fließend Chinesisch.

„Sei willkommen in Shèngdi, Wang Xian Li, oder zumindest in meinem Haus, denn ob du ansonsten willkommen bist, lasse ich mal dahingestellt! Und wie ich sehe, hast du dir Unterstützung mitgebracht! Ich bin Maratjianween!"

Irritiert darüber, dass diese unbekannte Frau sie mit Namen kannte, dauerte es eine Weile, bevor sie antworten konnte, dann stellte sie ihren Begleiter vor: „Sei gegrüßt, Maratjianween! Dies ist Dong Feng Hu!"

Nicht weniger irritiert, als Xian Li, entbot auch er einen Gruß.

„Ich glaube, ihr habt beide meinen Mann gekannt, oder", fragte die Frau geheimnisvoll.

Feng Hu schüttelte den Kopf, doch Xian Li fragte: „Kann man Tjianween auch Tian Wen aussprechen?"

„Wenn man in der Außenwelt ist, dann ja! Kijantjianween, war mein Mann. Ihr kanntet ihn wohl unter Quian Tian Wen, nicht wahr?"

Feng Hu und Xian Li nickten staunend.

Maratjianween fuhr fort: „Und ihr habt jetzt Unmengen von Fragen. Um aber die Sache abzukürzen, hört mir einfach zu!"

Sie begann nun zu erzählen: „Also, einst wurde dieses Reich von Kijantjianween regiert, doch es ereignete sich etwas, dass die Leute an ihm zu zweifeln begannen. Unser Reich veränderte sich und wir waren mit einem Mal in diesem Talkessel gefangen. Versteht ihr? Früher hatte dieses Tal einen Ausgang. Aber eines Tages drang Feuer aus diesem Durchgang und nun ist er scheinbar fest verschlossen. Ich weiß nicht, ob ihr genug von dem Tal gesehen habt, um zu wissen, dass es hier kaum Wasser und Grünflächen gibt. Wir sind extrem dankbar, wenn ein Regen, wie gestern, niedergeht, weil der unsere riesigen Zisternen wieder auffüllt. Jedenfalls machten die Bewohner des Reiches Kijantjianween dafür verantwortlich, dass sie gefangen waren und er musste fliehen. So floh er durch die Passage, durch die ihr hergekommen seid. Diese Passage ist magisch verschlossen und konnte von niemandem, als ihm verwendet werden. Nun fragt ihr euch, wie es möglich ist, dass ihr hindurch konntet? Durch die Scheibe, die du bei dir trägst, Xian Li! Es hat mich viel Kraft gekostet, dass du sie findest und noch mehr, die Passage auf eurer Seite zu öffnen. Sie ist übrigens jetzt wieder verschlossen. Auch die sterblichen Überreste von Kijantjianween sind jetzt hier!"

Xian Li blickte auf. „Das heißt also, auch wir sind jetzt hier gefangen?"

Maratjianween nickte. „Wie euch Liyanshimeen ja schon mitgeteilt hat, brauche ich eure Hilfe und eigentlich braucht das ganze Volk eure Hilfe, nur weiß es das nicht! Die Bewohner dulden mich nicht unter sich, darum könnte man sagen, dass ich hier gefangen bin. Ich kann euch also bei eurer Aufgabe nicht unterstützen."

„Und was ist nun unsere Aufgabe", wollte Xian Li wissen.

„Zunächst müsst ihr das Gegenstück zu der Metallscheibe finden, die du bei dir trägst. Sie befindet sich irgendwo in der Stadt, vermutlich im ehemaligen Palast! Das Problem ist, dass etwa die Hälfte des Palastes verfallen ist und sich im anderen Teil ein Militärlager befindet. Die Bewohner und besonders die Soldaten sind sehr argwöhnisch gegenüber Fremden. Also bleibt möglichst unentdeckt!"

„Wie können die das denn wissen, wir sehen doch aus, wie ihr", warf Feng Hu ein.

Maratjianween schüttelte den Kopf. „Nein, das tut ihr nicht. Eure, besonders deine, Hautfarbe ist deutlich heller als unsere. Xian Lis Farbe unterscheidet sich recht wenig. Sie ist wohl durch die Sonne gebräunt. Was aber noch auffälliger ist, ist euer Gewand. Euch erkennt man auf hunderte Meter als Außenweltler."

Xian Li sah sie fragend an. „Kannst du uns denn keine Kleidung geben, damit wir nicht auffallen?"

„Ja und nein…", meinte Maratjianween gedehnt. „Es gibt einen Grund, warum ich nur dich gerufen habe, Xian Li. Dass du ihn mitbringst, hatte ich nicht erwartet. Hier im Haus wohnen nur Liyanshimeen und ich, daher kann ich nur dir ein Gewand anbieten. Männerkleidung habe ich nicht."

Xian Li sah schmunzelnd Feng Hu an, aber der verstand sofort, was sie wollte.

„Oh nein! Das kommt überhaupt nicht in Frage! Unter keinen Umständen werde ich Frauenklamotten anziehen! Vergiss es!"

„Was willst du sonst machen? Zurückgehen kannst du nicht und mit deiner Kleidung fällst du sofort auf, selbst wenn jemand nur deinen Schatten sieht!"

„Dann bleibe ich halt hier!"

Liyanshimeen sah ihn seltsam an, dann meinte sie: „Das sein interessantes Idee…"

Ihre Stimmlage ließ Xian Li erneut schmunzeln. „Ja, das wäre es wohl… Wenn du hierbleiben willst, wünsche ich dir viel Spaß…"

Diesmal verstand Feng Hu nicht, worum es ging. „Wobei?"

Statt Xian Li antwortete Liyanshimeen: „Du gut aussehen… Mann schon lange keiner mehr in Haus. Sein sehr interessantes Idee!"

„Ja, das wäre wirklich eine nette Abwechslung…" meinte nun auch Maratjianween.

Langsam dämmerte es Feng Hu, worauf das Gespräch hinauslief.

Er sah zu Xian Li und fragte: „Geht es hier um das, was ich gerade denke? Die beiden wollen mit mir… ähm… Spaß haben?"

„Wie ich schon sagte: Viel Spaß!"

‚Oh Mann' dachte Feng Hu, ‚das ist ja eine Auswahl. Entweder in Frauenkleidern herumlaufen, oder bei zwei Frauen bleiben, die schon lange keinen Mann mehr hatten…'

„Sieht aus, als müsstest du eine interessante Entscheidung treffen" meinte Xian Li grinsend.

„Hast du nicht gesagt, du brauchst mich bei dieser Sache?"

„Ja, habe ich! – Aber es liegt mir natürlich fern, dich zu zwingen, in Frauenkleidern herumzulaufen. Zudem müssten wir dich natürlich auch noch ein bisschen ausstaffieren und der Bart geht nun wirklich nicht."

Feng Hu war von der einen Aussicht so wenig begeistert, wie von der anderen.

Scheinbar verstand Liyanshimeen seine Gedankengänge. „Warum du überlegen lange? Wir nicht gut genug aussehen, oder du Angst, weil wir zwei?"

Er hasste diese sehr direkte Art zu fragen. Sicher sahen die beiden Frauen gut aus und von daher wäre es sicher interessant, hier zu bleiben, aber *zwei*

Frauen, die offenbar schon lange nicht... Er wusste nicht, was er tun sollte.

„Feng Hu, kannst du dich jetzt bitte endlich entscheiden, was du willst? Ich möchte nicht ewig hier bleiben und außerdem möchte ich hören, was wir, oder ich, sonst noch tun müssen, außer die Metallscheibe zu suchen!"

Er überlegte noch kurz, biss die Zähne zusammen und meinte: „Auch wenn die beiden sehr gut aussehen... – Ich komme mit dir!"

„Sehr gut! Dann brauchen wir bitte zweimal Kleidung, Maratjianween!"

Die schmunzelte und meinte: „Eigentlich schade... – Aber gut! Liyanshimeen, bringe bitte beiden ein Gewand!"

Ihre Dienerin nickte, meinte dann aber noch: „Vielleicht er später herkommen, wenn alles fertig...", dann ging sie hinaus, um die Kleidung zu holen.

Während Feng Hu erschrocken schaute, dachte Xian Li: ‚Ich hoffe, er sabotiert jetzt nicht das Abenteuer, um nicht wieder herkommen zu müssen...'

Wenig später war die Dienerin mit dem Gewand zurück.

„Feng Hu, dreh dich um! Ich will mich umziehen!"

Er drehte sich um und fragte dann: „Und wo soll ich mich umziehen?"

Maratjianween meinte lächelnd: „Hier natürlich! Sei unbesorgt, wir drehen uns auch um!"

Nachdem er sich in ein Kleid reingezwängt hatte, meinte Liyanshimeen: „Wir dich nun machen aussehen wie Frau!"

Xian Li grinste. „Ich bin gespannt auf das Ergebnis..."

„Ich nicht!", brummte Feng Hu.

Nachdem Feng Hu von Maratjianween und Liyanshimeen ausstaffiert und rasiert war, wollte Xian Li endlich wissen, was sie noch zu tun hätten.

„Naja, danach solltet ihr nachsehen, was das Tal verschlossen hat und den Zugang wieder öffnen."

Xian Li schaute irritiert auf. „Wenn ihr das nicht konntet, wie sollen wir das denn können? Wir sind keine Schamanen oder Magier!"

„Das braucht ihr auch nicht zu sein, Xian Li! Ich vermute, dass euch die beiden Scheiben dabei helfen können und wir konnten nichts tun, weil eine Scheibe verloren ist und die zweite in der Außenwelt war."

„Verstehe. Und wenn das Tal wieder offen ist?"

„Wenn alles erledigt ist, wird euch Liyanshimeen wieder zu eurem Dorf bringen."

Sie sah die beiden ernst an. „Aber denkt daran, auch wenn ihr nun Kleidung von hier tragt, achtet darauf, dass euch möglichst niemand sieht. Aus der Nähe sieht Feng Hu nämlich noch immer wie ein Außenweltler aus. Und macht, um jeden Preis, einen Bogen um die Soldaten und besonders den Gardehauptmann, wenn ihr nicht Meister im Schwertkampf seid."

„Das bin ich zwar, aber es ist sicherlich nicht ratsam sich mit eurer Garde anzulegen, oder?"

„Ganz bestimmt nicht!"

‚Diese Bestätigung von ihr, hatte ich erhofft', dachte Maratjianween erleichtert.

Xian Li atmete durch. „Na gut, dann wollen wir mal! Alles klar, Feng Hu?"

„Nein", brummte der, „aber wir können trotzdem los!"

Maratjianween lächelte. „Nun denn, viel Erfolg!"

„Danke!" Sie wandte sich zum Gehen. „Komm, Feng Hu!"

Liyanshimeen sondierte kurz die Lage vor der Tür, dann ließ sie die beiden hinaus.

Als sie gegangen waren, meinte Liyanshimeen in der Sprache Shèngdis zu Maratjianween: „Herrin, ist es nicht gefährlich, wenn sie beide Scheiben haben? Sie können damit wohl den Durchgang öffnen, aber auch eine Menge Schaden anrichten und sie wissen das nicht einmal."

„Ich weiß, aber das Risiko müssen wir eingehen. Wenn sie das Tal nicht öffnen können, wird hier niemand mehr lange überleben können."

„Und was, wenn sie dann merken, dass sie die Stelle von Kijantjianween einnehmen können?"

Maratjianween seufzte. „Dann können wir nichts dagegen tun! Sorgen mache ich mir in dem Fall nur um Feng Hu!"

„Warum das, Herrin?"

„Weil ich nicht glaube, dass Xian Li die Herrschaft mit ihm teilen würde..." Sie dachte eine Weile nach, dann meinte Sie: „Bist du bereit, einen, vielleicht sehr gefährlichen, Auftrag zu übernehmen?"

„Was wünscht meine Herrin?"

„Beobachte die beiden, ohne dass dich irgendjemand zu sehen bekommt und wenn etwas schief läuft, dann greife ein."

Liyanshimeen sah ihre Herrin lange schweigend an, dann meinte sie: „Herrin, ich kann den Auftrag wohl ausführen, aber ich kann nicht eingreifen. Wenn Xian Li die Scheiben zusammengesetzt hat, wird jeder ihr gegenüber loyal sein müssen, selbst du!"

Maratjianween sah zu Boden. „Du hast recht! Es ist ein sehr hohes Risiko, doch hoffe ich, dass sie stark genug ist, sich nicht zum Bösen verführen zu lassen. Wie auch immer, es bleibt uns einfach keine andere Wahl. Lieber unter Xian Lis Herrschaft leben, als bei einem geschlossenen Durchgang sterben zu müssen!" Sie sah Liyanshimeen an. „Weißt du, dass du Feng Hu retten könntest, wenn es so kommt?"

„Ich, Herrin? Wie denn?"

„Du müsstest wieder zur Königlichen Beraterin werden und ihn… zum Mann nehmen. Ich glaube nicht, dass dir das schwer fiele, oder?"

„Warum glaubst du das?"

Maratjianween schmunzelte. „Weil ich den Eindruck habe, dass du dich ohnehin schon in ihn verliebt hast…"

Liyanshimeen sah zu Boden und errötete leicht. „Ja, Herrin!" flüsterte sie.

„Nun, dann warten wir mal ab, was geschieht! – Du solltest sie trotzdem im Auge behalten, schließlich kann sich niemand so ungesehen durch die Stadt bewegen, wie du!"

„Wie du es wünscht, Herrin!"

Sie warf sich ihren Umhang über und verließ das Haus.

# Der Legende zweiter Teil:
# Die Suche

Im Schutz der Dunkelheit schlichen Xian Li und Feng Hu vorsichtig von Maratjianweens Haus fort. Er fühlte sich immer noch sehr unwohl in seiner Frauenkleidung und war auch nicht sehr glücklich darüber, dass er seinen Bart eingebüßt hatte.

„Warum hast du mir nicht erzählt, dass Maratjianween dich gerufen hat?"

„Würdest *du* jemandem mitteilen, wenn du das Gefühl hast, plötzlich eine Stimme zu hören, wenn absolut niemand in deiner Nähe ist? Du glaubst ja wohl nicht ernsthaft, dass ich wusste, dass sie mich gerufen hat, oder?"

„Nein! Aber du hättest es mir sagen können, als wir in dieses unsägliche Loch geklettert sind. Und wenn du nicht darauf bestanden hättest, dass ich mitkomme, müsste ich jetzt nicht in diesen Weiberklamotten rumlaufen! Ich dachte immer, du erledigst deine Abenteuer allein!"

„Das stimmt schon, aber ich weiß eben auch, wann ich vorsichtig zu sein habe. Und niemand, der klar bei Verstand ist, klettert in eine unbekannte Höhle – und so sah die Passage ja nun einmal aus – ohne eine Sicherung. Sonst wäre nur noch Zhu Chan in Frage gekommen und ich glaube kaum, dass ich sie hätte gebrauchen können. Du hast ja gesehen, wie verschreckt sie war. Außerdem kann sie weder mein Gewicht tragen, noch hat sie die nötige Robustheit. Auf sie hätte ich ständig aufpassen müssen, das ist aber nicht der Sinn der Sache."

Er grinste ein wenig. „Dann sollte ich mich wohl geschmeichelt fühlen, dass du mir genug Robustheit zutraust."

„Wenn du es so sehen willst, hast du recht." Sie musterte ihn von oben bis unten, dann meinte sie grinsend: „Übrigens siehst du gar nicht so schlecht in den Klamotten aus."

„Danke", brummte er. Mit einiger Selbstironie meinte er dann: „Ich muss nur aufpassen, dass keiner versucht, mit mir anzubandeln…"

Xian Li hatte große Mühe, nicht schallend zu lachen. „Feng Hu, bring mich nicht zum Lachen, wir müssen leise sein!"

„Ehrlich, so witzig fand ich das jetzt nicht!"

„Wahrscheinlich hast du nicht meine Vorstellungskraft…"

„Möglich!" Er wollte lieber das Thema wechseln. „Mal etwas anderes, wie gehen wir jetzt vor? Wir haben keine Ahnung, wo dieser Palast ist und selbst wenn, wie sollen wir da diese Scheibe finden, von der *ich* noch nicht einmal weiß, wie sie aussieht?"

Xian Li musste für sich zugeben, dass sie sich diese Frage auch schon gestellt hatte. Doch schon seit sie das Haus verlassen hatten war es ihr, als würde sie geführt. Sie hatte unwillkürlich eine Richtung eingeschlagen und schien auch zu wissen, wohin sie gehen mussten. Sie wusste nicht sicher, woran das lag. Ob die Scheibe etwas damit zu tun hatte? Es schien ja durchaus mehr zu sein, als ein normales Stück Metall.

„Genau weiß ich das auch noch nicht, aber irgendwie scheint es, dass ich den Weg weiß… Frag mich nicht warum. Vielleicht liegt es an der Metallscheibe, keine Ahnung."

Abrupt blieb er stehen und fragte irritiert: „Du meinst, wir schleichen hier durch eine fremde Stadt und verlassen uns auf ein Metallstück?"

„Scheint so zu sein!" Sie blieb ebenfalls stehen und sah ihn an. „Falls du eine bessere Idee hast, lass sie mich hören!"

Er schwieg.

„Offenbar nicht, also folgen wir weiterhin der Scheibe!" Mit diesen Worten setzte sie ihren Weg fort. „Komm weiter!"

Eine ganze Zeit wanderten sie schon durch die Gassen der fremden Stadt und noch immer schien Xian Li genau zu wissen, wohin sie gehen mussten.

Mit einem Mal blieb sie stehen und legte den Finger an die Lippen. Nicht weit entfernt gingen zwei Leute vorbei.

‚Angesichts der Tages- oder eher Nachtzeit, könnte es sich durchaus um eine Patrouille handeln', überlegte sie. Wenn die sie entdeckten, würden sie mit Sicherheit näher kommen, um sie in Augenschein zu nehmen; etwas, dass sie um jeden Preis verhindern musste. Sie stellte sich in den Schatten eines nahen Hauses und winkte Feng Hu zu sich. Zusammen drückten sie sich eng an die Hauswand, um nicht gesehen zu werden. Sie verhielten sich mucksmäuschenstill und warteten angespannt, was passieren würde. Bald hörten sie, dass sich die Schritte der Soldaten entfernten. Sie hatten Glück gehabt. Die Patrouille war weitergegangen, ohne sie zu behelligen.

„Puh, das war knapp!" flüsterte Xian Li.

„Wieso, was hätte schon passieren können? Wir sind entsprechend gekleidet und es ist dunkel, meine Hautfarbe sollte keiner erkennen können."

Sie schüttelte den Kopf. „Nicht böse sein, aber du bist wirklich vollkommen weltfremd! – Es ist dunkel, richtig! Wir tragen Frauenkleider, ich *bin* sogar eine Frau und das waren zwei Soldaten! Um diese Zeit sind meistens nur noch ganz bestimmte Frauen auf den Gassen einer Stadt unterwegs... Und genau diese Art Frauen interessieren zwei Soldaten mit Sicherheit sehr! Und *ich* will mich sicher nicht mit ihnen »beschäftigen« und du... naja... "

„Und wenn du sie mit deinem Shàn zum Schweigen gebracht hättest?"

„Das ist genau das Problem, Feng Hu! Genau *das* hätte ich tun müssen. Und was glaubst du, was in der Stadt los wäre, wenn irgendjemand dann die zwei Leichen finden würde? – Wir könnten keinen Schritt mehr machen, weil es vor Soldaten nur so wimmeln würde. Maratjianween hat gesagt, die Hälfte des ehemaligen Palastes sei ein Militärlager. Mit einer ganzen Garnison in Aufruhr, würden wir unser Ziel nie erreichen!"

Er nickte. „Verstehe! Trotz der Kleider darf uns immer noch keiner sehen!"

„Zumindest kein Soldat und nicht in der Nacht! Trotzdem ist die Nacht der beste Schutz für uns."

Vorsichtig schaute sie um die Hausecke. Es war niemand mehr zu sehen, also schlichen sie weiter.

Eine Weile gingen sie nun wortlos durch die Gassen der Stadt und Feng Hu wunderte sich immer mehr, mit welcher Sicherheit sich Xian Li durch die Gassen bewegte. Aber er sorgte sich auch. Sie hatte gesagt, die Nacht wäre ihr bester Schutz, aber ewig würde die ja nicht dauern und was dann?

„Was denkst du, wie weit ist es noch bis zum Palast?"

„Das Tal ist etwa eine halbe Tagesreise groß und ich schätze, die Stadt ist etwa halb so groß. Meist befinden sich Paläste nahe der Mitte einer Stadt. Ich hatte nicht den Eindruck, dass Maratjianweens Haus irgendwie Abseits zu liegen schien, von daher sollten wir nicht mehr allzu weit entfernt sein. Und damit wird die Sache gefährlicher, schließlich nähern wir uns nicht nur einem verfallenen Palast, sondern auch einer ganzen Anzahl Soldaten."

„Was tun wir also?"

„Zusehen, dass wir uns dem Gebäude von der verfallenen Seite her nähern. Mit ein wenig Glück geben uns die Ruinen gute Deckung und genug Möglichkeiten uns zu verstecken. Ich nehme nicht an, dass die Soldaten den verfallenen Teil patrouillieren. Zumindest hoffe ich das sehr stark!"

„Hoffen wir, dass du recht hast!"

Einige Zeit später zeigte sich, dass Xian Li mit ihrer Vermutung richtig gelegen hatte. Vor ihnen befand sich ein großes Gebäude, das verfallen wirkte. Offenbar hatten sie Glück und näherten sich von der richtigen Seite, mussten sich also nicht an einem Militärlager vorbeischleichen. Bald waren sie bei den Ruinen angelangt. Sie hockten sich hinter die Überreste einer Begrenzungswand und ruhten sich ein wenig aus.

„Soweit, so gut", flüsterte Xian Li.

„Was meinst du, führt uns deine Scheibe auch direkt zu seinem Gegenstück, oder müssen wir das ganze Gebiet absuchen?"

„Ich hoffe das erste, vermute aber das zweite!"

„Wer sagt uns eigentlich, dass sich die Metallscheibe nicht im Bereich des Militärlagers befindet, oder dass es schon jemand gefunden hat?"

„Das sagt uns niemand, aber ich hege die Hoffnung, dass nichts davon der Fall ist. Maratjianween scheint gewisse Kräfte zu haben und daher vermute ich, dass sie *weiß*, dass die Scheibe noch nicht entdeckt wurde."

„Wenn uns die Scheibe nicht führt, wird das eine sehr langwierige Suche, Xian Li! Das Gebäude ist sicher zwölf bis fünfzehn FEN[9] groß und drei bis vier ZHÀNG[10] hoch und wir haben keine Ahnung, wie es innen aussieht. Was ist, wenn wir gar nicht dorthin gelangen, wo die Scheibe ist?"

---

[9] altes chinesisches Flächenmaß = 66,67 m$^2$
[10] altes chinesisches Längenmaß = 3,33 Meter

„Wenn, wenn, wenn… Feng Hu, wenn ich auf alle Wenns eine Antwort hätte, wären wir vermutlich gar nicht erst in das Loch geklettert! Aber wir sind jetzt hier und müssen auf den Augenschein reagieren und nicht auf Fragen, die uns nicht wirklich weiterbringen! Du hast zwar nicht Unrecht mit dem, was du sagst, aber mit Fragen und Annahmen bestreitet man kein Abenteuer. Man hat etwas vor, man schaut, wie es gehen könnte und man reagiert auf die aktuellen Situationen und Gegebenheiten. Anders funktioniert es nicht, sonst können wir einfach hier sitzen bleiben und uns Fragen über Fragen stellen, auf die wir keine Antworten haben."

Feng Hu nickte. Er hatte wohl noch viel zu lernen. In seinem bisherigen Leben war er vorsichtig vorgegangen und hatte Aktionen sein lassen, wenn er seine Fragen nicht beantworten konnte. Jetzt aber hatte er genau solch eine Situation vor sich und Xian Li stellte sich scheinbar solche Fragen nicht. Andererseits hatte sie schon viele Abenteuer bestritten und wusste sicherlich eher, wie sie ein Problem angehen musste.

Plötzlich wandte sich Xian Li blitzartig zur Seite und griff nach ihrem Shàn.

„Was ist los?", flüsterte Feng Hu.

„Ich weiß nicht genau! Ich glaube, einen Schatten gesehen zu haben."

„Also, ich sehe hunderte Schatten."

„Aber dieser hat sich bewegt!"

Vorsichtig fragte er: „Kann es sein, dass du übermüdet bist und dir deine Augen Streiche spielen?"

„Möglich wäre es. Zumindest sehe ich nun nichts mehr, das sich bewegt."

„Wir sollten noch etwas weiter in die Ruinen hineingehen und einen Platz zum Ausruhen suchen, Xian Li!"

Sie nickte. Sein Vorschlag war nicht von der Hand zu weisen. „In Ordnung! Ruhen wir uns aus!"

Liyanshimeen atmete auf. Das war sehr knapp gewesen. Offenbar sah Xian Li weit besser im Dunkeln, als sie das von den Menschen hier gewohnt war. Das bedeutete, sie musste ihnen in viel größerem Abstand folgen, als sie angenommen hatte. Innerhalb des Palastes würde es somit unmöglich sein, ihnen auf den Fersen zu bleiben. Also würde sie warten müssen, bis sie wieder herauskamen und sie dann weiter im Auge behalten. Auch sie stellte sich einige Fragen: Was war wenn Xian Li den zweiten Teil des Artefaktes fand und ihre Auffassungsgabe schnell genug war, um zu wissen, was sie damit tun konnte? Sie fand es noch immer unverantwortlich, dass Maratjianween die beiden auf diese Suche geschickt hatte. Ihre Herrin hatte soviel Wissen über das Artefakt, wie sie selbst. Glaubte sie denn wirklich, dass es half, dass sie Xian Li nur einen Bruchteil der Wahrheit erzählt hatte? Schließlich wusste Maratjianween, wie es gewesen war. Liyanshimeen erinnerte sich an ihr letztes Gespräch mit dem König:

*Kijantjianween hatte ihr offenbart, dass er Shèngdi verlassen musste.*

*„Hör zu, Liyanshimeen, es ist nicht möglich, dass ich hier in Shèngdi bleibe! Da der zweite Teil des Artefaktes nicht mehr in unserer Hand ist, muss ich den anderen Teil in Sicherheit bringen und es gibt nur einen Ort, an dem es Gyradrajeen nicht in die Hände fallen kann – in der Außenwelt! Also muss ich dorthin!"*

*„Mein König, sollen Maratjianween und ich dich dorthin begleiten?"*

*Kijantjianween schüttelte den Kopf. „Das geht nicht, Liyanshimeen! Maratjianween muss auf jeden Fall hier bleiben, sonst wird Shèngdi untergehen! Ich habe keine Ahnung, wie das Tal verschlossen wurde, aber ich kann, zusammen mit ihr, das Gleichgewicht auch* aus der Außenwelt halten, damit das Reich überleben kann."

„Herr, wenn du fort bist, sind Maratjianween und ich, Gyradrajeen und dem Volk schutzlos ausgeliefert! Er wird dich erpressen wollen!"

„Du irrst, Liyanshimeen! Er kann keinen Kontakt zu mir aufbauen, also kann er mich auch nicht erpressen."

Fast flehentlich meinte sie: „Lass uns mit dir gehen! Hier sind wir nicht sicher!"

Ernst sah Kijantjianween seine Beraterin an, dann antwortete er: „Ihr werdet nicht in Gefahr sein. Das Volk wird euch zwar ablehnen, aber ihr seid sicher hier in Shèngdi! Wenn ihr mit mir kommt wird hier niemand überleben können! Willst du wirklich, das hier jeder Mann, jede Frau, jedes Kind stirbt?"

„Nein, Herr, sicher nicht!"

„Dann ist es beschlossen, Liyanshimeen, ich werde in die Außenwelt gehen und ihr werdet hier bleiben! Ich habe nur eine Bitte an dich!"

„Was wünscht mein König?"

„Diene Maratjianween, wie du mir gedient hast und beschütze sie!"

„Wie mein König es sagt, so soll es geschehen!" Sie verneigte sich vor ihm.

Später in der Nacht hatte Kijantjianween dann ein magisches Portal geöffnet und war in die Außenwelt geflohen.

Es hatte einen großen Tumult gegeben, als herauskam, dass der König fort war und das Reich ohne Regenten zurückgelassen hatte. Der Mob war sogar in den Palast eingedrungen und hatte zerstört, was nur zu zerstören war. Und wann immer sich Maratjianween in der Stadt gezeigt hatte, war sie beschimpft und angefeindet worden. Zwar hatte es niemand gewagt, sie anzugreifen, doch nach einiger Zeit hatte sie nur noch im Schutz der Dunkelheit das

*Haus verlassen. Liyanshimeen hatte sie mehr als einmal gefragt, warum sie all das auf sich nahm, warum sie sich bemühte, das Gleichgewicht in Shèngdi zu halten, für ein Volk, das sie nicht haben wollte. Stets hatte sie die gleiche Antwort bekommen: „Eines Tages wird es sich auszahlen und auch du wirst dann sehen, dass es gut war, mich nicht von Äußerlichkeiten abschrecken zu lassen!"*

Und was war nun? Eine fremde Abenteurerin, eine Außenweltlerin noch dazu, hatte einen Teil des Artefaktes und war auf der Suche nach der zweiten Scheibe. Maratjianween hoffte wohl, dass Xian Li, nachdem sie das Tal geöffnet hatte, ihr das Artefakt bringen würde. Liyanshimeen hingegen war der Ansicht, dass die Abenteurerin nicht so naiv war, dass sie nicht die Macht des Artefaktes entschlüsseln würde. Zudem würde das Artefakt vielleicht selbst das seine dazu tun, sich ihr zu offenbaren. Aber wahrscheinlich hatte ihre Herrin recht und es war besser, unter Xian Lis Herrschaft zu leben, als bei geschlossenem Tal zu sterben.

Einige Stunden hatten sich Xian Li und Feng Hu Ruhe gegönnt und sie waren nun bereit, sich auf die Suche nach der zweiten Scheibe zu machen.

„Dann wollen wir uns mal wieder auf die Suche machen."

Er sah sie irritiert an. „Und was ist mit was zu essen?"

Xian Li zuckte zusammen. Das hatte sie total vergessen. „Verdammt! Ich glaube, das ist das erste Mal, dass ich unzureichend ausgerüstet bin. Wir haben nichts mit, Feng Hu. Scheint als müssten wir ein wenig fasten!"

„Großartig", brummte er.

Sie sah ihn an, dann fragte sie: „Wie mutig und verwegen bist du?"

‚Sie kennt mich, eigentlich sollte sie die Antwort wissen', dachte er.

„Warum fragst du?"

„Ich gehe mal davon aus, dass wir in dem Militärlager eine Vorratskammer finden würden…"

Entgeistert sah er sie an. „Wir sollen… – Das meinst du nicht ernst, oder?"

„Dann fasten wir ein wenig!" schloss sie.

„Scheint so!"

„Also, dann lass uns die Scheibe suchen gehen!"

Eine Zeitlang gingen sie durch die unteren Bereiche des Palastes, dann schüttelte Xian Li den Kopf. „Sie ist in einem der oberen Bereiche."

„Führt dich die Scheibe doch?"

„Scheint so zu sein. Komm mit, dort vorn sind Treppen."

„Hoffentlich können wir die benutzen, ohne durchzubrechen."

Als sie näher kamen, antwortete sie: „Ja, es sind Steintreppen!"

Vorsichtig bewegten sie sich über die Treppe hinauf, dann begannen sie den oberen Teil zu untersuchen. Der Zustand des Gebäudes und das Zwielicht, das hier drin herrschte, ließ sie nur langsam voran kommen. Sie fragte sich, wie der Palast so schnell in diesen Zustand gekommen war. Es war kaum mehr als fünfzehn Jahre her, seit Kijantjianween in ihrem Dorf aufgetaucht war. Also sollte der Palast auch seit jener Zeit erst nicht mehr genutzt worden sein, Doch alles hier sah aus, als sei der Palast schon seit Jahrhunderten dem Verfall ausgesetzt gewesen. Es erschwerte das Vorwärtskommen erheblich, denn ständig musste man aufpassen, dass man sich nicht unversehens ein Stockwerk tiefer wiederfand. Bei genauerem Hinsehen stellte sie jedoch fest, dass hier kein natürlicher Verfall zu erkennen war, dafür aber Unmengen Spuren, die auf eine mutwillige Zerstörung hindeuteten. Fenster und Türen waren offensichtlich nicht von selbst zerfallen, sondern waren eingeschlagen worden. Hier war wohl eher ein aufbegehrendes Volk am Werk gewesen, als der Zahn der Zeit.

,Warum hat mir Maratjianween aber erzählt, der Palast sei verfallen? Glaubt sie, ich kann Gewalteinwirkungen nicht von natürlichem Verfall unterscheiden? *Was ist hier los?*'

Bevor sie sich weitere Gedanken machen konnte, hatte sie mit einem Mal ein merkwürdiges Gefühl. Sie blieb stehen und sah sich besorgt um.

„Was hast du?"

„Ich habe da ein ganz merkwürdiges Gefühl! Ich hatte eben den Eindruck, als habe sich die Position der zweiten Scheibe verändert."

„Wie soll das möglich sein?"

„Dafür gäbe es nur *eine* Erklärung und die ist sehr schlecht!"

„Möchtest du ein Rätselspiel veranstalten, oder sagst du es mir?"

Sie sah ihn ernst an, dann meinte sie seufzend: „Die Scheibe trägt jemand bei sich und ich vermute mal, dass es sich um einen Soldaten handelt. Vermutlich sogar um den Hauptmann, von dem Maratjianween sprach..."

„Aber, wenn du die Scheibe spüren kannst..."

„... kann er das auch, ganz genau!"

„Ein Shàn gegen ein oder zwei Jiàn, geht das?"

„Kommt auf den Kämpfer an, Feng Hu. Ich gebe die Scheibe jedenfalls nicht kampflos her!"

Feng Hu sah sich um. „Wo ist er?"

„Ein Stockwerk höher! Ich weiß nicht sicher, ob er nach mir sucht, oder einfach auf mich wartet. – Wie auch immer, Feng Hu, du bleibst hier! Ich gehe allein weiter! Und wehe du folgst mir!"

„Ich dachte, du hast mich zur Unterstützung mitgenommen?"

„Schon, aber du bist unbewaffnet und könntest auch nicht mit einem Schwert umgehen, selbst wenn du eins hättest und darum wärst du sehr schnell ein Faustpfand für ihn. Er würde mich erpressen, ihm die Scheibe zu geben, oder er würde dich töten. Du wärst also keine Unterstützung, sondern eine Gefahr! – Also, du rührst dich nicht und wenn ich nicht wiederkomme, versuchst du zu Maratjianween zurückzukommen. Hast du verstanden?"

Er nickte. „Ja, habe ich! Bitte, pass auf dich auf!"

„Ich passe auf! Wichtig ist, dass mir nichts und vor allem niemand, in die Quere kommt! – Also, bis bald! Hoffe ich!"

„Hoffe ich auch!"

Damit drehte sie sich um und ging auf die nächste Treppe zu. Sie nahm ihren Shàn vom Gürtel und öffnete ihn. Sollte ihr Gegner bereits an der Treppe auf sie warten, wäre sie vorbereitet! Langsam ging sie die Stufen der steinernen Treppe hoch und spähte nach allen Richtungen aus. Vom Gefühl her, wartete ihr Widersacher einige BU[11] entfernt.

Sie erreichte ungehindert das obere Ende der Treppe und sah sich um. Aus dem Schatten einer zerstörten Säule trat ein hochgewachsener Mann in einer edlen Soldatenrüstung. Sie hatte offenbar richtig vermutet, es musste sich um den Gardehauptmann handeln. Sie stellte sich ihm entgegen.

„Nett von dir, dass du mir die Scheibe von Kijantjianween bringst! Ich hatte schon vermutet, dass ich sie nie bekommen würde!" sprach er sie an.

„Das wirst du auch nicht!" hielt sie dagegen.

---

[11] altes chinesisches Längenmaß = 1,67 Meter

„Hör mal zu Kleine, du bist zwar was, das sich im Bett gut machen würde, aber du bist sicher keine Gegnerin für mich! Ich habe dich in kleine Stücke gehackt, bevor du auch nur weißt, wie dir geschieht!"

Er war dabei, sie so richtig in Kampflaune zu bringen. Wie alle Männer, unterschätzte er sie. Das konnte ihr nur recht sein. Umso größer würden ihre Chancen gegen ihn sein.

‚Mal sehen, ob er sich reizen lässt'

„Was sollte ich mit dir wohl im Bett anfangen können?" antwortete sie herablassend.

„Schade, dass du das nie mehr herausfinden wirst!"

„Kannst du nur mit dem Mundwerk umgehen, oder auch mit Waffen?"

„Was soll das werden? Versuchst du etwa, mich zu verunsichern? – Uuuh, ich zittere vor Angst!"

‚Nur weiter so", dachte sie, ‚fühl dich nur sicher, du Großmaul!'

„Ich hatte eigentlich gehofft, ein richtiger Gegner würde die Scheibe tragen, nicht dass ich sie einem kleinen Mädchen wegnehmen muss."

„Woher wusstest du überhaupt von der Scheibe?"

„Als ich meine Hälfte gefunden hatte, war Kijantjianween bereits mit dem zweiten Teil geflohen, doch ich wusste, dass irgendwann jemand versuchen müsste, das Tal wieder zu öffnen. Also brauchte ich nur zu warten! Bald werde *ich* das Tal wieder öffnen können!"

Sie schüttelte den Kopf. „Ohne meinen Teil wirst du das wohl nicht können und wie bereits erwähnt: Den bekommst du nie!"

„Das werden wir ja sehen! Hast du noch irgendwelche letzten Worte, bevor ich dich in Stücke haue?"

„Die Frage stell dir lieber selbst!"

Er zog zwei Schwerter und meinte: „Genug herumgefaselt, bringen wir es zu Ende!"

„Ganz wie du meinst!"

Er griff schnell an, doch sie reagierte noch schneller und wich dem ersten Hieb aus, während sie den zweiten mit ihrem Shàn parierte.

Ein Kampf gegen zwei Schwerter bei dem Zwielicht, das hier herrschte war nicht ungefährlich. Sie würde zusehen müssen, dass sie ihm ein Schwert abnehmen konnte. Schnell stellte sie fest, dass er sich zu sicher war und die Angriffe nur ungenau ausführte. Er rechnete ja nur mit einem kleinen unfähigen Mädchen... Sein Pech!

Erneut wehrte sie einen Hieb mit dem Shàn ab, dann drehte sie sich in den Gegner hinein und stach mit den scharfen Spitzen des Fächers in sein Handgelenk, als er zuschlagen wollte. Er schrie auf, ließ das Schwert fallen und sie fing es auf. Um wieder von ihm wegzukommen sprang sie hoch und trat kräftig gegen seinen Brustpanzer. Er taumelte zurück und sie stand ihm nun mit einem Schwert und einem Fächer bewaffnet gegenüber, während er nur mehr einen Arm verwenden konnte.

Langsam dämmerte es ihm, dass er doch kein so leichtes Spiel mit ihr haben würde. Es war das erste Mal, dass er bei einem Zweikampf richtig verletzt wurde. Er hatte sie gehörig unterschätzt. Erneut griff er sie an, aber mit nur einem Schwert und einem verletzten Arm waren seine Angriffe nicht mehr so effektiv und mit zwei Waffen gab sich Xian Li keine Blöße mehr. Wohin er auch schlug, stets prallte sein Schwert entweder auf ihren Fächer oder das Schwert.

Sie hingegen wusste, dass sie den Kampf schnell beenden musste, denn an Körperkraft und Ausdauer würde er ihr sicher überlegen sein. Also griff sie an, um ihn in die Defensive zu zwingen. Sie musste eine gute Position erreichen, um entscheidend zuschlagen zu können. Als er ein paar Schritte zurückwich, hatte sie ihr Ziel erreicht und sprang mit einer schnellen Drehung hoch und aus der Bewegung heraus schlug sie mit dem Schwert zu und trennte ihm sauber den Kopf von den Schultern. Als sie wieder auf dem Boden stand, fiel sein Körper vornüber. Sie atmete auf und hob das Schwert zu einem kurzen Salut.

„Wie recht du doch hattest... Wir *haben* es zu Ende gebracht!"

Schnell untersuchte sie den Leichnam. In der Innentasche seiner Rüstung fand sie die gesuchte Scheibe und steckte sie in ihre Tasche. Dann nahm sie ihm das Schwert, sowie die zugehörige Halterung ab, schnallte sie sich diese um und verstaute beide Schwerter darin. Nun hatte sie drei Waffen zur Verfügung und das würde im Notfall für die halbe Garnison reichen.

Sie richtete ihr Gewand wieder, dann ging sie vorsichtig zurück ins untere Stockwerk. Sie fand Feng Hu hinter einer Säule versteckt. Als sie sich näherte, fuhr er herum.

„Oh, du bist es! Ist alles in Ordnung?"

Sie nickte. „Ich habe die zweite Scheibe!"

„Bist du verletzt", fragte er besorgt.

„Nein, keine Sorge!"

„Ist der Hauptmann...?"

Sie nickte. „So tot, wie man ohne Kopf nun einmal ist..."

Bevor er etwas sagen konnte, fuhr sie fort: „Jetzt wollen wir doch mal sehen, was es mit diesem merkwürdigen Teil auf sich hat, denn auch der Hauptmann war ganz versessen darauf und das sicher nicht nur, weil er das Tal wieder öffnen wollte. Irgendetwas Besonderes muss damit sein, wenn man über beide Scheiben verfügt."

Sie holte die beiden Scheiben aus ihrer Tasche hervor, betrachtete sie genauer und entdeckte, dass es Spiegelbilder voneinander waren und sah auf ihnen Einkerbungen. Es schien so zu sein, dass beide Teile so miteinander verbunden werden konnten. Doch wenn dieses Artefakt so viel ausrichten konnte, warum bewahrte man dann die Scheiben überhaupt getrennt voneinander auf? Oder hatte der Hauptmann womöglich gelogen? Hatte er die Scheibe nicht gefunden, sondern gestohlen und Kijantjianween war nicht wirklich geflohen, sondern hatte den zweiten Teil in Sicherheit gebracht, damit nicht das ganze Artefakt dem Hauptmann in die Hände fallen würde? Soviel war schon mal sicher: Das Teil konnte sicherlich mehr, als nur das Tal öffnen!

‚Aber wieviel mehr‘, fragte sie sich, ‚immerhin hat auch Maratjianween mir nicht unbedingt die ganze Wahrheit erzählt. Das werde ich wohl nur herausfinden, wenn ich das Artefakt wieder zusammensetze!‘

Langsam schob sie die Einkerbungen beider Scheiben ineinander und sie passten perfekt. Plötzlich war ihr, als durchströme eine Kraft ihren Körper und sie fühlte sich seltsam, aber gut. Das zusammengesetzte Artefakt ließ sie wieder in die Tasche ihres Gewandes gleiten.

„Nun, dann wollen wir mal sehen, wie wir das Tal öffnen können. Komm mit, Feng Hu!"

Er sah sie seltsam an. „Ist alles in Ordnung mit dir, Xian Li?"

„Sicher, warum fragst du?"

„Weil dich ein rötliches Leuchten zu umgeben scheint. Es begann, als du das Teil zusammengesetzt hast. Nicht stark, so wie eine schwache Aura!"

„Ich fühle mich sehr gut! Wenn es von dem Artefakt kommt, kann es scheinbar nichts Schlimmes sein! – Lass uns gehen!"

Aus ihrem Versteck sah Liyanshimeen beide aus dem Gebäude wieder herauskommen. Aber wenn sie ihre Augen nicht trogen…

‚Verdammt', dachte sie, ‚Sie besitzt beide Scheiben und hat das Artefakt von Aranee auch schon zusammengesetzt. Die rötliche Aura sehe ich von hier aus. Warum ist Maratjianween nur so leichtsinnig gewesen!"

Vorsichtig verließ sie ihr Versteck, um den beiden weiter zu folgen. Jetzt war es Tag und sie in den Gassen nicht zu verlieren, war ein schwieriges Unterfangen. Wenn Xian Li schon in der Dunkelheit so gut sah, wie gut würde sie dann erst bei Tag sehen? Hinzu kam noch, dass die Gassen nicht sehr lang waren und sie ihnen dichter folgen musste, als gut war, wenn sie sie nicht aus den Augen verlieren wollte.


Xian Li und Feng Hu suchten derweil einen Weg, der sie aus der Stadt hinausführen würde. Als sie eine Weile gegangen waren, drehte Xian Li sich halb um und sah wieder einen Schatten davonhuschen und diesmal war sie sicherlich nicht übermüdet.

‚Hmm... irgendjemand verfolgt uns und das scheinbar schon seit gestern. Und ich habe auch schon eine Vermutung, wer das ist...'

Sie bog in eine Seitengasse ab und wartete im Schatten eines Hauses.

„Was hast du?" fragte Feng Hu.

„Psst, sei leise", herrschte sie ihn an.

Wenig später kam die verhüllte Gestalt um die Ecke und begriff zu spät, dass sie in eine Falle getappt war. Jetzt spürte sie das scharfe Ende eines Shàn an ihrem Hals und Xian Lis Hand in ihrem Genick.

„Na sieh mal an! Wen haben wir denn da!" Sie zog der Gestalt die Kapuze herunter.

„Liyanshimeen! Hatte ich also gestern Abend doch recht! Was willst du hier und warum folgst du uns?"

„Weil Maratjianween es mir befohlen hat!"

Xian Li stutzte. „Warum sprichst du plötzlich unsere Sprache fließend? Was sollte das Schauspiel gestern?"

Liyanshimeen schüttelte den Kopf. „Nicht ich spreche deine Sprache fließend, sondern du verstehst nun meine!"

„Und wie sollte das möglich sein", fragte Xian Li zweifelnd.

„Weil du das Artefakt zusammengesetzt hast. Du solltest nun alle Sprachen sprechen und verstehen!"

„Aha! Weißt du, für eine Dienerin weißt du viel zu gut Bescheid! Ich denke es wird Zeit, dass wir ein wenig an der Wahrheitsfindung arbeiten, meinst du nicht auch?"

Sie sah ihr Gegenüber drohend an. „Also, bevor dir mein Shàn den Kopf von deinem Hals schneidet, sagst du mir besser, wer du wirklich bist! Also?"

„Ich bin wirklich Liyanshimeen und ich bin auch wirklich die Dienerin von Maratjianween!"

„Aber das warst du nicht immer, oder?"

Liyanshimeen kämpfte gegen den Einfluss des Artefakts, um Herr ihrer Sinne zu bleiben.

„Was ist nun, bekomme ich eine Antwort, oder möchtest du jetzt und hier sterben?"

Sie sah Xian Li ruhig an und meinte dann: „Wenn du Spaß daran hast, mich zu töten, lass dich nicht aufhalten! Ich fürchte mich nicht vor dem Tod! Aber wenn du mich tötest, bekommst du sicher auch keine Informationen."

Hier mischte sich unklugerweise Feng Hu ein. „Jetzt lass sie endlich los, was ist denn in dich gefahren?"

„Halt dich da raus!" herrschte sie ihn an, dann versetzte sie ihm einen Schlag auf den Brustkorb, dass er gegen die Hauswand taumelte.

„Feng Hu!" Liyanshimeen sah ihn besorgt an.

„Ach so ist das!" Xian Li grinste verschlagen. Dann nahm sie Feng Hu beim Hals und begann langsam zuzudrücken. Liyanshimeen sah sie ängstlich an.

„Wenn *du* keine Angst vor dem Tod hast, reagierst du aber vielleicht anders, wenn jemand anders sterben wird, wenn du weiter schweigst? Ich werde so lange zudrücken, bis er tot ist, wenn du mir nicht sagst, was ich wissen will! Also, entscheide dich, aber recht schnell, wenn du ihn retten willst!"

Liyanshimeen sah zu Boden. Xian Li hatte ihren wunden Punkt gefunden. Sie kämpfte nicht mehr gegen das Artefakt an, sondern sank auf die Knie und sah zu ihr hoch.

„Bitte, Herrin, lass ihn los! Ich sage dir, was du wissen willst! Ich schwöre es! Ich flehe dich an, Herrin, lass ihn bitte los!"

Xian Li öffnete die Hand und Feng Hu rieb sich den Kehlkopf, hustete und rang nach Luft.

„Also, was hast du mir zu erzählen, Liyanshimeen? Fangen wir mal bei dir an: Du warst nicht immer Maratjianweens Dienerin, richtig?"

„Nein, Herrin! Einst war ich die Königliche Beraterin von Kijantjianween, dem König dieses Reiches! Daher weiß ich über das Artefakt Bescheid. Als Kijantjianween floh, blieb ich als Dienerin bei Maratjianween, um ihr zu helfen und sie zu schützen."

„War denn Maratjianween nicht die Königin, warum ist sie nicht auch geflohen?"

„Sie war zwar Kijantjianweens Frau, aber sie trug nicht den Titel einer Königin. Sie ist nicht geflohen, weil sie dem Volk helfen wollte. Wie du dir sicher schon gedacht hast, ist Kijantjianween nicht wegen des verschlossenen Tals geflohen, sondern um den anderen Teil des Artefaktes in Sicherheit zu bringen. Beide Teile wurden stets getrennt aufbewahrt und eines Tages stahl der Hauptmann einen Teil. Scheinbar hat er es vermocht, das Tal zu verschließen, um die Herausgabe des anderen Teils zu erpressen. Kijantjianween hatte nur noch die Wahl, durch eine magische Passage in die Außenwelt zu fliehen, dem einzigen Ort, wohin ihm der Hauptmann nicht folgen konnte. So lange Kijantjianween am Leben war, gelang es ihm durch eine magische Verbindung mit Maratjianween, das Reich im Gleichgewicht zu halten. Als er durch das Unwetter starb, wurde die Situation kritisch. An dem Punkt haben weder Maratjianween noch ich dir irgendetwas Falsches erzählt."

„Der Hauptmann hatte aber den längeren Atem, weil er wusste, dass das Tal geöffnet werden *musste*, was, nach Meinung aller, nur mit dem kompletten Artefakt möglich ist. Er brauchte nur zu warten, bis ihm jemand den zweiten Teil brachte. Dumm für ihn, dass ich das war und er mich unterschätzt hatte. So, jetzt aber zu dem Artefakt! Scheinbar bewirken die Scheiben an sich, kaum etwas, sondern erst das zusammengesetzte Artefakt besitzt Kräfte, richtig?"

„Ja, Herrin! Das Artefakt von Aranee ist ein mächtiger Talisman. Der es trägt, verfügt über große Macht."

Xian Li nickte. „Und was für eine Macht ist das genau?"

Liyanshimeen atmete tief durch. „Zunächst einmal ist der Träger, oder in diesem Fall die Trägerin, die uneingeschränkte Herrscherin über Shèngdi! Niemand kann anders, als dir gegenüber loyal zu sein, Herrin!"

„Du hast es aber versucht, dagegen anzukämpfen!"

Sie nickte. „Ja, aber das geht nicht lange. Es ist mit großen Schmerzen verbunden, die so stark werden, dass der Tod einer Erlösung gleichkommt. Darum hätte ich in dem Moment tatsächlich nichts dagegen gehabt, wenn du mich getötet hättest."

„Was gibt es sonst noch über das Artefakt zu wissen?"

„Hast du den rötlichen Schein um dich herum bemerkt?"

Xian Li nickte.

„Ist dir zufällig auch aufgefallen, dass er intensiver wurde, als du mich mit dem möglichen Tod von Feng Hu erpresst hast?"

„Nein, meine Aufmerksamkeit war da wohl etwas abgelenkt...“

„Nun, das Artefakt verändert das Wesen des Trägers und das nicht zum Guten. Darum wurde das Artefakt stets auseinandergenommen aufbewahrt. Ich kenne dich nicht lange genug, um sagen zu können, ob du früher auch gedroht hättest, jemanden zu erwürgen, um einen anderen zu erpressen. Nur da du es getan hast und da der rötliche Schimmer dabei intensiver wurde, ist es wahrscheinlich ein Werk des Artefaktes gewesen.“

„Und jetzt willst du mich überreden, es wieder auseinander zu nehmen“, fragte Xian Li spöttisch.

„Nein, Herrin! Du brauchst das Artefakt, um das Tal zu öffnen. Denn das musst du noch immer, wenn du nicht zusammen mit allen anderen sterben willst. Ich möchte dich nur bitten... nein, ich flehe dich an, Acht zu geben, was das Artefakt mit dir tut. Du bist eine starke Frau und solltest in der Lage sein, deinen eigenen Willen zu behalten.“

Xian Li dachte eine Weile über das Gehörte nach. Sie wusste instinktiv, dass Liyanshimeen die Wahrheit gesagt hatte. Ja, sie würde aufpassen müssen.

„Habe ich das jetzt richtig verstanden, dass ich die rechtmäßige Königin von Shèngdi bin?“

„Ja, Herrin!“

„Und auch du schwörst mir die Treue, bis in den Tod?“

Liyanshimeen senkte demütig den Kopf. „Ja, Herrin, ich schwöre dir die Treue bis in den Tod!“

„Dann stehe auf! Ich brauche jemanden mit deinem Wissen. Willst du auch *meine* Königliche Beraterin sein?“

Sie sah Xian Li an. „Das will ich, Herrin! Du ehrst mich mit dieser Aufgabe!“

„Ich hoffe, dir ist klar, dass der Tag, an dem du deinen Schwur brichst, der letzte deines Lebens sein wird!"

„Vollkommen klar, meine Königin!"

Die Königin musterte ihre Beraterin von oben bis unten, dann wollte sie wissen: „Warum konnte ich dich mit Feng Hu erpressen? Du kennst ihn doch kaum."

„Das stimmt, dennoch..."

„... dennoch hast du dich in ihn verliebt?"

Liyanshimeen nickte verlegen.

„Dann berate mich doch einmal. Was soll ich mit ihm machen? Ich gedenke nicht, ihn ständig am Hals zu haben, zurückschicken kann ich ihn nicht und ich werde ganz gewiss nicht die Herrschaft mit ihm teilen. Er ist für mich ziemlich entbehrlich. Er taugt nicht zum Soldaten... eigentlich taugt er zu gar nichts."

„Wenn meine Königin mir die Gnade gewähren würde, ihn zum Mann zu nehmen?"

„Er wird dadurch aber nicht auch mein Berater, oder?"

„Nein, meine Königin! Nur mein Mann!"

„Versteht er eigentlich auch deine Sprache?"

„Ich denke nicht! Hat er das Artefakt je in der Hand gehalten?"

Xian Li schüttelte den Kopf.

„Dann wird er nur überrascht sein, dass wir uns unterhalten können und er nichts versteht."

„Na schön, dann werde ich ihn mal fragen, was er von der Sache hält."

Sie wandte sich jetzt in Chinesisch an ihn: „Feng Hu, es scheint, dass ich durch das Artefakt nun Königin bin. Und du kannst dir wohl denken, dass *du* nicht König sein wirst. Ich hätte nun die Möglichkeit, dich mit Hilfe meines Schwertes loszuwerden... Aber meine Beraterin hat da einen anderen Vorschlag, den du vielleicht in Erwägung ziehen solltest..."

„Und was ist das?"

„Wie du vielleicht vorhin schon gemerkt hast, bist du ihr nicht egal, schließlich ist sie um deines Lebens willen vor mir auf die Knie gefallen. Sie hat sich in dich verliebt und würde dich gern zum Mann nehmen. Natürlich liegt die Entscheidung bei dir...“

Feng Hu musste erst einmal die ganzen Informationen verarbeiten. Die Frau, die er eigentlich liebte, war jetzt Königin und zog in Erwägung ihn umzubringen, weil sie ihn nicht mehr brauchte. Die Frau, die er kaum kannte – und die sehr gut aussah – hatte ihm das Leben gerettet und sich in ihn verliebt und würde ihm erneut das Leben retten, indem sie ihn ehelichte.

„Nun, was du sagen?“ fragte Liyanshimeen ihn.

„Ich weiß nicht, was ich sagen soll.. Du hast mir das Leben gerettet und dabei kennst du mich kaum und willst mich dennoch zum Mann nehmen...“

„Du besser schnell überlegen, Feng Hu, Königin nicht hat viel Geduld!“

„Das weiß er eigentlich schon“, ließ sich Xian Li vernehmen.

Feng Hu trat auf Liyanshimeen zu, fasste sie bei den Händen und antworte: „Ja, Liyanshimeen, ich will dein Mann sein.“

„Ich sehr glücklich, Feng Hu!“ Sie umarmte ihn, dann wandte sie sich an Xian Li: „Meine Königin, würdest du wohl den Bund zwischen Feng Hu und mir absegnen?“

„Das wird dann wohl meine erste offizielle Handlung sein. – Also gut!“

Sie wandte sich an Feng Hu: „Willst du Liyanshimeen zur Frau nehmen?“

Er nickte. „Ja, das will ich!“

„Und du, Liyanshimeen, willst du Feng Hu zum Mann nehmen?“

Mit einem bekräftigenden Nicken antwortete sie: „Ja, das will ich!“

„Dann bestätige ich, als Königin von Shèngdi, dass ihr nun verheiratet seid!"

Feng Hu und Liyanshimeen umarmte und küsste sich nun, bis Xian Li sich räusperte. „Ohne das frische Paar drängen zu wollen, aber wir sollten zusehen, dass wir weiter kommen. Wenn wir das Tal nicht öffnen können, habt ihr nicht sehr lange Zeit zu zweit!"

Liyanshimeen nickte und stellte erfreut fest, dass Xian Li sich offenbar schon an ihren Rat hielt und aufpasste, dass das Artefakt sie nicht zu sehr beeinflusste. Im Moment war der rötliche Schimmer kaum mehr zu sehen. Sie hoffte, dass das auch so bleiben würde. Wenn ja, bestand die Möglichkeit, dass sie das Artefakt sogar wieder auseinandernahm, wenn ihre Aufgabe erfüllt wäre. Aber daran wollte sie sich zum jetzigen Zeitpunkt nicht klammern.

„Liyanshimeen, weißt du eigentlich, dass wenn uns jemand gesehen hätte, er der Meinung wäre, dass du eine Frau geküsst hast", fragte Feng Hu, in Anspielung auf die Frauenkleider, die er trug.

Bevor sie antworten konnte, wollte Xian Li wissen: „Sag mal, Liyanshimeen, wenn ich nun Königin bin und jeder mir gegenüber loyal sein muss, bedeutet das nicht auch, dass wir aufhören können, durch die Stadt zu schleichen und ganz normal zu unserem Ziel gehen können?"

„Ja, meine Königin! Es ist nicht mehr nötig, dass du dich versteckst."

„Und was ist mit uns?" wollte Feng Hu wissen.

„Wenn Königin mitnimmt uns, dann auch nicht schleichen müssen!"

Xian Li sah die beiden an und meinte dann: „Natürlich kommt ihr mit mir! Artefakt hin oder her, wer weiß, ob ich eure Hilfe nicht benötige. Und Liyanshimeen muss auf jeden Fall mitkommen, schließlich ist sie meine Beraterin! – Also kommt!"

„Sehr gut, dann kann ich wohl auch die Dinge entfernen, mit denen ich ausgestopft bin", meinte Feng Hu.

„Ja, das kannst du! Allerdings werden wir dein »Kleiderproblem« erst einmal nicht lösen können..."

„Ich weiß, ich weiß", brummte er resigniert. „Das lässt sich halt nicht ändern. Aber ohne Brüste schaut dieses Ledergewand wenigstens nicht ganz so weiblich aus."

Die beiden Frauen nickten zustimmend und er fand sich mit dem Unvermeidlichen ab. Gemeinsam verließen sie nun die Seitengasse wieder und setzten ihren Weg zum Rand des Talkessels fort.

„Feng Hu?"

Er erinnerte sich schnell, dass er Xian Li nun anders ansprechen musste. „Ja, meine Königin?"

‚Klingt nicht uninteressant von ihm', dachte sie. „Ich denke ich muss mich bei dir entschuldigen!"

„Du, meine Königin?"

„Ja, ich! Es tut mir leid, dass ich dich gewürgt und als Faustpfand gegen Liyanshimeen verwendet habe!"

„Ich nehme die Entschuldigung dankend an, meine Königin!"

Xian Li nickte und schüttelte ihm die Hand, dann wandte sie sich an ihre Beraterin: „Ich muss noch ein wenig mehr über das Artefakt wissen. Du hast gesagt, es übt eine Macht aus. Wie ist diese Macht beschaffen? Ich meine damit, hat das Artefakt einen »Willen«, den es versucht durchzusetzen, oder ist es eine vorhandene Kraft, die vom Träger gelenkt werden kann?"

Liyanshimeen überlegte einen Moment. „Das Artefakt hat eine, ihm innewohnende Macht. Sie beeinflusst den Träger in sofern, dass sie die Teile des Wesens des Trägers verstärkt, die zur Erhaltung von Macht notwendig sind. Wenn der Träger vom Grund her böse ist, wird ein furchtbarer Gewaltherrscher aus ihm werden. Wenn er einen schwachen Geist hat, wird er eher böse Entscheidungen treffen, denn das Artefakt wird ihn durch seine Macht dazu leiten. Hat der Träger aber einen starken Geist und ist nicht vom Grund her böse, kann er die Macht des Artefaktes leiten. Das bedeutet, der Träger kann die Kraft nutzen, ohne böse zu werden."

„Du hast gesagt, ich sei eine starke Frau. Denkst du, ich könnte das Teil nutzen, ohne ihm zu verfallen?"

„Ich denke, dass du das kannst, meine Königin! Du beweist es gerade!"

„Und wie merke ich, in welche Richtung es geht?"

„Je deutlicher und größer der rötliche Schein um dich herum wird, je böser werden deine Entscheidungen sein. Wenn der Schein verschwunden ist, hast du das Gleichgewicht von Yin und Yang erreicht."

Xian Li überlegte eine ganze Weile, dann meinte sie: „Also kann das Artefakt seinen Träger erziehen und ihn dazu bringen, weise zu herrschen?"

„Wenn der Träger stark im Geist und nicht vom Wesen her böse ist, dann ja. Einen bösen Träger hingegen würde es vollends verderben. Das wäre der Fall gewesen, wenn du Gyradrajeen, den Gardehauptmann, nicht besiegt hättest."

„Weißt du, es war merkwürdig gegen ihn zu kämpfen. Ich habe in meinem Leben schon viele Kämpfe bestritten und sie gingen fast alle für meine Gegner ähnlich fatal aus, wie für den Hauptmann, aber bisher habe ich ausschließlich gekämpft, weil mein Leib und Leben bedroht waren. Sicher ging es auch hierbei um Leben oder Tod, aber ich habe nicht ausschließlich um mein Leben gekämpft, sondern damit die Scheibe nicht in falsche Hände fällt. Es war, wie soll ich sagen, fast ein höheres Ziel. – Und seit ich weiß, was das Artefakt vermag, habe ich Sorge, ob es nicht doch in falsche Hände gefallen ist."

„Ich bin der Meinung, dass das Artefakt in keine besseren Hände hätte fallen können, meine Königin. Sorge ist gut, um wachsam zu bleiben, aber sie ist kein guter Ratgeber. Du weißt nun alles über das Artefakt von Aranee, was es zu wissen gibt. Handle nach diesem Wissen und aus dem Grund deines Wesens, nicht aus der Sorge heraus. Wenn du es mir erlaubst, werde ich auf dich achten und dir Hinweise geben, wenn es nötig ist."

„Ich verlasse mich darauf, Liyanshimeen!"

Die Beraterin verneigte sich leicht. „So soll es sein, meine Königin!"

Sie gingen weiter durch die Stadt und Xian Li konnte erneut über die Wirkung des Artefaktes staunen. Niemand hatte sie offiziell vorgestellt, niemand hatte sie je vorher gesehen, niemand konnte sehen, dass sie das Artefakt trug, da es noch immer in der Tasche ihres Gewandes ruhte, dennoch verneigten sich die Bewohner Shèngdis vor ihr, als ihre Königin. Xian Li hingegen fragte sich, was eine Königin überhaupt tat. Sie war eine Abenteurerin, die während eines Abenteuers, in dem es eigentlich nur darum ging, den Zugang zu diesem Talkessel wieder zu öffnen, mit einem Mal Herrscherin über ein Königreich geworden war. Sie war, ihrer persönlichen Meinung nach, vieles, aber keine Königin.

Bald würden sie die Stadt verlassen und sich dem verschlossenen Zugang nähern. Maratjianween hatte gesagt, eines Tages sei Feuer durch den Eingang gekommen und dann war er verschlossen. Xian Li fragte sich, wie das möglich sein sollte, feuerspeiende Berge gab es im Tian Shan nicht. Außerdem hatte Liyanshimeen gesagt, dass vielleicht der Hauptmann das Tal verschlossen hätte – nur wie? Sie nahm an, dass der Zugang ein wenig größer sein müsste, als eine Tür, daher musste er schon einiges bewegt haben.

Hatte er vielleicht durch einem BRANDSATZ[12] eine Gerölllawine vor dem Eingang ausgelöst? Nun, Sie würden es bald wissen.

---

[12] Ein chemisches Gemisch, das dem Schwarzpulver ähnelt und eine Explosion mit einer großen Feuerlohe auslöst.

# Der Legende dritter Teil: Der Zugang

Xian Li, Feng Hu und Liyanshimeen verließen Shèngdi und gingen auf die umgebenden Felsen zu. Viel hatte sich in kurzer Zeit ereignet und jeder von Ihnen hing seinen Gedanken nach. Feng Hu sortierte für sich noch die ganzen Neuerungen, die sich daraus ergaben, dass er eine Frau geheiratet hatte, die er gerade mal ein paar Minuten kannte. Liyanshimeen war, obwohl sie nach außen hin ruhig und gelassen wirkte, innerlich sehr aufgewühlt. Immerhin hatte sie gerade den Mann geehelicht, in den sie sich verliebt hatte, als sie ihn zum ersten Mal gesehen hatte. Xian Li, die nie ein Zeichen von Unsicherheit zeigte, zumindest nicht öffentlich, suchte den Schock zu verarbeiten, dass sie in einem Moment von einer simplen Abenteurerin, zur Königin eines Reiches geworden war.

Einige Zeit später waren die drei am Ende des Talkessels angelangt und kamen zu der Stelle, an der sich einst der Zugang befunden hatte. Irritiert sah sich Xian Li die Felswand vor ihr an. Sie hatte Geröll erwartet, dass den Eingang verschüttet hätte, aber hier war nichts, als eine glatte Felswand. Nichts wies darauf hin, dass hier je ein Durchgang gewesen war. Hatte Liyanshimeen sie zu der falschen Stelle geführt?

„Liyanshimeen, bist du sicher, dass dies der richtige Ort ist? Hier weist nichts darauf hin, dass hier je ein Zugang war, hier ist nur glatte Felswand."

„Ja, meine Königin, ich bin ganz sicher! Wenn es hier Geröll geben würde, hätten wir den Eingang ja schon selbst freiräumen können. Das Problem ist eben, dass es nur gewachsener Fels zu sein scheint."

Xian Li dachte eine Weile nach.

„Also, wenn der Hauptmann kein großer Magier war – und das kann er nicht gewesen sein, sonst hätte er Kijantjianween folgen können – dann kann ich mir nicht vorstellen, wie er den Zugang hätte so verschließen können. Ich bin schon weit herumgekommen und habe auch das Gestein gesehen, dass feuerspeiende Berge zurücklassen, aber das sieht auch anders aus. – Ihr seid sicher, dass das Tal je einen Ausgang hatte?"

Liyanshimeen sah die Königin konsterniert an. „Natürlich sind wir da sicher! Hier war ein großer Durchgang und dahinter lagen unsere Felder. Hier im Talkessel gibt es nur wenig Fläche, die als Ackerland taugt. Und Wasser gibt es hier auch nicht. Außerhalb gibt es einen Fluss, mit dessen Wasser wir unsere Zisternen gefüllt haben."

„Aber wie kann ein großer Durchgang so verschlossen werden, dass es keine Anzeichen dafür gibt, dass er je da war?"

„Vielleicht war es irgend ein magisches Wesen, meine Königin" warf Feng Hu ein.

Xian Li sah ihn skeptisch an. „Ein *was*? Feng Hu, ich bin schon viel herumgereist und habe Schamanen und auch den einen oder anderen Magier getroffen, aber keiner von denen hätte so etwas auch nur ansatzweise geschafft."

„Ich meinte ja auch keinen Schamanen oder Magier! Aber man sagt, dass die Gefolgschaft von GÒNG-GÒNG[13] noch immer die Seen, Meere und Flüsse bewohnt. Was wäre, wenn so etwas in dem Fluss lebte, den Liyanshimeen erwähnt hat?"

Xian Li schüttelte den Kopf, doch ihre Beraterin meinte: „Er könnte Recht haben, meine Königin."

„Liyanshimeen, willst du mir sagen, dass es solche Wesen wirklich gibt? Ich habe auf meinen Reisen noch nie irgendwelche Drachen oder anderen magischen Wesen getroffen."

---

[13] Chinesischer Wassergott ähnlich einer Schlange oder einem Drachen

„Ja, meine Königin, die gibt es sehr wohl. Aber sie sind keine Wesen im körperlichen Sinn, sondern Geisterwesen. Die zeigen sich nicht einfach. Würde man Schamanen benötigen, wenn jeder solche Wesen sehen könnte?"

„Hmm... da hast du natürlich Recht! Aber was hat das mit dem Durchgang zu tun?"

Plötzlich fiel ihr etwas auf: „Feng Hu, sag mal, warum kannst du an unserem Gespräch teilnehmen? Verstehst du auf einmal die Sprache Shèngdis?"

Er war selbst irritiert, offenbar war es ihm nicht aufgefallen, dass er plötzlich verstand, was Liyanshimeen und Xian Li gesprochen hatten.

„Es scheint so zu sein, meine Königin!"

„Aber du hast das Artefakt doch nie berührt... Wenn du in die Tasche meines Gewandes gegriffen hättest, wäre mir das sicherlich aufgefallen – und du hättest eine Hand weniger."

„Ich vermute, da du ihm die Hand geschüttelt hast, und durch die Tatsache, dass du ihn nicht als Feind betrachtest, bewirkt das Artefakt, dass er zumindest einmal unsere Sprache versteht. Sprechen kann er sie wohl aber noch nicht. Sonst hätte er mit dir nicht in eurer Sprache gesprochen."

Ein wenig lächelnd meinte Xian Li nun: „Es ist sicher auch nicht schlecht, wenn er die Sprache seiner Frau versteht."

„Das finde ich auch" stimmte Liyanshimeen zu.

„Kommen wir mal auf unser Problem zurück: Warum sollte ein solches Wesen das Tal verschließen?"

„Kann es sein, dass es verärgert war, dass die Bewohner Shèngdis dem Fluss so viel Wasser entnommen haben? Ich meine, wenn es in dem Fluss lebt, wird es das Wasser als sein Eigentum betrachten und die, die es nehmen, als Diebe seines Wassers, oder?"

Xian Li kam aus dem Staunen nicht mehr heraus. Feng Hu entwickelte sich hier so unglaublich. Seine Kommentare waren nun fundiert und logisch. Früher hatte er bald nur über Belanglosigkeiten geredet und jedem ein Gähnen entlockt.

Seine Frau meinte: „Es wäre möglich. Wenn du recht hast, ergibt alles einen Sinn!"

„Ja, schon, Liyanshimeen" warf Xian Li jetzt ein, „aber das würde ein weiteres großes Problem schaffen! Wenn das Artefakt das Tal wieder öffnen kann, werdet ihr wieder viel Wasser aus dem Fluss nehmen und das Wesen erneut verärgern. Und wer weiß, was es dann tut. Sein Herr, wenn Feng Hu recht hat, ließ aus Zorn fast den Himmel einstürzen."

Ihre Beraterin nickte. „Das ist wahr, meine Königin! Wir benötigen dringend einen Schamanen. Er müsste mit dem Wesen ein Übereinkommen treffen, damit wir Wasser entnehmen können."

„Nun, ich würde sagen, wir lösen ein Problem nach dem anderen. Hast du eine Idee, wie ich das Tal mit dem Artefakt öffnen kann?"

„Wenn du es vielleicht an den Fels hältst, meine Königin?"

Xian Li trat an die Felswand heran, nahm das Artefakt aus der Tasche und hielt es an die Felswand und – nichts passierte. Liyanshimeen sah enttäuscht zu Boden.

„Aber das Artefakt muss doch das Tal öffnen können", meinte sie verzweifelt.

Feng Hu legte den Arm um sie und sagte beruhigend: „Das wird es auch, Lishi! Wir müssen nur herausfinden, wie!"

Sie sah ihn erstaunt an, dann küsste sie ihn. „Jetzt weiß ich, dass du mich magst! Niemand hat mir jemals vorher einen Kosenamen gegeben!"

Bevor Feng Hu etwas darauf erwidern konnte, räusperte sich Xian Li.

„Ihr werdet sicher noch eine lange Zukunft vor euch haben, in der ihr die Nähe des anderen genießen könnt, allerdings nur, wenn wir die Felswand öffnen können, daher sollten wir uns zuerst darum kümmern!"

Die beiden nickten ein wenig verlegen.

Feng Hu, der ein großer Freund alter Geschichten war, meinte nun: „Meine Königin, ich weiß wohl, dass du nicht wenig über mich gelacht hast, wenn ich dir von alten Geschichten erzählt habe, aber dort ist es immer so, dass der Held oder die Heldin ihr Werk irgendwie spektakulär vollbringen. Und nur das Artefakt an die Wand zu halten, ist wenig spektakulär."

„Wir sind hier aber nicht in alten Geschichten, Feng Hu."

„Wer weiß das schon! Vielleicht wird aus diesem Abenteuer auch einst solch eine Geschichte. Und dann musst du den Eingang spektakulär öffnen."

Xian Li sah ihn an, als zweifle sie an seinem Verstand.

Liyanshimeen hingegen meinte: „Kann es schaden, wenn du etwas anderes versuchst, meine Königin? Vielleicht will ja sogar das Artefakt spektakulärer eingesetzt werden."

‚Entweder haben die zwei recht, oder Feng Hus alte Art kehrt zurück und färbt auf seine Frau ab' dachte sie. ‚Andererseits, wie Liyanshimeen sagte, kann es nichts schaden, es anders zu versuchen.'

Sie ging einige zhàng von der Felswand fort, drehte sich dann zur Wand um und stellte sich so hin, wie Feng Hu es aus seinen Geschichten immer vorgelesen hatte, mit schrittweit auseinander gestellten Beinen. Dann nahm sie das Artefakt in beide Hände, hob es hoch und rief: „Kraft von Aranee, öffne diesen Durchgang wieder!"

Sie rechnete nicht wirklich mit einem Erfolg, doch als sie ausgesprochen hatte, schoss ein greller Lichtstrahl vom Artefakt auf die Felswand zu und der

Fels begann sich aufzulösen, bis der gesamte Durchgang wieder frei war. Xian Li hätte vor Schreck und Staunen bald das Artefakt fallen lassen. Ungläubig starrte sie auf den Durchgang und sah eine weite Ebene, die sich jenseits erstreckte.

Ihre Beraterin und Feng Hu fielen auf die Knie. Ehrfürchtig flüsterte sie: „Du hast es geschafft, meine Königin!"

„Das Artefakt hat es geschafft, meinst du wohl."

„Es war die Kraft des Artefakts, ja! Aber du hast die Scheiben wieder zusammengesetzt, nachdem du heldenhaft den Hauptmann besiegt hast. Ohne dich hätte es keinen Erfolg gegeben, meine Königin, denn nur das Artefakt half nicht, es brauchte dich dazu!"

Xian Li sah die beiden an. „Steht auf! – Hiermit verfüge ich, als Königin von Shèngdi, dass ihr zwei niemals wieder vor mir auf die Knie fallen sollt!"

Ungläubig sahen die beiden sie an und standen auf.

„Ergebensten Dank, meine Königin!" Liyanshimeen und Feng Hu senkten den Kopf.

„Jetzt kommt mit, ich will sehen, was sich auf der anderen Seite des Durchgangs befindet."

„Sei aber vorsichtig, meine Königin. Du weißt nicht, was dich dort erwartet. Wenn das Wesen, dass den Eingang verschlossen hat, mitbekommen hat, dass der Zugang wieder geöffnet wurde, wird es vielleicht auf dich warten und es ist sicher nicht freundlich gesinnt!"

Xian Li nickte. „Dann hoffen wir, dass das Artefakt uns auch weiterhin helfen kann."


Vorsichtig trat Xian Li durch den Torbogen im Fels und schaute sich um. Vor dem Eingang entdeckte sie ein Skelett, das Verbrennungsspuren aufwies. Scheinbar war derjenige umgekommen, in dem Feuer, dass Maratjianween erwähnt hatte. Vielleicht war das Wesen, das sie annahmen, wie ein Drache und konnte

Feuer speien. Langsam ging sie weiter auf die Hochebene hinaus und die zwei anderen folgten ihr.

Als sie in die Nähe des Flusses kamen, deutete Liyanshimeen auf eine Struktur, die offenbar vom Feuer zerstört war. „Sieh dort, meine Königin, das Wehr, das wir errichtet hatten, ist zerstört und verbrannt. Wenn es sich nicht um das Werk von Banditen handelt, ist das Wesen sehr stark und mächtig."

„Du weißt schon, dass ich den Gedanken nicht sehr beruhigend finde, oder?"

„Ich auch nicht, meine Königin!"

„Habt ihr einen Schamanen in der Stadt, der uns helfen könnte?"

„Nicht wirklich! Es gibt jemanden, der mit Geistern kommunizieren kann und auch über gewisse Kräfte verfügt, aber ich denke, dies hier ist zu groß!"

Xian Li sah ihre Beraterin ernst an. „Schützt du Maratjianween nur, oder glaubst du wirklich, dass sie das hier nicht schaffen würde?"

„Sie hat zwar die Passage geöffnet und auch die Überreste ihres Mannes hergeholt, aber danach war sie sehr lange bewusstlos und konnte sich auch noch nicht bewegen, als sie wieder zu sich gekommen war. Wäre die Anstrengung noch größer gewesen, wäre sie vielleicht daran gestorben. Die Wesen des Geisterreichs kennen unsere Stärken und Schwächen, meine Königin, Maratjianween würde die erste Begegnung mit dem Wesen nicht überleben, das ist sicher!"

„Hast du nicht gesagt, ich würde nun alle Sprachen sprechen und verstehen?"

Liyanshimeen nickte.

„Dann hoffen wir, dass das auch für die Sprache dieses Wesens gilt."

„Was hast du vor, meine Königin?"

„Wenn wir keinen Schamanen haben, muss ich sehen, ob *ich* mit dem Wesen verhandeln kann. Sonst nützt der offene Eingang nämlich gar nichts."

„Es wird dich töten, meine Königin" rief Feng Hu erschrocken.

„Das haben alle auch über den Gardehauptmann gedacht – nun ist er tot."

„Aber du kannst das Geistwesen nicht mit Waffen bekämpfen, deine Schwerter können nichts ausrichten." entgegnete Liyanshimeen.

„Vielleicht kann ich aber mit dem Artefakt etwas ausrichten. Bleibt hier!"

Sie ging jetzt langsam auf den Fluss zu. Als sie nicht weit vom Flussufer stand rief sie: „Zeige dich mir!"

Nichts geschah.

‚Vielleicht hilft ja auch hier ein bisschen Reizen', dachte sie.

„Zeige dich mir, du Ausgeburt der Unterwelt!"

Zunächst schien es, als würde wieder nichts geschehen, doch dann begann der Boden zu zittern, das Wasser im Fluss schwoll an und es schien, als wolle es sich bis zu den Wolken auftürmen. Ein großes Rauschen und Donnern erscholl, als wollten die Berge selbst einstürzen.

Liyanshimeen und Feng Hu wichen entsetzt noch weiter zurück, Xian Li hingegen blieb unerschrocken stehen.

Bald senkte sich das Wasser wieder in das Flussbett und ein Wesen, das aussah, wie ein Drache, dessen Leib aber aus Wasser zu bestehen schien, stand Xian Li gegenüber.

„Was willst du von mir, Elende? Rede, bevor ich dich zu einem Haufen Asche verbrenne!"

„Warst du es, der das Tal von Shèngdi verschlossen hatte?"

Liyanshimeen und Feng Hu hörten nur ein Grollen und Fauchen und hatten große Angst um ihre Königin.

„Was geht dich das an?" fauchte der Drache.

„Eine ganze Menge! Ich bin die Königin von Shèngdi!"

„Wenn du die Königin bist, wie kamst du dann aus dem Tal?" Der Drache senkte sein Haupt bedrohlich.

„Ich habe es wieder geöffnet!"

„Du lügst! Kein Sterblicher kann diese Barriere je öffnen!"

„Sie ist nun aber offen! Vielleicht solltest du nachsehen!"

Der Drache erhob sich und sah, dass Xian Li die Wahrheit gesagt hatte.

„Wie hast du das vollbracht? Du bist keine Göttin und nur eine solche hätte das Tal öffnen können."

„Nun, ich hatte ein wenig Hilfe." Sie griff in ihr Gewand und zog das Artefakt von Aranee hervor und hielt es vor den Drachen. „Hiervon!"

Der Drache sah das Artefakt und wich erschrocken zurück.

Xian Li sprach ruhig weiter: „Hör zu, ich will dich nicht bekämpfen. Ich will mit dir reden. Wer bist du?"

„Ich bin Shan-Gōng, der Herr über die Wasser dieses Gebirges."

„Und ich bin Xian Li, die Königin Shèngdis. Warum hast du das Tal verschlossen, das Wehr zerstört und die Leute getötet?"

„Sie haben geraubt, was mir gehört!"

„Das Wasser des Flusses?"

„Jaaa! Und sie haben nicht damit aufgehört. Immer mehr Wasser haben sie genommen, aber es gehörte ihnen nicht!"

„Sie wussten nicht, dass du hier lebst und das Wasser dir gehört. Sie haben den Fluss gesehen und da sie das Wasser brauchten, um zu leben, haben sie es genommen! Warum hast du sie nicht erst darauf hingewiesen?"

Shan-Gōng fauchte laut. „Sie können mich nicht hören. Sie haben taube Ohren. Man kann ihnen nichts sagen. Irgendwann war dann meine Geduld am Ende und sie mussten für ihren Diebstahl bezahlen!"

„Wie du siehst, kann ich dich aber hören und du mich auch! Wir Sterblichen brauchen nun einmal Wasser, sonst können wir nicht Leben und alles was an Pflanzen wächst, braucht Wasser. Und wir müssen Pflanzen anbauen, damit wir Nahrung haben. Bist du bereit uns von deinem Wasser abzugeben, soviel wir brauchen? Du hast so viel davon, dass es weit, weit fließen kann. Und es kommt immer neues Wasser dazu."

„Oooh! Eine Sterbliche, die nachfragt und nicht einfach nimmt, was nicht ihr gehört! – Du scheinst edel zu sein, Xian Li, Königin von Shèngdi. Ich weiß, dass ihr Wasser braucht."

Der Drache machte ein kurze Pause, dann fuhr er fort: „Ihr könnt Wasser haben, denn ich habe viel davon! Aber ich stelle Bedingungen!"

„Ich höre deine Bedingungen, großer Shan-Gōng!"

„Ihr dürft Wasser nehmen von dem Moment, wo die Sonne über den Gipfeln des Berges erscheint, bis zu dem Moment, wenn sie wieder hinter den Gipfeln verschwindet. Alles Wasser, das ihr in dieser Zeit nehmen könnt, soll euch gehören. Wenn die Sonne hinter dem Berg verschwunden ist, bis zu ihrem nächsten Erscheinen, dürft ihr kein Wasser nehmen, oder ihr bestehlt mich erneut! Ihr dürft aber nichts in den Fluss bauen, wie es dort geschehen war." Er deutete mit dem Kopf in Richtung des zerstörten Wehrs. „Und ihr dürft auch nicht das Wasser umleiten! Wenn ihr irgendetwas davon tut, werde ich erneut dazwischenfahren und dann werde ich nicht so milde sein, wie das letzte Mal! Was also sagst du zu meinen Bedingungen, Königin von Shèngdi?"

Sie sah ihn an und fragte: „Und was möchtest du als Gegenleistung haben?"

„Nur eine Kleinigkeit! Ihr errichtet dort neben dem zerstörten Bauwerk einen Tempel und dieser soll auf ewig dem Gòng-Gōng geweiht sein. Die Grundfläche des Tempels sei drei fen und die Höhe zwei zhàng. Eine Hohepriesterin soll dem Tempel vorstehen und sechs Priesterinnen sollen ihr zur Seite stehen. Sie sollen in dem Tempel wohnen und die Dienste verrichten, wie ich es ihnen sagen werde! – Bist du einverstanden, Xian Li?"

Sie überlegte einen kleinen Moment, ob sich das alles bewerkstelligen ließ, dann antworte sie dem Drachen: „Ja, ich bin einverstanden, großer Shan-Gōng! So, wie du es gesagt hast, soll es geschehen! Das sagt dir die Königin von Shèngdi!"

Sie verneigte sich vor dem Drachen und dieser nickte ihr zu, dann wurde er wieder eins, mit den Fluten des Flusses. Xian Li ging zu Liyanshimeen und Feng Hu zurück und beide sahen sie ehrfürchtig an.

„Meine Königin! Du hast das Treffen überlebt! Was hast du mit dem Drachen besprochen?"

Xian Li berichtete nun ihrer Ratgeberin von der Vereinbarung mit Shan-Gōng.

„Einen Tempel sagst du? Nun, das ist etwas völlig neues für Shèngdi."

„Warum? Habt ihr keine Tempel und keine Götter, die ihr verehrt?"

„Ja und nein, meine Königin! Ein jedes Haus hat im Eingangsbereich einen Altar, der dem Hausgott geweiht ist, aber einen großen Tempel haben wir nicht. Im Tal ist einfach zu wenig Platz dafür und das Land außerhalb haben wir nur als Ackerland verwendet. Unsere Götter sind DIE ACHT UNSTERBLICHEN[14] und

---

[14] In der chinesischen Mythologie acht Götter (für die Namen s. Glossar)

jedes Haus verehrt einen im Besonderen, als seinen Hausgott, aber auch die anderen sieben."

„Nun, dann werden sie in dem Tempel noch Gòng-Gōng verehren. Ich meine, die Möglichkeit wieder an Wasser zu kommen und auch wieder Felder bestellen zu können, sollte das aufwiegen, meinst du nicht auch?"

Liyanshimeen nickte. „Ja, meine Königin! Ganz sicher sogar. Wobei sich natürlich die Frage stellt, wer die Hohepriesterin sein wird."

„Für mich stellt sich diese Frage nicht, Liyanshimeen. Wir brauchen eine Frau, die mit Geisterwesen sprechen kann, richtig? Wer fällt dir da spontan ein?"

„Du meinst nicht...?"

„Doch, genau Maratjianween habe ich dafür im Sinn. Ich vermute, dass dir das nicht sehr gefällt, aber auch hier geht doch das Wohl des Reiches vor, oder? Was wäre, wenn ich jemanden dafür auswählte, der nicht mit Shan-Gōng sprechen kann? Er könnte ihr nicht sagen, wie sie die Dienste im Tempel verrichten soll und die Vereinbarung wäre gebrochen. Er hat mich gewarnt, dass er das nächste Mal nicht so milde handeln wird, wie beim ersten Mal, als er Shèngdi strafte. Und ich möchte nicht erfahren müssen, was er damit meint! Du etwa?"

„Nein, meine Königin!" Ihre Beraterin sah zu Boden. Xian Li hatte recht, es gefiel ihr nicht, Maratjianween in der Rolle der Hohepriesterin zu sehen. Sie hatte wohl all die Jahre das Gleichgewicht aufrechterhalten und das Wohl Shèngdis lag ihr am Herzen, aber ihr ein öffentliches Amt zu geben, inmitten eines Volkes, das sie ablehnte und anfeindete? Das wäre eine schwere Bürde für Maratjianween. Zwar war sie nun nicht mehr ihre Dienerin, aber all die Jahre, die sie sie geschützt hatte, ließen sich nicht so schnell abschütteln, daher gefiel ihr die Aussicht, dass Xian Li Maratjianween quasi dem Volk vorwerfen würde, gar nicht. Aber andererseits ging hier das Wohl des Reiches wirklich vor.

Auf dem Weg zurück in die Stadt meinte ihre Beraterin: „Meine Königin, ich denke es ist jetzt an der Zeit, dass das Volk dich kennenlernt. Dank dem Artefakt wissen sie zwar, dass es dich gibt, doch sollten sie ihr Oberhaupt nun zu sehen bekommen."

„Ich muss aber keine Rede halten, oder? – Ich bin keine große Rednerin, auch liegt mir eine verbindliche Ausdrucksweise nicht so."

„Königin, es ist dein Volk, rede einfach so zu ihm, wie du selbst möchtest, dass deine Königin zu dir spricht."

Xian Li nickte. „Ich werde es versuchen!" Sie sah Liyanshimeen fragend an. "Und wie bekommen wir das Volk dazu, sich zu versammeln?"

„Das wird nicht schwer sein. Lass uns zunächst einmal zum Marktplatz gehen, den Rest wird Feng Hu erledigen."

Dieser sah sie nur irritiert an. Hatte sie vergessen, dass er die Sprache Shèngdis nicht sprechen konnte?

Sie wandte sich zu ihm um: „Feng Hu, versuche einmal, mir ein paar Worte nachzusprechen."

Er nickte und sie lehrte ihn, wie man »Die Königin hat den Zugang geöffnet« in ihrer Sprache sagte. Als er den Satz gut hinbekam, hieß sie ihn, zum Marktplatz zu laufen und laut den Satz immer wieder zu rufen. Er nickte und lief los. Innerlich seufzte er jedoch: ‚Und das in Frauenkleidern...'

„Das sollte die Bürger auf dem Marktplatz versammeln, meine Königin!"

„Und was soll ich ihnen nun sagen?"

„Ich werde dich vorstellen, wie es meiner Aufgabe entspricht und du, solltest ihnen erzählen, warum der

Durchgang verschlossen war und was du mit dem Wasserdrachen vereinbart hast."

„Nun denn, gehen wir!"

Liyanshimeens Plan funktionierte gut und als sie mit der Königin den Marktplatz betrat, hatte sich schon eine große Menschenmenge versammelt.

„Volk von Shèngdi", rief die Beraterin, „beugt die Knie vor eurer Königin Xian Li! Sie hat den Zugang zum Tal wieder geöffnet und so das Reich gerettet! Hört, was ihre Majestät euch zu sagen hat!"

Das Volk fiel auf die Knie und rief: „Es lebe unsere Königin Xian Li!"

Ihre Majestät fühlte sich zwar etwas unbehaglich, denn sie war doch eher jemand, der es liebte, wochenlang allein durch das Land zu ziehen, als jemand, der sich in der Ansammlung vieler Menschen wohl fühlte. Jetzt hatte sie aber keine Wahl. Als designierte Königin Shèngdis würde sie zum Volk sprechen *müssen*.

„Das Volk höre, was seine Königin ihm zu sagen hat! Wie ihr bereits vernommen habt, ist der Zugang wieder offen!"

Jubel brach aus, doch Xian Li fuhr fort: „Es gab einen Grund, warum der Zugang verschlossen wurde und ihr sollt mir nun gut zuhören, damit das nicht wieder passiert, oder uns gar noch schlimmeres geschieht!"

Sie berichtete ihnen nun von Shan-Gōng und ihrem Gespräch mit ihm, sowie der Vereinbarung, die sie mit ihm getroffen hatte.

„Vergesst nie, dass Shan-Gōng die Kraft hat, alles zu vernichten, wenn wir uns nicht an die Übereinkunft halten, sowie auch er weiß, dass ich ihn vernichten kann, wenn er sich nicht daran hält. Ich bin mir bewusst, dass das Volk von Shèngdi die Acht Unsterblichen verehrt und das soll auch weiter so sein, doch wird die Verehrung Gòng-Gōngs hinzukommen müssen, wenn wir Zugang zu unseren Feldern und zu lebensnotwendigem Wasser haben wollen."

Sie machte ein kleine Pause, damit das Volk verinnerlichen konnte, was sie gesagt hatte, dann sprach sie weiter: „Ich habe mein Wort gegeben und somit habt auch ihr euer Wort gegeben! Die Königin bricht ihr Wort nicht und also werdet auch ihr euer Wort nicht brechen! Sollte es dennoch jemand versuchen, so sei ihm schon jetzt gesagt, dass er als Opfer zu Shan-Gōng geschickt wird, um vor ihm enthauptet zu werden, damit sein Zorn nicht über uns kommt!"

Xian Li schlug nun wieder einen milderen Ton an. „Wir haben die Möglichkeit, in Frieden mit dem Wassergeist zu leben und diese werden wir nutzen! Es gibt nun viel zu tun, viele Dinge, die wir anpacken müssen. Felder müssen bestellt werden, die Zisternen müssen gefüllt werden, der Tempel muss errichtet werden und auch der Palast soll wieder aufgebaut werden! All das werden wir zusammen schaffen!"

Liyanshimeen zupft sie nun leicht am Ärmel und flüsterte: „Ganz hinten rechts am Platz, steht Maratjianween. Glaubst du, du könntest etwas zu ihrer Rehabilitierung vor dem Volk sagen? Immerhin glauben die Leute, dass Kijantjianween geflohen ist und daher ist sie nicht gut gelitten. Niemand weiß, dass sie das Gleichgewicht aufrechterhalten hat, damit das Volk überleben konnte. Ich sage das nicht als ihre Dienerin, denn das bin ich nicht mehr und es wäre vermessen von mir. Aber sie ist noch immer meine Freundin und sie hat es nicht verdient, so behandelt zu werden. Wirst du ihr bitte helfen, meine Königin?"

Xian Li nickte. „Das werde ich sogar müssen, wenn sie Hohepriesterin sein soll! Sag mal, wissen die Leute eigentlich von dem Artefakt von Aranee?"

„Sie wissen, dass es das Artefakt gibt und dass es ein mächtiger Talisman ist. Sie wissen aber nicht unbedingt, dass es die Loyalität gegenüber dem Träger stärkt! Und... das sollten sie auch nicht unbedingt erfahren!"

„Verstehe!"

Sie wandte sich wieder an das Volk: „Es gibt hier jemanden, der unendlich viel für das Reich getan hat, ohne dass es jemand weiß, oder wissen kann. Lasst mich euch einmal die Wahrheit erzählen, über Ereignisse der Vergangenheit und dadurch viele Dinge wieder in das rechte Licht rücken."

Die Menschen sahen sie erwartungsvoll, aber auch ein wenig skeptisch an. Was würde ihre Königin, die offenbar aus der Außenwelt kam, ihnen über die Vergangenheit Shèngdis erzählen können?

„Es ist die gängige Ansicht im Reich, dass Kijantjianween das Volk im Stich gelassen hat und in die Außenwelt geflohen ist."

Die Leute auf dem Marktplatz nickten zustimmend.

„Die Wahrheit aber ist, dass er zum Schutz des Reiches floh! Ein mächtiger, aber böser, Krieger hatte einen Teil des Artefaktes von Aranee gestohlen! Er war Kijantjianween weit überlegen im Umgang mit dem Schwert und der König hätte keine Chance gegen ihn gehabt. Wäre auch der zweite Teil des Artefaktes dem Krieger in die Hände gefallen, hätte er sich leicht zum Herrscher über Shèngdi aufschwingen können und er wäre ein grausamer Gewaltherrscher gewesen. Das wollte Kijantjianween um jeden Preis verhindern und es gab nur einen Ort, wohin ihm Gyradrajeen nicht folgen konnte – die Außenwelt! Dass Shan-Gōng den Zugang zum Tal fast zur gleichen Zeit verschloss, war Zufall und hatte nichts mit Kijantjianween zu tun! Um das Wohl des Volkes Willen, nahm der König es in Kauf, sein Reich und sogar seine Frau auf ewig zu verlassen! Welch eine selbstlose Tat war das doch! Da aber niemand die Zusammenhänge kannte, wurde er von dem Volk, das er schützte, verurteilt! Kijantjianween war ein Magier und so konnte er mit Maratjianween eine Verbindung herstellen – ein Band zur Außenwelt – um das Gleichgewicht in Shèngdi zu halten und zu gewährleisten, dass das Volk trotz des verschlossenen Durchgangs überleben konnte!"

Xian Li schwieg einen kurzen Moment, damit die Leute Zeit hatte, die Neuigkeiten zu verarbeiten.

„Maratjianween hätte es nicht nötig gehabt, hier zu bleiben. Sie hätte auch in die Außenwelt gehen können, doch wusste sie, dass dies das Ende Shèngdis bedeutet hätte. Als nun Kijantjianween bei einem Unwetter umkam und so das Band zur Außenwelt zerriss, fand sie einen Weg, die Passage zu öffnen, selbst auf die Gefahr hin, dabei zu sterben! Sie rief mich, weil ihr Mann ihr gesagt hatte, dass er mich für fähig hielt, den verräterischen Hauptmann zu besiegen und das Artefakt wieder zu vereinen. So rettete sie das Reich, denn sonst wäre der Zugang nie wieder zu öffnen gewesen. All das hat sie getan, obwohl sie wusste, dass ihr sie ablehnt!"

Sie machte erneut eine kurze Pause, bevor sie weitersprach: „Ihr habt jetzt gehört, wie sich die Dinge wirklich verhalten, darum sollt ihr sie wieder in eure Mitte aufnehmen!"

Sie rief nun über den Platz: „Maratjianween, komm zu mir!"

Die Leute auf dem Marktplatz sahen sich um, dann bildeten sie eine Gasse, damit Maratjianween zur Königin gelangen konnte. Zum ersten Mal seit vielen Jahren konnte sie sich wieder frei unter dem Volk bewegen und  es war kein Spießrutenlauf mehr, durch die Menge des Volkes gehen zu müssen. Sie ging zu Xian Li und kniete vor ihr nieder.

„Hier bin ich, meine Königin!"

„Erhebe dich! Für deine großen Verdienste um das Volk, sollst du das Privileg genießen, vor deiner Königin stets aufrecht stehen zu dürfen!"

„Ich danke dir ergebenst, große Königin, für alles, was du für mich getan hast!"

Xian Li nickte ihr zu, dann wandte sie sich wieder an das Volk: „Geht nun wieder in eure Häuser und eurem Tagwerk nach! Morgen, wenn die Sonne über den Gipfeln des Berges erscheint, kommen alle, die den Boden bestellen können, vor den Eingang des Tals. Da die Sonne nun schon weit auf ihrem Weg fortgeschritten ist, soll heute keiner mehr das Tal verlassen! Folgt morgen in der Früh eurer Königin hinaus zu den Feldern! Und nun geht heim, ihr Leute!"

Das Volk verneigte sich und die Versammlung zerstreute sich.

Als sich der Platz wieder geleert hatte, fiel Xian Li ein, dass sie ja keine Unterkunft hatten, da der Palast zerstört war.

„Maratjianween, würdest du uns Unterkunft gewähren, bis der Palast wieder aufgebaut ist?"

„Selbstverständlich, meine Königin! Mein Haus ist dein Haus!"

„Dann lass uns dorthin gehen, damit ich auch dich in die Neuigkeiten einweihen kann!"

Maratjianween führte die Königin und ihre Begleiter zu ihrem Haus. Es war angenehm und fremd zugleich, wieder bei Tag durch die Stadt gehen zu können, ohne sich verstecken zu müssen. Sie konnte ihre Dankbarkeit kaum in Worte fassen, dass Xian Li sie vor dem Volk rehabilitiert hatte. Es war eine neue Erfahrung, dass die Bewohner Shèngdis ihr wieder freundlich zunickten. Es war für sie, als sei sie aus einem Kerker befreit worden und konnte sich nun wieder am Licht des Tages erfreuen.

Als sie das Haus erreicht hatten halfen Maratjianween und Liyanshimeen dabei, dass sich die Königin einrichten konnte. Feng Hu brauchte das nicht, da seine Frau darauf bestand, dass er mit in ihren Raum ziehen sollte. Nachdem sie fertig waren, nahm Xian Li ihre Beraterin zur Seite: „Willst du ihr über dich und Feng Hu selbst berichten, oder soll ich das, zusammen mit den anderen Neuigkeiten tun?"

„Wenn du erlaubst, meine Königin, würde ich ihr das gern selbst berichten!"

„Hätte ich dich gefragt, wenn ich es nicht erlauben würde? Berichte du ihr nur davon. – Es gibt noch etwas, worüber du mir Auskunft geben musst, wenn du kannst. Du hast gesagt, das Artefakt verschafft mir die Loyalität des Volkes, richtig?"

Liyanshimeen nickte.

„Was würde geschehen, wenn das Artefakt vielleicht herabfiele und dabei wieder auseinanderginge? Verlöre ich dann die Loyalität des Volkes wieder? Immerhin hat Kijantjianween die Loyalität verloren."

„Das Volk würde dir auch weiterhin uneingeschränkt loyal sein. Was zum Bruch der Loyalität für Kijantjianween geführt hat, war nicht das Trennen des Artefaktes, denn das war schon lange vorher auseinandergenommen worden, sondern der Diebstahl der einen Hälfte durch den Gardehauptmann. Die Macht von Aranee war plötzlich geteilt und die Besitzer beider Hälften waren sich feindlich gesonnen. Und so, wie die Einheit der Macht endete, endete auch die Loyalität. Allerdings war sie erst ganz beendet, als er die Außenwelt erreichte. Da war er dann nicht mehr Teil Shèngdis."

„Wenn er aber doch loyal hätte sein müssen, wie war es dem Hauptmann dann überhaupt möglich, den Teil des Artefakts zu stehlen?"

„Das ist eine Frage, die wir uns auch gestellt haben. Du hast ja erlebt, dass sogar ich gegen das ganze Artefakt ankämpfen konnte, auch wenn man das nicht lange aushält. Wir vermuten, dass der Hauptmann von

Grund auf böse und verdorben war. Er hat gegen die Macht Aranees angekämpft, bis er das Teil hatte, dann war das nicht mehr nötig, da die Macht gebrochen war."

„Eine Frage habe ich noch: Kann man das Artefakt beliebig oft auseinandernehmen und zusammensetzen?"

Liyanshimeen sah sie fragend an und Xian Li erklärte: „Ich finde es recht anstrengend, ständig aufzupassen, ob ich unter den Einfluss des Artefakts gerate. Andererseits werden noch viele Aufgaben vor mir liegen, die ich ohne das Artefakt vielleicht nicht schaffen werde. Zum Beispiel wenn ich nochmals mit Shan-Gōng reden müsste. Es wäre auch hinderlich, wenn ich nicht mehr die Sprache Shèngdis verstünde oder sie nicht mehr sprechen könnte. Wenn ich also das Artefakt nur zusammensetzen könnte, wenn ich es wirklich brauche, wäre das sehr entspannend für mich."

„Ich verstehe, was du meinst, meine Königin. Also du brauchst keine Angst zu haben wegen der Sprache. Da du das Artefakt in Händen gehalten hast, wirst du die Fähigkeit andere Sprachen zu sprechen und zu verstehen, nicht verlieren, sofern du mindestens einen Teil bei dir trägst und wahrscheinlich auch noch eine Zeit lang, wenn du es nicht bei dir trägst. Ja, du kannst das Artefakt so oft zerteilen und wieder vereinigen, wie du willst. Du musst nur aufpassen, dass du bereit bist, die Macht von Aranee zu empfangen. Es wird jedes Mal so sein, wie zuerst. Wenn du dich darauf einstellst, solltest du auch keine Schwierigkeiten damit haben."

„Gut! Da ich noch weiß wie sich das angefühlt hat und nun auch weiß, worauf ich achten muss, sollte das gehen."

Sie griff in die Tasche ihres Gewandes, nahm das Artefakt heraus und trennte die Scheiben wieder voneinander. Sie fühlte wie die Macht abnahm, aber dennoch vorhanden war. Sie ließ beide Teile wieder in ihre Tasche gleiten.

Liyanshimeen sah sie erfreut an. „Meine Königin, du hast weise gehandelt. Ich bin glücklich zu wissen, dass du das Artefakt beherrschen kannst und nicht das Artefakt dich beherrscht!"

Später setzten sich Xian Li und Liyanshimeen mit Maratjianween zusammen, um auch sie in die Geschehnisse und Neuigkeiten einzuweihen. Als sie von der Verehelichung von Feng Hu und Liyanshimeen hörte, lächelte sie und meinte: „Ich habe dir doch gesagt, dass du irgendwann einen Mann finden wirst!"

„Ja, das hast du, aber ich habe nicht wirklich daran geglaubt."

„Du hast mir auch andere Dinge nicht geglaubt, die sich als sehr gut erwiesen haben."

„Das stimmt! Aber das war auch für mich nicht ersichtlich!"

Xian Li meinte nun: „Du hast nicht geglaubt, dass ich die Richtige bin, nein?"

Liyanshimeen errötete und sah zu Boden. „Nicht wirklich! – Verzeih, meine Königin!"

„Gewährt! – Ich kann dich schon verstehen, ich habe Maratjianweens Sichtweise auch nicht geteilt." Sie machte eine kleine Pause, dann fuhr sie fort: „Schauen wir jetzt einmal, ob sie *meine* Sichtweise teilt."

„Was für eine Sichtweise hat meine Königin denn für mich?"

„Du hast ja gehört, was ich mit Shan-Gōng vereinbart habe. Was den Tempel betrifft, so brauchen wir eine Hohepriesterin, die in der Lage ist, mit Geistwesen zu reden, damit sie versteht, wenn er ihr mitteilt, wie der Dienst im Tempel verrichtet werden soll. Wie es scheint, gibt es in Shèngdi nur eine Person, die dafür in Frage kommt..."

Maratjianween sah sie etwas entsetzt an. „*Ich* soll die Hohepriesterin werden?"

Xian Li nickte. „Ja! – Wenn du noch jemanden im Reich kennst, der deine Fähigkeiten hat, sage es mir und sie wird die Hohepriesterin werden. Gibt es aber niemanden, bleibt die Aufgabe bei dir. Wenn jemand Hohepriesterin wird und nicht mit Shan-Gōng reden kann, wird die Vereinbarung mit ihm gebrochen sein, da er nicht bestimmen kann, wie der Dienst im Tempel auszusehen hat. Und was er tun wird, wenn wir die Vereinbarung brechen, möchte ich wirklich nicht wissen! – Warum bist du so entsetzt darüber, dass dir die höchste religiöse Position angeboten wird, die es im Reich gibt und auch je gegeben hat?"

„Ich habe Angst davor, meine Königin! Ich habe mich nie mit anderen Göttern beschäftigt, als den Acht Unsterblichen. Ich weiß nichts über Gòng-Gōng. Wie soll ich da seine Hohepriesterin werden?"

Eine Weile überlegte Xian Li, dann fragte sie: „Feng Hu, du scheinst recht gut über die Götter Bescheid zu wissen, kommt das von deinen alten Geschichten, die du gelesen hast?"

„Ich vermute es, meine Königin."

„Und du weißt auch etwas über Gòng-Gōng?"

„Ein wenig. Was eben in den Schriften so über ihn steht."

„Sehr gut, dann wirst du Maratjianween alles erzählen was du über ihn und seine Gefolgschaft weißt."

Er nickte. „Wie meine Königin es wünscht."

Sie wandte sich wieder Maratjianween zu: „Du siehst, das Problem können wir schon einmal lösen. Was es sonst noch über ihn zu wissen gibt, wirst du bei deinem Dienst im Tempel lernen. Ich weiß, dass ich dich sozusagen ins kalte Wasser werfe, aber ich habe keine andere Wahl. Wenn ich das nicht tue wird nämlich kein Wasser mehr da sein und vielleicht nicht einmal mehr Shèngdi! All deine jahrelange Arbeit und Aufopferung wäre dann vergebens gewesen. Ich bin mir bewusst, was ich von dir verlange, aber wenn du, oder Liyanshimeen, mir keinen anderen Weg aufzeigen könnt, muss es so geschehen!"

„Ich verstehe, meine Königin! – Auch wenn es mir schwer fällt, es zu akzeptieren, muss ich eingestehen, dass du recht hast. – Ich werde die Hohepriesterin werden, meine Königin!"

„Danke, Maratjianween!"

# Der Legende vierter Teil:
# Der Neubeginn

Bevor noch die Sonne über den Bergen erschienen war, machte sich Xian Li mit ihrer Beraterin und Feng Hu auf, um das Tal zu verlassen. Sie hielt es für besser, wenn sie die Einteilung der Arbeiten selbst übernahm. So konnte sie sicherstellen, dass nichts geschah, was der Vereinbarung mit Shan-Gōng zuwider lief.

Feng Hu war erstaunt, dass sie auch ihn wieder mitnahm. Eigentlich war er davon ausgegangen, dass seine Mitarbeit nicht mehr benötigt wurde, aber scheinbar hatte die Königin andere Pläne mit ihm.

Es war kein allzu weiter Weg von Maratjianweens Haus bis zum Rand des Tals und sie hatte die Zeit so abgepasst, dass sie vor dem Tal waren, als die Sonne über den Gipfeln der Berge erschien. Wie sie es am Tag zuvor verfügt hatte, waren die Bauern des Reiches dort versammelt und warteten, was ihre Königin anweisen würde. Xian Li hatte zur Sicherheit das Artefakt wieder zusammengesetzt, für den Fall, dass es irgendwelche Zwischenfälle geben sollte.

Sie ging zu den Bauern, um sie anzuweisen, wo sie die Felder anlegen und was sie anpflanzen sollten.

„Hört mir zu! Am dringendsten brauchen wir Nahrung und Baumaterial! Daher werdet ihr zwei große Felder mit Bambus anlegen! Dann haben wir in wenigen Tagen wieder Baumaterial. Zudem legt ihr noch weitere Felder mit Reis und Gemüse an! Seht zu, dass ihr das alles fertig bekommt, bevor die Sonne hinter den Bergen untergeht!"

Die Bauern verneigten sich vor ihr und machten sich an die Arbeit. Bald schon kam einer der Bauern zu ihr und kniete sich vor sie.

„Meine Königin, du hast uns gestern gesagt, wir dürfen das Wasser nicht umleiten, wie aber sollen wir dann die Felder bewässern?"

„Ihr zieht Bewässerungsgräben um die Felder, wie sonst auch, nur lasst sie etwa zwei zhàng vor dem Fluss enden. Niemand gräbt auch nur einen Spatenstich weiter! Da wir nichts in den Fluss bauen dürfen, werden Männer das Wasser mit Eimern aus dem Fluss holen und in die Gräben schütten müssen. Ich weiß, dass das sehr anstrengend ist, aber die Alternative ist, vom Zorn Shan-Gōngs dahingerafft zu werden! Seht zu, dass ihr euch ständig abwechselt! – Nun geh' und tue wie ich dir gesagt habe!"

Der Bauer verneigte sich. „Ja, meine Königin!"

Schon bald konnte sie sehen, dass ihre Anweisungen genauestens befolgt wurden.

‚Gut', dachte sie, ‚das läuft schon mal richtig. Bald sollte also Nahrung zur Verfügung stehen und nicht nur um zu überleben, sondern auch um genug essen zu können, um die anstrengenden Arbeiten ohne Probleme bewältigen zu können.'

Xian Li sah sich um und betrachtete die Umgegend aufmerksam. In der Nähe des alten Wehrs sah sie eine Gestalt stehen, wie wenn dort ein Mann stünde und sie beobachten würde. Sie ging auf die Gestalt zu. Als sie näher kam, zeigte es sich, dass die Gestalt aus Wasser zu bestehen schien. Offenbar beobachtete Shan-Gōng die Arbeiten, um sicherzustellen, dass die Vereinbarungen eingehalten würden.

Als sie bei ihm angekommen war, grüßte sie ihn ehrerbietig: „Sei gegrüßt großer Shan-Gōng!"

„Ich grüße dich, edle Königin von Shèngdi!"

„Wie ich sehe, machen wir beide das gleiche – darauf achten, dass die Vereinbarungen eingehalten werden!"

„So ist es!" Er sah sie einen Moment lang schweigend an, dann fragte er: „Warum hast du es deinem Volk so schwer gemacht? Du hättest mich doch einfach mit dem Artefakt von Aranee bekämpfen können. Ihr hättet alles so machen können, wie es euch genehm wäre. Stattdessen hast du mit mir verhandelt – warum?"

„Wärst du lieber vernichtet worden? – Ich kämpfe, wenn es nötig ist und wenn du uns das Wasser verweigert hättest, hätte ich gekämpft. Aber es ist unehrenhaft und falsch, seinen Willen mit Gewalt durchzusetzen, wenn es eine friedliche Lösung geben kann. Deine Bedingungen sind akzeptabel, darum gab es keinen Grund für Gewalt!"

„Hoffen wir, dass dein Volk das auch so sieht, Königin Xian Li. Das Wasser aus dem Fluss mit Eimern zu schöpfen, um die Felder zu bewässern und die Zisternen zu füllen, ist hart und anstrengend für die Männer."

„Wenn du das weißt, warum hast du dann diese Bedingungen gestellt?"

„Erinnerst du dich, dass du zu mir gesagt hast, ich hätte viel Wasser, so dass es weit, weit fließen kann?"

Xian Li nickte.

„Wenn ihr das Wasser umleitet und den Fluss aufstaut, fließt viel weniger Wasser weiter und es fließt durch heiße Regionen. Der Fluss würde versiegen und die Regionen durch die er fließt, würden verdorren. Ihr Sterblichen habt die Angewohnheit, nur an euch zu denken. Shèngdi braucht Wasser, also nimmt sich Shèngdi alles Wasser, das es braucht und das möglichst bequem. Es kümmert euch nicht, was ihr dadurch weiter entfernt anrichtet. Wenn ihr aber mit meinem Wasser nicht umgehen könnt, wie ihr wollt, fließt das Wasser wirklich weit."

Sie sah den Wassergeist erstaunt an. So hatte sie die Situation nie betrachtet. Sie war die Königin von Shèngdi, also interessierte sie das Wohl ihres Volkes. Er hatte recht, an weiter entfernte Regionen dachte sie dabei nicht. Plötzlich stutzte sie verwirrt. Südlich des Tian Shan-Gebirges lag eine wasserlose Sandwüste, die Taklamakan. Wohin sollte das Wasser dann fließen?

„Sag mir, Shan-Gōng, wohin fließt denn das Wasser?"

„Durch das Gebirgstal dort vorn und durch die große Ebene südlich."

„Dort befindet sich nur eine riesige Sandwüste, ohne jedes Wasser."

Der Wassergeist lachte laut. „Ich habe dir die Wahrheit gesagt! Wie du deine Wahrheit mit meiner zusammenbringst, wird dich vermutlich sehr überraschen. Vielleicht solltest du einmal deine Beraterin danach fragen…"

„Warum sagst du es mir nicht?"

„Es steht mir nicht zu, Königin Xian Li! Ich bin der Herr über die Wasser des Gebirges, nicht mehr, nicht weniger!"

Xian Li war verwirrt, besann sich dann aber wieder auf ihre Aufgaben. Plötzlich hatte sie einen Einfall, der das Wasserschöpfen vielleicht doch vereinfachen könnte, wenn der Wassergeist es zuließ.

„Sag mir noch eines, großer Shan-Gōng, du hast gesagt, wir dürfen nichts in den Fluss bauen. Dürfen wir etwas *neben* den Fluss bauen?"

„So lange du mich nicht hintergehen willst…"

„Würde ich dich fragen, wenn ich das vorhätte? – Dürfen wir ein kleines Schöpfrad neben den Fluss bauen, das Eimer in den Fluss taucht und das Wasser in die Bewässerungsrinne gießt?"

Shan-Gōng dachte eine Weile nach, fand aber nichts, was der Vereinbarung, die er mit Xian Li getroffen hatte, widersprach, es sei denn, das Schöpfrad würde auch in der Nacht laufen.

„Wenn du dafür Sorge trägst, dass das Rad angehalten wird, für die Zeit, in der ihr kein Wasser nehmen dürft und es sich wirklich nur um ein *kleines*

Schöpfrad handelt, würde es unserer Vereinbarung nicht widersprechen."

Nach einem kurzen Augenblick fuhr er fort: „Du bist sehr am Wohlergehen deines Volkes interessiert, das ist gut! Pass nur auf, dass du den Überblick über die Welt nicht verlierst, edle Königin!"

Sie verstand, was er meinte. „Du bist ein weiser Geist, großer Shan-Gōng!"

„Ich bin auch schon lange auf dieser Welt und habe viele Völker kommen und gehen sehen. – Nun werde ich euch wieder allein arbeiten lassen! Auf bald, Königin Xian Li!"

„Auf bald, großer Shan-Gōng!"

Er nickte, dann sprang er in den Fluss und war verschwunden.

Sie ging zu den Bauern zurück. Es würde sicherlich eine große Arbeitserleichterung sein, ein Schöpfrad bauen zu können. Sie würde Feng Hu damit beauftragen. Er hatte sich sehr verändert und sie hielt ihn nun für fähig, eine Aufgabe zu übernehmen. Schließlich konnte sie sich nicht selbst um alles kümmern, da noch viele Dinge zu erledigen waren, die ihrer Aufmerksamkeit bedurften. Sie sah ihn neben seiner Frau am Flussufer stehen und die Arbeiten beobachten. Sicher würde es ihn überraschen, einen Auftrag von ihr zu erhalten, zudem würde es aber auch seinen Versuchen, die Sprache Shèngdis zu lernen, sehr entgegenkommen. Zunächst würde seine Frau aber wohl übersetzen müssen. Als sie die beiden erreicht hatte, nahm sie ihn beiseite.

„Ich habe eine hübsche kleine Aufgabe für dich, Feng Hu!"

Er sah sie erstaunt an. Eine Aufgabe für ihn? „Was wünscht meine Königin?"

„Wir dürfen *neben* dem Fluss ein kleines Schöpfrad bauen, das das Wasser in den Bewässerungsgraben gießt. Das hat Shan-Gōng gestattet. Du wirst für den Bau verantwortlich sein! Es sollte nicht größer sein, als ein bu in der Höhe. Sieh zu, dass es richtig funktioniert und dass man es anhalten kann, denn es darf nicht in der Zeit laufen, in der wir kein Wasser nehmen dürfen! Und ich übertrage dir auch die Aufsicht darüber! Hast du verstanden?"

„J…, ja, meine Königin! Aber wie soll ich das machen? Ich verstehe die Sprache zwar, kann sie aber noch nicht sprechen."

„Entweder lässt du dich von deiner Frau übersetzen, oder sie bringt dir bei, was du sagen musst. Schau, du musst die Sprache ohnehin lernen und wie lernt man besser, als durch Sprechen."

Er verneigte sich. „Wie meine Königin es wünscht!"

Feng Hu war sehr irritiert, dass Xian Li, egal ob Königin oder nicht, gerade ihm eine Aufgabe übertrug. Er musste doch in ihrem Ansehen gestiegen sein und darum würde er auch zusehen müssen, dass er sie nicht enttäuschte. Nach längerem Überlegen, kam er zu dem Schluss, dass Liyanshimeen die Leute zunächst einmal fragen sollte, ob jemand so etwas bauen konnte.


Xian Li hatte derweil ihre Beraterin aufgesucht, um sie nach der seltsamen Andeutung von Shan-Gōng zu fragen.

„Liyanshimeen?"

„Ja, meine Königin?"

„Der Wassergeist hat mir etwas sehr seltsames erzählt und meinte, du könntest mir das erklären."

„Ich werde es versuchen!"

„Er hat mir gesagt, das Wasser des Flusses flösse durch das Gebirgstal und die große Ebene südlich. Die große Ebene südlich ist aber eine riesige wasserlose Sandwüste. Er hat gesagt, er hätte mir die Wahrheit gesagt und auch, was ich gesagt hätte, sei die Wahrheit. Wie kann das sein?"

Ihre Beraterin schmunzelte. Scheinbar hatte Xian Li über einige Worte, die Maratjianween und sie gebraucht hatten, nicht näher nachgedacht. Gut, auch sie wusste die Antwort nur durch die Flucht von Kijantjianween.

„Meine Königin hat das Wort Außenwelt vermutlich nicht richtig verstanden. Sie dich um, auch hier ist alles offen und obwohl der Talkessel wieder geöffnet ist, kommt ihr aus der Außenwelt."

Xian Li sah nach oben in den Himmel. „Du willst mir doch nicht sagen, dass wir hier in einer Höhle sind, oder?"

„Nein, meine Königin! Selbstverständlich nicht! Wie hoch müsste eine solche Höhle sein? Es gibt deine Welt, das ist die Außenwelt für uns. Unsere Welt ist an genau der gleichen Stelle, aber man kann eigentlich nicht von eurer Welt zu unserer gelangen. Für euch hat Maratjianween das möglich gemacht und Kijantjianween ist in eure Welt gelangt, weil er ein großer Magier war. Es gibt keine Verbindung zwischen unserer und eurer Welt. Darum musste Maratjianween hier bleiben und konnte durch das Band zur Außenwelt, also die Verbindung zu Kijantjianween, das Gleichgewicht in Shèngdi halten. Ich weiß, es ist kompliziert, meine Königin, aber anders kann ich es nicht erklären."

„Du meinst, wir sind in einer anderen Welt, nicht in einem Talkessel im Tian Shan-Gebirge", fragte sie erschrocken.

„Du *bist* in einem Talkessel im Tian Shan-Gebirge! Aber wenn du durch die Felswand, in der sich die Passage befand, durch die ihr gekommen seid, einfach nur durchgraben könntest, würdest du nicht zu eurem Dorf gelangen, weil du so nicht in die Außenwelt gelangen kannst."

„Jetzt weiß ich zumindest, was Shan-Gōng damit gemeint hat, dass mich das Zusammenbringen seiner und meiner Wahrheit sehr überraschen würde. Ich habe zwar nicht alles verstanden, aber doch so viel, dass es hier zwei Welten gibt, die ineinander sind, aber doch am selben Platz... Besser ich versuche nicht, das genauer zu verstehen!"

„Vermutlich hast du recht, meine Königin", meinte Liyanshimeen. „Es ist nicht wirklich zu erklären."

Nachdem Liyanshimeen ihre Unterredung mit der Königin beendet hatte, suchte Feng Hu sie auf.

„Lishi, du musst mir bei einer Aufgabe helfen! Xian Li hat wohl von  Shan-Gōng die Erlaubnis bekommen, ein kleines Schöpfrad neben den Fluss zu bauen und sie hat mir diese Aufgabe übertragen. Ich dachte, du fragst zunächst einmal nach, ob irgendjemand weiß, wie man so etwas baut."

Sie sah ihn irritiert an. „Du weißt doch sicher, was ein Schöpfrad ist, oder?"

„Ja, sicher! Ich habe nur noch nie eins gebaut und auch nicht dabei zugesehen, wie so etwas gebaut wird. Es ist rund, ein bu in der Höhe und es kommen Eimer dran. Aber irgendetwas sagt mir, dass mit dieser Anweisung kein brauchbares Schöpfrad zustande kommt!"

Seine Frau grinste. „Ja, da könntest du recht haben! – Dann fragen wir mal nach!"

Später am Vormittag sandte Xian Li nach den Baumeistern des Reiches, damit sich mit ihr bei dem zerstörten Wehr trafen. Es war nun an der Zeit, sich um den Bau des Tempels für Gòng-Gōng zu kümmern. Der Tempel und auch der Wiederaufbau des Palastes würden eine Menge Steine benötigen, überlegte sie und hoffte, dass es zum einen genügend Steinmetze gab und zum anderen nicht die Felsen auch einem

Geistwesen gehörten. Nach kurzer Überlegung sandte sie nach Maratjianween, denn es mochte besser sein, das zu überprüfen, bevor etwas ähnlich drastisches, wie mit Shan-Gōng, geschah.

Während sie auf Maratjianween wartete, instruierte sie die Baumeister.

„Ihr sollt einen prächtigen Tempel entwerfen, der hier entstehen soll, drei fen in der Grundfläche und zwei zhàng hoch. Es müssen sechs Räume als Wohnungen für die Priesterinnen und ein Raum als Wohnung für die Hohepriesterin darinnen sein. Der Tempel wird Gòng-Gōng geweiht werden, daher sollte er einen großen Wasserbereich haben. Ich erwarte die ersten Vorschläge von euch in zehn Tagen! Macht euch sogleich an die Arbeit!"

„Wie die Königin es wünscht!" Die Baumeister verneigten sich und gingen.

‚Hoffentlich können Baumeister, die noch nie mit Tempeln zu tun hatten, diese Aufgabe bewältigen', dachte sie, ‚sonst muss ich mich mit ihnen zusammensetzen, denn ich habe schon viele Tempel besucht.'

Xian Li besah sich zufrieden die emsige Betriebsamkeit in der Ebene. Die Bauern legten eifrig die Felder an und zogen die Bewässerungsgräben. Einige gruben den Zulauf vom Fluss her. Sie stellte zufrieden fest, dass schon jemand nachgemessen hatte und darauf achtete, dass die Entfernung zum Fluss eingehalten wurde, die sie vorgegeben hatte.

Bald kam Maratjianween zu ihr und verneigte sich: „Meine Königin hat mich zu sich gerufen?"

„Ja, Maratjianween! Ich möchte dich bitten zu prüfen, ob auch die Felsen von einem Geistwesen bewohnt werden. Wir werden für den Bau des Tempels

Steine benötigen und für den Wiederaufbau des Palastes ebenso. Es wäre sinnvoll, sie aus dem Fels zu brechen, nur möchte ich nicht, dass wir ein Wesen verärgern und von ihm gestraft werden, wie es durch Shan-Gōng, wegen des Wassers geschehen ist."

Sie verneigte sich. „Ich werde mich sogleich daran machen, dies zu ergründen, meine Königin."

Als sie endlich ein wenig Ruhe hatte, überlegte Xian Li, was sich in den letzten Tagen so alles in ihrem Leben geändert hatte. Sie war eine junge Abenteurerin gewesen und die Abenteuerlust war es, die sie zunächst einmal verleitet hatte, in das Loch im Fels zu klettern. Jetzt war sie plötzlich die junge Königin eines Reiches, von dem sie vorher noch nie gehört hatte, das sich nicht einmal in ihrer Welt befand. Aber entsprach sie überhaupt der Norm einer Königin, wenn es so etwas gab? Ihrer Meinung nach, eher nicht. Wann hätte man von einer Königin gehört, die im Gewand einer Abenteurerin herumlief und mit zwei Jiàn und einem Shàn ausgerüstet war. Ihr Leben lang war sie eher eine Einzelgängerin gewesen und nun sollte sie ein ganzes Volk regieren... Niemand hatte ihr gesagt, wie man das macht. Was erwartete das Volk eigentlich von ihr? Gestern hatte sie den Eindruck gehabt, dass die Leute froh waren, *überhaupt* wieder ein Oberhaupt zu haben. Xian Li vermutete aber, dass das auf Dauer nicht der ausschlaggebende Faktor ihrer Beliebtheit bleiben würde. Sie hoffte inständig, dass sie sich stets auf ihre Beraterin würde verlassen können, damit sie eine gute Königin sein würde.

Maratjianween unterbrach ihre Überlegungen.

„Meine Königin?"

„Ja?" Sie drehte sich zu ihr um. „Was kannst du mir berichten?"

„Ich habe kein Geistwesen ausmachen können, dass diese Felsen bewohnt, daher sollten wir die Steine von dort nehmen können."

„Ich danke dir für deine Hilfe!" Dann fiel ihr noch etwas ein. „Gibt es eigentlich in Shèngdi Steinmetze?"

„Ja, die gibt es! Ich hoffe nur, dass sie ihr Handwerk noch beherrschen, denn seit der Zugang verschlossen war, haben sie sich nur noch mit dem Ausbau und der Pflege der Zisternen befassen können. Es war nicht möglich, im Talkessel Steine zu brechen. Vielleicht ein Zauber Shan-Gōngs, damit wir keinen neuen Durchgang hätten schaffen können."

Die Königin nickte verstehend. „Nun, es ist an der Zeit herauszufinden, was sie noch können."

„Hat meine Königin noch weitere Aufgaben für mich?"

Xian Li schüttelte den Kopf. „Im Moment nicht! Du kannst wieder gehen, wenn du magst."

Maratjianween verneigte sich und ging.

Xian Li suchte derweil wieder ihre Beraterin auf.

„Liyanshimeen?"

Ihre Beraterin kam angelaufen. „Was wünscht, meine Königin?"

„Trage bitte dafür Sorge, dass man den Obersten der Steinmetze herbeiruft!"

„Sogleich, meine Königin!" Sie eilte wieder fort. Die Königin sah ihrer Beraterin nach und überlegte: ‚Warum kann ich nicht selbst einen Melder schicken? Liyanshimeen sagt, das wäre unter dem Niveau einer Königin. Sie schien auch schon verstimmt darüber, dass ich die Bauern selbst angewiesen habe, was sie tun sollen und die Anweisungen nicht durch sie oder Feng Hu habe ausrichten lassen. Man könnte meinen, ich würde mich schmutzig machen, wenn ich mit Bauern oder Meldern rede. Es ist doch unnötig, erst jemandem zu sagen, was er einem Dritten sagen soll, wenn ich das auch gleich selbst machen kann!

Wahrscheinlich hat das etwas mit »Königlichem Verhalten« zu tun. Ich muss sie mal genauer danach fragen.'

Es dauerte nicht lange und der Oberste der Steinmetze meldete sich bei Xian Li: „Ich bin Mastoontaween, meine Königin, Meister der Steinmetze. Du hast mich zu dir gerufen?"

„Ja, Mastoontaween! Wir haben große Bauvorhaben vor uns, für die wir eine Menge Stein benötigen werden. Das bedeutet: Wir brauchen einen Steinbruch! Und der darf nicht zu klein geplant werden, denn der Tempel des Gòng-Gōng und der Wiederaufbau des Palastes werden *viel* Stein verschlingen. Also sammle deine Arbeiter zusammen und beginne mit der Planung des Steinbruchs!"

„Meine Königin, woher bekommen wir denn Material für die Gerüste und Hütten? In den Lagern ist nichts mehr, das wir benutzen könnten."

„Ich habe angewiesen, das zunächst zwei große Felder mit Bambus angepflanzt werden sollen. In wenigen Tagen sollte es also genug Baumaterial für euch geben."

„Danke, meine Königin! Wir werden uns sogleich an die Arbeit machen."

Mastoontaween verneigte sich und ging.

,Gut', dachte Xian Li, ,es wird Nahrung und Baumaterial angepflanzt, für die Bewässerung und die Wasservorräte wird gesorgt, der Tempel wird geplant und die Steinmetze kümmern sich um den künftigen Steinbruch. Jetzt bräuchte ich noch Leute, die die Palastruine säubern und für den Wiederaufbau herrichten, aber das hat noch Zeit, denke ich. Vermutlich werden die Leute erst einmal mit den aktuellen Aufgaben genug zu tun haben.'

Einen Moment verlor sie sich in Gedanken: ‚Ich hätte nie gedacht, was man alles bedenken muss, wenn man Königin ist‘, dachte sie seufzend. ‚Bisher habe ich immer geglaubt, eine Königin lässt sich nur den ganzen Tag bedienen und tut gar nichts. Na ja, solche gibt es vermutlich auch, aber wenn man eine gute Herrscherin sein will, hat man schon alle Hände voll zu tun.‘

Wie um ihre Gedanken zu bestätigen, kam Liyanshimeen angelaufen.

„Meine Königin, gestatte mir, dir von einem Problem zu berichten.“

„Was gibt es?“

„Wir wissen nicht, wie wir ein Schöpfrad bauen können. Die Bambusvorräte, die wir haben sind zu alt und lassen sich nicht mehr biegen, um ein Rad zu formen. Hast du vielleicht eine Idee?“

„Feng Hu hätte keine Angst haben müssen, mir das selbst zu sagen… Naja, er kennt mich als leicht ungehalten, besonders was ihn betrifft.“ Sie überlegte eine Weile, dann meinte sie: „Entweder die Männer schöpfen zunächst das Wasser mit der Hand, bis der neue Bambus gewachsen ist, oder ihr schneidet den Bambus, den ihr habt, in Stücke und schaut, ob ihr diese Stücke zu einem Kreis zusammenfügen könnt.“

Xian Li sah ihre Beraterin kurz an. „Eine Frage hätte ich noch: Wie macht sich dein Mann denn sprachlich und als Vorarbeiter?“

„Sehr gut, meine Königin! Er scheint recht begabt zu sein, Sprachen zu lernen. Noch klingt es zwar manchmal lustig, wenn er versucht etwas zu wiederholen, was ich ihn lehre, aber es wird immer besser! Es scheint, dass er gut mit den Leuten zurechtkommt und sie auch mit ihm.“

‚Der Mann erstaunt mich immer mehr. Sollte es so sein, dass er nur sein Leben lang nie gefordert wurde und darum zu einem Nichtsnutz geworden ist? Seit er

Aufgaben hat, scheint er förmlich über sich selbst hinauszuwachsen, da ist von nichtsnutzig sein keine Spur mehr.'

„Das freut mich zu hören! Liyanshimeen, erinnere ihn bitte noch einmal daran, dass er nicht nur die Aufsicht über den Bau, sondern auch später über die Funktion des Schöpfrades hat. *Er* ist dafür verantwortlich, dass es nur während des Tages läuft und am Abend stillgelegt wird. Ich möchte nicht erleben, dass ich ihn zu Shan-Gōng senden muss, wie ich es gestern angekündigt habe...", sagte sie mit Nachdruck.

Ihre Beraterin nickte heftig. „Ich werde ihn deutlich darauf hinweisen, meine Königin! Sehr deutlich!"

„Es wäre sicher gut, wenn er sich ein System einfallen lassen würde, dass nur er das Rad in Gang setzen kann, ein Schloss, oder etwas in der Art."

„Ich werde es ihm sagen, meine Königin", meinte Liyanshimeen bestimmt. Dann verneigte sie sich und ging wieder.

‚Erstaunlich', dachte die Beraterin, ‚gestern noch hätte sie ihn erwürgt, um mich zu erpressen und nun scheint ihr an seinem Wohl gelegen zu sein.'

Nachdem das Bewässerungsproblem erst einmal gelöst schien, überlegte Xian Li, dass als weiteres dringendes Anliegen, die Zisternen aufgefüllt werden mussten. Das Problem, dass sich hierbei ergab war, dass der Eingang der Zisternen etwa 75 yin vom Fluss entfernt war. Eine zu große Entfernung, um Eimer zu schleppen. Hier würde ein Graben angelegt werden müssen, der zudem auch noch ein beständiges Gefälle haben musste. Sie hoffte nur, dass ihr nicht langsam die Arbeitskräfte ausgingen. Schon wollte sie sich auf den Weg machen, um Leute zu instruieren, als ihr einfiel, dass ihr Liyanshimeen dann sicherlich wieder sagen würde, dass sich das für eine Königin nicht schickte. Also würde ihre Beraterin wieder laufen müssen. ‚Vielleicht lässt sie mich doch gleich mit den Leuten reden, wenn sie zuviel Laufen muss', überlegte sie. Doch wie sie sie kannte, war das eher unwahrscheinlich.

Mit einem leichten Seufzen rief sie Liyanshimeen wieder zu sich und teilte ihr mit, was als nächstes zu tun sei.

„Ich werde mich gleich darum kümmern, meine Königin!"

„Sag' mal, wird es dir nicht zuviel, wenn du so viel für mich laufen musst, besonders dann, wenn ich die Leute auch selbst benachrichtigen könnte?"

Irritiert schaute ihre Beraterin sie an. „Du bist die Königin! Du bist nicht dazu da, um niedere Botengänge zu erledigen. Jeder im Reich hat seine Aufgabe und meine ist es, dir zu Diensten zu sein und deine Befehle auszuführen." Mit einem feinen Lächeln fügte sie hinzu: „Es mag dir am ersten Tag deiner Regentschaft noch nicht so sehr auffallen, aber glaube mir, wenn ich dir sage: Schon bald wirst du froh und dankbar sein, dass die Aufgaben so verteilt sind."

Xian Li sah sie ein wenig zweifelnd an, doch hatte Liyanshimeen schon so viel Erfahrung als Beraterin, dass es sehr wahrscheinlich sein mochte, dass sie recht hatte.

Später am Tag, kam ein Soldat der Garde zu ihr. Er trug etwas an seiner Rüstung, das wie ein Rangabzeichen aussah, daher handelte es sich also vermutlich um einen Offizier. Ehrerbietig beugte er das Knie und senkte den Kopf.

„Meine Königin! Leutnant Tanotanween zu deinen Diensten!"

Sie nickte ihm zu.

„Die Garde bittet dich ergebenst, dass du ihr einen Besuch abstatten mögest. Wir möchten die Heldin kennenlernen, die etwas vollbracht hat, das jeder für unmöglich hielt, nämlich Hauptmann Gyradrajeen zu besiegen."

„Erhebe dich, Leutnant! Warum seht ihr mich als Heldin? Immerhin habe ich euren vorgesetzten Offizier getötet."

„Er war ein Tyrann und jeder ist erleichtert, dass er tot ist. Viele haben Gyradrajeen im Laufe der Zeit herausgefordert, um seine Tyrannei zu beenden, aber niemand hat das überlebt. Seine Schwerter galten als unüberwindlich, doch du hast ihn besiegt! Du bist die beste Kämpferin, die dieses Reich je gesehen hat und dein Besuch wird die Garde ehren, meine Königin!"

„Dann sage der Garde, dass ich sie besuchen werde, wenn sich der Tag dem Abend geneigt hat!"

„Wie meine Königin es sagt!"

„Du darfst dann wegtreten!"

Tanotanween salutierte und ging zur Stadt zurück.

‚Das wird also heute ein langer Tag werden', dachte Xian Li.

Der Tag verging in reger Geschäftigkeit und Xian Li sah erfreut, wie die Arbeit voranschritt. Die Felder waren schon angelegt und die Bauern hatten mit der Aussaat begonnen und setzten schon die Schößlinge des Bambus ein. Die Steinmetze markierten und vermaßen den neu anzulegenden Steinbruch und Arbeiter planten den Verlauf des künftigen Grabens zum Füllen der Zisternen.

Als die Schatten der Berge länger wurden, ging Xian Li zu den Bauern hinüber um sicherzustellen, dass kein Eimer mehr in den Fluss getaucht würde, wenn die Sonne hinter der Bergspitze untergegangen war. Erfreut stellte sie fest, dass auch Feng Hu und Liyanshimeen schon darauf achteten.

Als sie näher kam, verneigten sich beide vor ihr.

„Meine Königin, niemand taucht mehr einen Eimer in den Fluss und wir haben alle Eimer auch wieder eingezogen. Ein paar Männer bringen sie ins Lagerhaus in der Stadt", berichtete Feng Hu ihr.

„Sehr gut! Es ist eine kluge Entscheidung, die Eimer vom Fluss wieder wegzubringen. Sorgt dafür, dass das jeden Abend geschieht!"

„Ja, meine Königin!"

„Wie sieht es mit dem Schöpfrad aus?"

„Wir haben beschlossen, auf den frischen Bambus zu warten. Wenn wir den Bambus in Stücke schneiden, wird das Rad zu instabil und würde die Eimer nicht halten können, wenn sie voll Wasser sind."

Irritiert sah Xian Li die beiden an. „Ein doppeltes Rad, mit Streben verstärkt ist zu instabil? Solch ein Rad habe ich als Schöpfrad schon mit gut sechs bu in der Höhe gesehen, das zum Wasserschöpfen Verwendung fand... Kann es sein, dass es nicht so sehr am Bambus liegt, sondern eher an Unkenntnis?"

Feng Hu sah sie entschuldigend an und meinte: „Auszuschließen ist das nicht, denn niemand hat etwas vergleichbares je gebaut. Wir haben uns auch deshalb für den frischen Bambus entschieden, weil wir so weniger Verbindungsstellen haben. Wir können dann den alten Bambus für die Verstärkungen benutzen, dass sollte dem ganzen mehr Stabilität verleihen."

„Ich verlasse mich auf euch! Seht aber zu, dass sich, bis zur Fertigstellung des Rades, die Wasser-träger weiterhin ständig abwechseln! Wir brauchen die Leute und keiner soll zu Schaden kommen!"

„Wir werden ein Auge darauf haben, meine Königin", versicherte Feng Hu.

„Ich werde jetzt der Garde einen Besuch abstatten, da Leutnant Tanotanween mich gebeten hat, die Garde mit meinem Besuch zu ehren. Gibt es etwas, worauf ich achten muss, Liyanshimeen?"

Die Beraterin überlegte einen Moment. „Tanotanween ist ein integrer Mann und nun der ranghöchste Offizier. Von seiner Art her ist er eher zurückhaltend. Zu dir zu kommen und dich im Namen der Garde einzuladen, wird ihm sicher weiche Knie beschert haben", meinte sie lächelnd. „Du solltest jedoch nicht allein hingehen, meine Königin, denn eine Königin führt solche Besuche nicht allein durch, das schickt sich nicht. Du kannst die Garde wohl allein in die Schlacht führen, aber bei einem offiziellen Besuch solltest du deinen Hofstaat dabei haben!"

‚Hofstaat ist gut', dachte Xian Li, ‚streng genommen besteht der im Augenblick nur aus ihr. Feng Hu hat ja eigentlich keinen Anteil daran. Aber wenn er sich weiterhin gut schlägt, werde ich das sicher ändern…'

„Gut, dann werdet ihr zwei mich begleiten."

„Mit Verlaub, meine Königin, aber als was willst du Feng Hu vorstellen? Es handelt sich um einen offiziellen Besuch!"

Xian Li strich sich nachdenklich über das Kinn. Scheinbar würde sie ihm schon früher ein Amt geben müssen, als sie es geplant hatte.

„Für deine Verdienste ernenne ich dich, Feng Hu, offiziell zum *Minister für öffentliche Arbeiten*! Mögest du deine Aufgaben stets zum Wohle Shèngdis ausführen, in treuer Ergebenheit zu Reich und Krone!"

Der Geehrte sah sie nur vollkommen sprachlos an. Nach einiger Zeit des ungläubigen Staunens brachte er nicht mehr als ein gestottertes „Danke, meine Königin, das werde ich" zustande.

Liyanshimeen lächelte. „Ich danke dir auch, meine Königin, für die große Ehre, die du meinem Mann zuteil werden lässt."

‚Jetzt muss er sich aber beeilen, unsere Sprache zu lernen', dachte sie, ‚denn ein öffentliches Amt zu haben und die Sprache nicht zu sprechen, geht nur schlecht zusammen. Aber das schaffen wir schon.'

„Können wir dann jetzt die Garde besuchen" wollte Xian Li wissen.

„Ja, meine Königin!"

Als sie eine Weile gegangen waren, fiel der Königin noch etwas ein: „Liyanshimeen, ich hätte da mal eine Frage: Ich habe ja eben Feng Hu zu Ergebenheit gegenüber Reich und Krone aufgefordert... Habe ich denn überhaupt eine Krone?"

Ihre Beraterin lachte. „Nein, meine Königin! Da sich in Shèngdi der König durch den Besitz des Artefaktes von Aranee definiert und dieses, wie du ja auch gestern schon gemerkt hast, den Träger als Herrscher ausweist, selbst wenn es nicht zu sehen ist, hat man es hier nie für nötig gehalten, den König mit einer Krone kenntlich zu machen."

Xian Li nickte verstehend. „Sehr gut! Ich hätte ohnedies keine Begeisterung dafür aufgebracht, so etwas jeden Tag aufzusetzen!"

Liyanshimeen schmunzelte leicht. Genauso hatte sie ihre Königin auch eingeschätzt.

Auf dem weiteren Weg machte Liyanshimeen sie mit dem Protokoll eines Besuchs bei der Garde vertraut, schließlich war dies ja, wie ihre Beraterin nicht müde wurde zu betonen, ein offizieller Besuch.

„Meine Königin, es wird auch zu deiner ersten Aufgabe gehören, einen neuen Hauptmann zu ernennen. Da du die Offiziere nicht kennst, würde ich dir gern einen Vorschlag unterbreiten, wenn du erlaubst!"

„Wie du mir gesagt hast, ist Leutnant Tanotanween ein integrer Soldat und der ranghöchste Offizier. Ich werde keinen anderen ernennen können, da ich sonst jemanden an ihm vorbei befördern würde und das gäbe wohl böses Blut, oder?"

Ihre Beraterin sah beschämt zu Boden. „Verzeih, meine Königin, ich habe geredet, bevor ich nachgedacht habe. Mir war entfallen, dass ich dir schon über ihn berichtet hatte. Bitte schiebe es auf meine Freude, über Feng Hus neues Amt!"

„Es ist schon verziehen, Liyanshimeen! – Gibt es sonst noch etwas, das ich wissen oder beachten muss?"

„Nein, meine Königin! – Und wir sind auch schon angekommen."

Liyanshimeen betrat das Gebäude zuerst und wandte sich an Tanotanween: „Leutnant, lass die Männer antreten! Königin Xian Li ist hier, um die Garde zu inspizieren!"

Der Leutnant gehorchte.

„Garde! In Reih' und Glied antreten und stillgestanden!"

Als die Garde in Formation angetreten war, gab Liyanshimeen der Königin ein Zeichen.

„Ihre Majestät, Königin Xian LI!" Die Beraterin kündigte die protokollgerecht an und Xian Li betrat den Raum.

„Es lebe unsere Königin! Die Heldin von Shèngdi!" rief die Garde, wie aus einem Mund.

Wie es das Protokoll verlangte, schritt Xian Li nun die Reihen der Soldaten ab. Dann trat sie ein paar Schritte zurück.

„Leutnant Tanotanween, tritt vor!"

Der Angesprochene trat zwei Schritte vor und beugte das Knie.

„Meine Königin?"

„Ich ernenne dich hiermit zum Hauptmann der Garde Ihrer Majestät! Du sollst deine Kameraden stets recht führen und dir den Rang nicht zu Kopf steigen lassen. Dein Vorgänger sei dir ein warnendes Beispiel! Meine Beraterin hat mir Gutes über dich berichtet und ich erwarte, dass sich daran nichts ändert! Nun beschwöre deine Loyalität zu Reich und Krone!"

Der frischgebackene Hauptmann senkte den Kopf.

„Ich fühle mich geehrt und danke dir, meine Königin. Ich schwöre, dass meine Loyalität und die der Garde nur Shèngdi und dir gehören und sollte mir je der Rang zu Kopf steigen, so will ich diesen umgehend verlieren!"

„Hauptmann Tanotanween, du hast dein Wort beschworen und an deinem Wort wirst du gemessen werden! – Erhebe dich!"

Als er aufgestanden war, sprach Xian Li weiter: „Da nun der Durchgang wieder offen ist, brauchen wir Wachposten am Durchgang und Patrouillen in der Ebene. Kümmere dich darum, Hauptmann!"

„Sogleich, meine Königin!"

„Sehr gut! Dann werde ich dich nun mit deinen neuen Pflichten allein lassen!"

Sie nickte ihm zu. „Gehab dich wohl, Hauptmann Tanotanween!"

Sie wandte sich zum Gehen und der Hauptmann trat in die Reihe der Soldaten zurück und rief: „Achtung! Stillgestanden!"

Die Garde stand erneut stramm und die Königin verließ das Gebäude.

Als sie vor dem Garnisonsgebäude waren, fragte sie ihre Beraterin: „Der Hauptmann ist noch recht jung, meinst du, dass er der Aufgabe gewachsen sein wird?"

„Er wird es sein müssen, meine Königin. Es gibt keinen Dienstälteren, als ihn. Ältere Offiziere haben meist den Fehler begangen, Gyradrajeen herauszufordern und haben diesen Fehler mit dem Leben bezahlt."

„Dann warten wir mal ab, wie er sich macht!"

Liyanshimeen sah sie von der Seite an. „Erlaube mir die Frage, meine Königin, wie gut bist du in der Führung einer Armee? Immerhin bist du als Königin auch der General der Truppen."

„Ich bin *was*? Nett, dass ich das auch so nebenbei einmal erfahre... Ich bin eine Einzelkämpferin und habe noch nie Truppen geführt. Ich habe keine Ahnung von Strategie oder Taktik. Ich weiß wie ich mich mit meinen Waffen gegen Angreifer durchsetzen kann, aber ich bin sicher niemand, der eine Armee führen kann! Es scheint wohl so, dass ich mich schnellstens mit Militärführung und Taktik befassen muss!"

„Naja, so groß ist die Armee ja nun auch nicht, meine Königin. Es gibt die Garde, und eine Freiwilligentruppe, die aber nur im Notfall zusammentritt und zu Übungen natürlich. Wenn man es genau nimmt, musst du nur vorne stehen, »zum Angriff« schreien und losstürmen."

Xian Li sah sie mit gemischten Gefühlen an. „Das kann ich zwar, aber wird nicht ein General daran gemessen, wie gut er seine Truppen führt?"

„Das ist natürlich richtig!" Liyanshimeen machte eine Kunstpause. „Was deine Truppen angeht, bist du allerdings ziemlich eingeschränkt."

„Wie meinst du das?"

„Naja, du hast gute Schwertkämpfer in der Garde, ein paar Bogenschützen unter den Freiwilligen und sonst nur Speerträger. Reiterei hast du keine, etwas dass beim Kampf gegen Banditen sehr... nun sagen wir: hinderlich ist, da diese meist beritten sind."

„Reiterei wird nicht gegen eine Truppe Speerträger anreiten, wenn sie nicht schwer gepanzert ist und schwer gepanzerte Banditen habe ich noch nie gesehen. Wenn sie also gut aufgestellt sind, wird sich eine Reiterbande zweimal überlegen, ob sie angreift."

„Meine Königin geht scheinbar davon aus, dass sie Berufssoldaten hat. Es ist eine Freiwilligentruppe und denen fehlt es an Moral und Mut, gegen anstürmenden Reiterei die Stellung zu halten."

Xian Li seufzte. „Dann werden wir das ändern müssen!"

Hier räusperte sich Feng Hu. „Wenn du aus der Freiwilligentruppe Berufssoldaten machen willst, solltest du vorher bedenken, dass dir zum einen weniger Arbeitskräfte für die Aufgaben im Reich zur Verfügung stehen und zum anderen eine Berufstruppe Sold fordert, meine Königin."

„Haltet ein!", rief sie etwas verzweifelt. „Ich habe verstanden! Ich muss neben den Wiederaufbauarbeiten auch noch eine Menge anderer Dinge anpacken!" Sie seufzte, dann sagte sie zu ihrer Beraterin: „Und dafür brauche ich einen Überblick! Liyanshimeen, ich brauche alles, was es über Shèngdi zu wissen gibt von dir. Auch über die Umgebung, eben *alles*! – Und das sehr schnell. Wir werden das morgen besprechen."

Ihre Beraterin nickte. „Es soll geschehen, meine Königin!"

„Feng Hu, du wirst morgen, statt mir, die Arbeiten in der Ebene überwachen. Wenn es Probleme gibt, kannst du nach mir senden."

Er verneigte sich. „Wie meine Königin es wünscht!"

„Da ist noch etwas, dass meiner Königin empfehlen möchte", meinte Liyanshimeen nun.

„Und das wäre?"

„Du solltest deinen Hofstaat vergrößern, zudem Minister und Sekretäre ernennen, damit du nicht alles selbst machen musst."

„Ich erwarte auch dazu Vorschläge von dir! Du kennst die Bewohner hier und kannst mir fähige Leute für die einzelnen Posten nennen. – Ach ja, es wäre auch gut, wenn ich wüsste, *welche* Posten ich überhaupt zu besetzen habe! Aber, wie ich bereits erwähnte, das werden wir alles morgen besprechen."

„Jawohl, meine Königin!"


Sie machten sich nun auf den Weg zurück zu Maratjianweens Haus. Es war spät geworden und entsprechend erschöpft waren sie alle drei. Xian Li war nach leichter Konversation zu Mute, nach all den schweren Dingen um die sie sich heute hatte kümmern müssen.

So flüsterte sie ihrer Beraterin zu. „Wie macht sich Feng Hu denn *sonst* so, wenn du die Frage erlaubst?"

„Ich hatte bisher leider noch keine Möglichkeit, das näher zu ergründen, meine Königin. Außer ein paar zarten Küssen und der einen oder anderen Umarmung, hatten wir noch keine Gelegenheit uns näher kennenzulernen.

„Das tut mir leid!" Sie sah einen Moment vor sich hin. „Ich hoffe, in ein paar Tagen muss ich euch nicht mehr so einspannen, so dass ihr auch ein wenig Zeit für euch haben könnt."

„Das wäre sehr schön, meine Königin" erwiderte Liyanshimeen mit einem Seufzen.

„Ich werde sehen, was sich machen lässt", versprach Xian Li.


Feng Hu achtete nicht auf das Gespräch der beiden Frauen. Er war froh, ein wenig Zeit zu haben, um seinen Gedanken nachzuhängen. Soviel hatte sich in so kurzer Zeit in seinem Leben verändert, dass er fast nicht mehr in der Lage war, alles zu erfassen. Er war von Xian Li überredet worden, sie bei einem Abenteuer zu begleiten. Das war noch der einfachste Teil seiner Erinnerungen, aber dann hatten sich die Ereignisse bald überschlagen! Sie waren auf eine Suche geschickt worden, Xian Li war durch ein merkwürdiges Artefakt Königin geworden und hatte in Betracht gezogen ihn umzubringen, weil sie ihn für entbehrlich hielt. Eine schöne Frau hatte sich in ihn verliebt und ihn geheiratet. Plötzlich traute ihm Xian Li doch etwas zu und nun war er plötzlich ein Minister! – In einem Königreich, das er nicht kannte und dessen Sprache er nicht sprach.

Er war sich ganz sicher, dass es in seinem bisherigen Leben weder eine derart schnelle Abfolge von Ereignissen gegeben, noch jemals so viel in so kurzer Zeit sein Leben auf den Kopf gestellt hatte.

Trotz allem aber, war er nicht unzufrieden damit, wie sich alles hier entwickelt hatte. Gut, auf die Bedrohung seines Lebens hätte er verzichten können, aber andererseits hatte er dadurch eine wunderschöne Frau bekommen. Er hatte sich früher nie viel Gedanken darum gemacht, ob er eine Frau haben würde, oder nicht. Sein Leben war auch so in Ordnung gewesen. Jetzt allerdings sehnte er sich immer ein wenig mehr danach, Liyanshimeen besser – viel besser – kennenzulernen.

‚Hoffen wir, dass wir bald mehr Zeit für einander haben werden‘, dachte er.

Einige Zeit später hatten sie Maratjianweens Haus erreicht und suchten ihre Zimmer auf, um sich zur Ruhe zu begeben. Alle, außer Liyanshimeen, die sich damit beschäftigte, die, von Xian Li gewünschten, Informationen zusammenzuschreiben.

Feng Hu sah sie besorgt an. „Lishi, willst du nicht irgendwann auch einmal schlafen?"

„Ja, *irgendwann* werde ich das sicher tun, aber wenn ich morgen der Königin über Shèngdi berichten soll, werde ich die ganzen Informationen sammeln und aufschreiben müssen. Das ist nun einmal meine Aufgabe!"

„Ich hoffe, du übertreibst es nicht, Liebste!"

Sie sah ihn sanft an. „Ich werde schon auf mich achten!"

„Hoffentlich!"

Zärtlich nahm sie ihn in den Arm und küsste ihn. „Schlaf gut, Liebster!"

„Du auch, Geliebte!" Mit einem Seufzen fügte er an: „Wann auch immer das sein wird!"

# Der Legende fünfter Teil: Das neue Reich

Es war noch sehr früh, als Xian Li am nächsten Morgen erwachte und sogleich waren wieder alle Aufgaben, die sie zu erledigen hatte, in ihrem Kopf. Sie fragte sich auch, ob es die richtige Entscheidung war, Feng Hu als einzige Aufsicht in die Ebene zu senden. Würde sein Radebrechen ausreichen, um die Leute anzuweisen, wenn es nötig war? Eigentlich dürfte aber nicht viel für ihn zu tun sein, daher hoffte sie, dass er der Aufgabe gewachsen war. Sie konnte ihm Liyanshimeen nicht zur Seite stellen, denn sie brauchte ihre Beraterin heute bei sich, da sie einen Überblick über ihr Reich benötigte und mit ihr besprechen musste, wie die Entwicklung Shèngdis laufen sollte. Liyanshimeen hatte das Wissen, was bei der Führung eines Reiches zu beachten war, sie selbst hatte davon nur eine vage Vorstellung.

‚Es ist verrückt,' dachte sie, ‚ich habe keine Ahnung, wie man ein Reich führt. Ich bin wohl die einzige Königin, die weder königlich erzogen wurde, noch irgendeine Ahnung von der Führung eines Reiches hat, sondern einfach ins kalte Wasser geworfen wurde. Shèngdi ist zwar nicht so groß, aber egal ob groß oder klein, die anstehenden Aufgaben sind wohl die gleichen. Liyanshimeen hat recht, ich muss auf jeden Fall Minister und Sekretäre ernennen, denn allein kann ich die Aufgaben, die das Reich an mich stellt, niemals bewältigen.'

Mit einem tiefen Seufzen stand sie von ihrer Schlafstatt auf.

Nach einem kurzen Frühstück setzte sie sich mit ihrer Beraterin zusammen und diese informierte sie über alles, was es über das Reich zu wissen gab. Welche Gebiete Shèngdi umfasste, welche Gebiete angrenzten, welche Gefahren es gab, welche Rohstoffe zur Verfügung standen. Eben alles, was eine Königin wissen musste – und der Königin schwirrte der Kopf. „Liyanshimeen, gehen wir das mal der Reihe nach durch. Und du sagst mir, ob ich dich richtig verstanden habe!"

„Wie meine Königin es wünscht!"

„Also, das Reich grenzt an drei andere Reiche, denen wir aber ziemlich egal sind. Wenn uns auch nur eines dieser Reiche angreifen würde, hätten wir keine Chance uns zu verteidigen. Zudem treiben sich in der Gegend noch Banditenbanden und anderes Gesindel herum. Unsere einzigen Güter, die wir erzeugen können, sind landwirtschaftliche Produkte, Bambus, Salz, ein wenig Eisen und Stein. – Habe ich das so richtig zusammengefasst?"

Ihre Beraterin nickte und Xian Li fuhr fort: „Das heißt also, wir müssen Diplomaten berufen, die mit anderen Reichen Abkommen treffen können. Unsere kleine Truppe muss zu einer Armee werden, damit wir fähig werden, uns zu verteidigen. Wir müssen zusehen, dass wir Handel treiben, damit wir Güter bekommen, die wir brauchen, aber nicht selbst haben oder herstellen können. Ich denke mal, unser wertvollstes Handelsgut ist das Salz. Hat das Reich eigentlich eine Münzwährung, oder beruht alles auf Tauschhandel?"

„Es gab eine Münzeinheit, doch als wir im Talkessel eingeschlossen wurden, haben wir nur noch darauf geachtet, dass wir überleben können. Wir haben angebaut, was wir konnten und es verteilt, damit jeder leben konnte. Die Münzwährung existiert zwar noch, ist aber praktisch nicht mehr im Umlauf. Niemand konnte etwas verdienen, niemand konnte etwas kaufen und niemand konnte Steuern zahlen. Es ist im Prinzip Geld vorhanden, aber es hat derzeit keinen definierten Wert. Man müsste, um wieder eine Währung einsetzen zu können, wohl zuerst die alten Münzen einziehen und durch eine neue Währung ersetzen."

„Das erscheint vernünftig!"

„Immerhin haben wir ein neues Oberhaupt, also brauchen wir neue Münzen, die dein Konterfei tragen"

Xian Li verzog das Gesicht. „Hältst du das wirklich für nötig? Können wir nicht irgendetwas anderes darauf prägen lassen?"

Liyanshimeen sah sie nur irritiert an. Xian Li hatte wirklich wenig mit dem gängigen Bild einer Monarchin gemein. Sie schüttelte kurz den Kopf und wechselte dann das Thema: „Du sagst, wir müssen Handel treiben, da stimme ich dir zu, aber zunächst werden wir lediglich Tauschhandel mit anderen Reichen betreiben können. Denn selbst wenn wir die Münzeinheit wieder definieren, so hat sie nur einen Wert in Shèngdi. Unser Problem ist nämlich, dass wir über keine Metalle wie Silber oder gar Gold verfügen. Unsere Münzen sind aus Eisen geprägt und haben daher für andere Reiche keinen Wert."

Xian Li schüttelte entmutigt den Kopf. „Ich habe zwar keine Ahnung vom Aufbau eines Reiches, aber dennoch würde ich sagen: Hier herrscht ein riesiges Durcheinander und wenn ich kein Verantwortungs-gefühl hätte, würde ich besser das Artefakt benutzen, um schleunigst in die Außenwelt zu kommen, als zu versuchen, dieses Durcheinander zu entwirren, richtig?"

„Ohne, dass ich meine Königin dazu ermutigen will, muss ich sagen: Ja, du hast recht! – Durch die Ereignisse, die Shèngdi in der Vergangenheit widerfahren sind, ist es praktisch unregierbar geworden. Wenn wir aber nicht all unsere Bewohner dem Untergang preisgeben wollen, müssen wir eine Lösung finden und das Reich wieder regierbar *machen*!"

Mit einem kräftigen Seufzen meinte Xian Li: „Ich werde dazu deine uneingeschränkte Hilfe brauchen, das weißt du, oder?"

Liyanshimeen nickte. „Ja, meine Königin, das ist mir bewusst und ich kann den Göttern nicht genug danken, dass wir nun eine Königin haben, die ich aus tiefstem Herzen und mit all meiner Kraft unterstützen *will!*"

„Dann wollen wir mal! – Hast du schon überlegt, welche Ämter wir wie besetzen können?"

„Das habe ich!"

Jetzt sah Xian Li ihre Beraterin irritiert an. „Sag mal, hast du eigentlich in der letzten Nacht geschlafen?"

„Nun – nicht allzu viel. Aber wie du schon sagtest, brauchst du meine uneingeschränkte Hilfe."

Besorgt meinte die Königin. „Ich brauche aber auch eine gesunde und ausgeschlafene Beraterin, Liyanshimeen! Bitte achte darauf, dass du genug Schlaf bekommst. Wenn du übermüdet bist, hilft das weder dir, noch mir!"

„Ich werde darauf achten." Lächelnd fügte sie hinzu: „Deine Bitte wird auch Feng Hu sehr erfreuen."

Xian Li schmunzelte einen Moment, dann meinte sie: „Lass uns jetzt mit den Ämtern weitermachen."

Liyanshimeen unterbreitete ihrer Königin eine Übersicht über die Ämter, die zu besetzen waren und dazu Vorschläge, wer dafür geeignet wäre.

„Da ich die Leute nicht kenne, werde ich deine Vorschläge so übernehmen. Dann sende sogleich nach diesen Personen, dass sie in meinem provisorischen Amtssitz kommen, damit ich sie in ihre Ämter einsetzen und ihnen ihre neuen Aufgaben erklären kann."

„Sogleich, meine Königin! – Dürfte ich dir, in diesem Zusammenhang, empfehlen, dich bald möglichst um den Wiederaufbau des Palastes zu kümmern? Du wirst einen Amtssitz brauchen, der zum einen repräsentiert und zum anderen die richtige Umgebung bietet, um vielleicht auch Abgesandte anderer Reiche zu empfangen. Königin Xian Li die Erste, kann wirklich keine Staatsempfänge hier im Haus durchführen."

„Du hast recht! Ich werde mich als nächstes darum kümmern. Haben wir genug Arbeitskräfte um die Versorgung des Volkes zu sichern, den Tempel für Gòng-Gōng zu bauen und den Palast wiederherzustellen? Und wie wollen wir die Arbeiter bezahlen?"

„Es gibt genug arbeitsfähige Bewohner hier, dass wir alle Aufgaben erledigen können, es dürften so an die zweitausend sein, viellicht ein bisschen weniger und zahlen werden wir sie, wenn du sie nicht einfach dazu verpflichten willst, mit Nahrung!"

„Wenn man die Leute nicht mit Gewalt zu einer Arbeit zwingt, sondern ihnen einen Lohn in Aussicht stellt, arbeiten sie viel bereitwilliger und somit effektiver und schneller!"

„Das klingt vernünftig, auch wenn es für die Krone nicht ganz preiswert wird!" entgegnete Liyanshimeen.

Xian Li nickte und ihre Beraterin machte sich auf den Weg, um nach den designierten Amtsinhabern zu senden.

Außerhalb des Tals, bei den Feldern, stellte sich Feng Hu seiner bisher größten Herausforderung. Er hatte in den vergangenen Tagen nur wenige Bruchstücke der Sprache gelernt und war sich nicht sicher, ob die Königin das bedacht hatte, als sie ihm die Aufsicht über die Arbeiten übertrug. Andererseits fühlte er sich zum ersten Mal in seinem Leben akzeptiert und wertgeschätzt und das war ein schönes Gefühl. Niemand hatte ihn je gefordert und er hatte sich gern dem gemütlichen Leben hingegeben. Jetzt jedoch hatte er wichtige Aufgaben und die Leute achteten ihn. Das tat ihm gut. Wie er zugeben musste, war er über sich selbst erstaunt, dass er die Herausforderungen bereitwillig annahm und sich über seine Fortschritte freute.

Einen Moment hing er noch seinen Gedanken nach, dann besann er sich wieder auf seine Aufgaben.

‚Es ist gut‘, dachte er, ‚dass ich die Sprache Shèngdis wenigstens verstehe, so kann ich vielleicht mit Gesten oder Skizzen auf dem Boden verdeutlichen, was ich verbal nicht ausdrücken kann.‘

Xian Li hatte am Vortag offenbar alles gut eingeteilt und die Leute wussten, was sie zu tun und zu lassen hatten. Wichtig war nur, das wusste er, dass er darauf achtete, dass die Vereinbarungen, mit dem Wassergeist nicht verletzt wurden.

Nach einiger Zeit kam einer der Bauern zu ihm.

„Herr Feng Hu, wir haben ein Problem! Wir bekommen nicht genug Wasser auf das Reisfeld. Wenn wir das Wasser nicht dorthin leiten dürfen, wird die Ernte schlecht ausfallen! Was sollen wir machen?“

Der Angesprochene besah sich die Bewässerung und überlegte einen Moment. Jeder tauchte einen Eimer in den Fluss und lief das Stück zur Bewässerungsrinne. Es musste eine schnellere Methode geben. Plötzlich erinnerte er sich, dass er einmal beim Löschen eines Hauses zugesehen hatte. Die Leute hatten eine Kette gebildet und die Eimer weitergereicht. Das war sehr schnell gegangen. Wie sollte er dem Bauern das aber vermitteln? Er hoffte, dass er es mit Gesten und einer Skizze verstehen würde.

Er zeichnete eine grobe Skizze auf den Boden, vom Fluss und der Bewässerungsrinne, dann setzte er mehrere Punkte in zwei  Reihen in den Zwischenraum und zeigte dann mit Gesten, dass das Wasser geschöpft und die Eimer weitergereicht werden sollten und auf der zweiten Reihe wieder zurück zum Fluss. Der Bauer überlegte einen Moment, dann fragte er: „Du meinst eine Kette bilden und die Eimer schnell weiterreichen?"

Feng Hu nickte und radebrechte: „Gut,… so… tun!"

Der Bauer nickte und ging wieder. Kurze Zeit später konnte Feng Hu sehen, dass er ihn richtig verstanden hatte und viel schneller als zuvor wurde nun das Wasser in die Bewässerungsrinne befördert.

‚Puh, das hat geklappt! Ich hoffe nur, dass wir in wenigen Tagen das Schöpfrad bauen können, damit die Leute nicht so schuften müssen.'

Als die zu designierten Amtsinhaber bei Xian Li angekommen waren, ernannte die Königin die Minister, Sekretäre und Diplomaten, wie Liyanshimeen es vorgeschlagen hatte.

„Lamchesateen, tritt vor und beuge das Knie!"

Der Aufgerufene tat, wie ihm geheißen „Meine Königin?"

„Ich ernenne dich zum Minister für das Militär! Was deine genauen Zuständigkeiten sind, wird dir und allen anderen, im Anschluss an eure Ernennung, die königliche Beraterin mitteilen! So beschwöre nun deine Treue zu Shèngdi und zur Krone, sowie dein unermüdliches Streben zum Wohle des Reiches!"

Der neue Minister senkte das Haupt. „Ich schwöre, das meine Treue stets nur Shèngdi und der Krone gehört und ich mein ganzes Streben zum Wohle des Reiches einsetzen werde!"

Die Königin nickte ihm zu. „Minister Lamchesateen, du hast dein Wort beschworen und an deinem Wort wirst du gemessen werden! So erhebe dich nun!"

Der Angesprochene stand auf und trat in die Reihe der künftigen Amtsinhaber zurück.

So ernannte Xian Li nun die anderen Minister, sowie die Sekretäre und Diplomaten und sie alle mussten ihren Treueeid leisten.

„Bis der Palast wiederhergestellt ist, werdet ihr am Morgen eines jeden Tages, wenn die Sonne ganz über den Bergen aufgestiegen ist, hier herkommen und mir Bericht geben. Die Arbeiten des Tages werdet ihr in euren Häusern verrichten, bis wir euch Räume im Palast zuweisen können. Und jetzt hört genau zu, denn die Königliche Beraterin wird euch nun in eure Aufgaben einweisen. Ich erwarte von euch, dass ihr euch mit ganzem Einsatz diesen Aufgaben widmet, wie ihr es geschworen habt! – Beraterin Liyanshimeen, weise nun die Beamten ein!"

„Jawohl, meine Königin!"

Liyanshimeen erklärte nun jedem, welche Aufgaben sein neues Amt umfasste, welcher Sekretär welchem Minister unterstellt sein würde und übergab jedem Diplomaten eine Schriftrolle mit Verhaltensregeln und Anweisungen.

Als sie wieder allein waren, wandte sich Xian Li wieder an ihre Beraterin: „Wir müssen uns noch über möglichen Handel unterhalten. Ich habe zwar gerade einen Minister für den Handel ernannt, aber mit leeren Lagern wird er nicht viel ausrichten können. Wenn Salz unser wertvollstes Handelsgut ist, müssen wir zusehen, dass wir die Salzgewinnung so planen, dass wir keine Lieferschwierigkeiten haben, wenn der Handel in Schwung kommt. Wie wird das Salz denn bis jetzt gewonnen?"

„Nun, meine Königin, es gibt eine Salzmine im hinteren Teil des Talkessels. Das Salzvorkommen dort scheint sehr groß zu sein, denn wir haben schon seit langem dort Salz gewonnen, dennoch scheint es als seien wir noch kaum in das Vorkommen vorgedrungen.

Ich denke, wir können die Gewinnung noch deutlich steigern, wenn wir der Mine mehr Arbeiter zuweisen."

„Kann man das Salz so schon handeln, oder muss es noch gereinigt werden?"

„Wenn man unser Salz in Wasser auflöst, bleibt so gut wie nichts zurück und selbst der Rückstand löst sich nach einiger Zeit. Daher können wir das Salz so handeln."

„Das ist sehr gut, wir können also ein wertvolles Handelsgut ohne großen Aufwand gewinnen."

Liyanshimeen nickte. „Darf ich der Königin empfehlen, noch einen weiteren Posten einzuführen und zu besetzen?"

„Und welchen?"

„Einen Aufseher über die Salzmine, einen Salzmeister, der darauf achtet, dass das Salz richtig gefördert und gelagert wird und der die Übersicht über die Vorräte hat und die Gewinnung regulieren kann. Wenn du einverstanden bist, suche ich nach einem geeigneten Bewohner."

Xian Li nickte bedächtig. „Ja, das ist ein guter Vorschlag! Bitte tue das!"

„Sogleich, meine Königin!"

„Eines noch, Liyanshimeen!"

„Ja, meine Königin?"

„Ich weiß, dass das Protokoll es verlangt und dass es auch richtig so ist. Aber könntest du mich, wenn wir allein sind, bitte nur mit meinem Namen ansprechen und nicht in jeden Satz »meine Königin« einfügen? Nur wenn wir allein sind, oder dein Mann dabei ist, sonst darfst du dabei bleiben!"

„Wie m…, wie du es wünscht, Xian Li!"

„Danke!"

Die Beraterin nickte und ging, um ihren Auftrag auszuführen.

Als Liyanshimeen gegangen war, überlegte Xian Li: ‚Wenn hier das Salz ebenso wertvoll ist, wie in der Außenwelt, dann sollte Shèngdi einen großen Aufschwung erleben, wenn der Salzhandel läuft. Aber was wird dann? Der Talkessel wird zwar noch eine Vergrößerung der Stadt zulassen, aber mehr Leute bedeuten auch, wir bräuchten mehr Nahrung, mehr Wasser, mehr Platz und nicht zuletzt müssen wir sehen, wie wir die Stadt sauber halten können. Ich bin schon in Städten gewesen, die so schmutzig waren, dass Ratten bei Tage durch die Straßen liefen und Krankheiten dann die halbe Stadt dahingerafft haben. – Auch wird steigender Wohlstand neidische Blicke auf Shèngdi lenken und die Stadt ist zwar gut zu verteidigen, durch ihre Lage in dem Talkessel, aber auch sehr leicht zu belagern. Wenn Feinde uns vom Fluss und von unseren Feldern abschneiden, können wir nur wenig ausrichten. – Hinzu kommt noch, dass das Salz nicht unbegrenzt zur Verfügung steht. Wenn die Lagerstätte erschöpft ist, war es das mit dem Salzhandel. Und was wird dann aus der Stadt? Schließlich brauchen auch die Bewohner selbst Salz. Ich muss irgendwie zusehen, dass ich mit den Ministern für Handel und öffentliche Arbeiten, ein zweites, solides Standbein für Shèngdi entwickle. Zudem muss der Handel mit Salz reglementiert werden. Schließlich möchte ich das Reich voranbringen und nicht in den Untergang führen.‘

Sie seufzte tief. ‚Ja, es ist noch sehr viel zu tun!‘

Viel früher als erwartet, kam die Beraterin zurück. Sie war offenbar in Eile und sehr aufgeregt.

„Meine Königin, meine Königin! Eine Eilmeldung von Feng Hu!"

„Was klappt denn nicht!"

„Ein Reitertrupp scheint sich zu nähern und er sagt, die Bauern sind der Meinung, es handele sich um Banditen!"

Xian Li sprang auf und lief zu ihren Waffen. Im Laufen rief sie Liyanshimeen zu: „Schicke sofort eine Meldung an den Hauptmann! Die Garde soll unverzüglich ausrücken! Was ist mit der Freiwilligentruppe?"

„Die meisten davon sind Bauern und vor der Stadt!"

„Jemand soll die Waffen aus dem Arsenal holen und zu ihnen bringen! Und zwar schnell!"

„Sofort, meine Königin!" Liyanshimeen eilte hinaus.

Xian Li legte ihre Schwerter an, dann lief auch sie, so schnell es ging, zur Ebene.

Nicht lange nachdem die Königin die Ebene erreicht hatte, trafen auch die Soldaten der Garde ein und kurz darauf wurden auch die Waffen an die Freiwilligentruppe ausgegeben. Noch waren die Banditen jenseits des Flusses, doch war der hier nicht so breit, dass er nicht mit Pferden übersprungen werden konnte.

‚Fußsoldaten wären mir lieber gewesen', dachte Xian Li. ‚Die hätte ich an der Brücke blockieren können. Aber wenn die Reiter in breiter Front über den Fluss kommen, wird es sehr eng.'

Sie suchte Tanotanween auf.

„Hauptmann, die Speerträger sollen sich so nah am Ufer aufstellen, dass ein Hinüberspringen unmöglich wird, wenn die Reiter nicht in unsere Speere springen wollen! Stelle die Garde etwa ein yin dahinter auf, damit sie im Notfall die Reiter, die die Reihe durchbrechen, abfangen kann! Die Bogenschützen stelle rechts und links von der Haupttruppe auf!"

„Zu Befehl, meine Königin!"

Es dauerte nicht lange und die Verteidigungstruppe stand.

‚Ich muss mir was einfallen lassen, um den Kampfeswillen der Truppe zu steigern‘, überlegte Xian Li. Sie ging zu den Speerträgern und verkündete: „Hört her, jeder bekommt ein JIN[15] Salz für jeden aufgespießten Banditen![16] Also, kämpft gut und seid standhaft! Macht eure Königin stolz!"

Die Männer jubelten und man konnte nun sehen, dass sie entschlossen waren, die Stellung zu halten.

Kurz darauf hatten die Reiter den Fluss erreicht und sahen, dass ein Überspringen nicht möglich war. Würden sie sich zurückziehen, oder würden sie doch einen Sturmangriff versuchen.

Mit Schrecken erkannte Xian Li, dass ein Teil der Gegner berittene Bogenschützen waren. Die würden ihre Speerträger in kurzer Zeit dezimieren, denn diese hatten nur kleine Schilde und die boten nicht genug Schutz für ungeübte Kämpfer. Und ihre eigenen Bogenschützen waren nicht gut genug, wie sie fürchtete, um die Reiter auf Distanz zu halten. Wenn sie nicht viele Soldaten verlieren wollte, musste sie sich etwas einfallen lassen. Würde sich die Situation vielleicht durch einen Zweikampf klären lassen? Sie entschied, dass es einen Versuch wert war und rief zu den Banditen hinüber: „Wo ist euer Anführer?"

Ein großgewachsener Reiter lenkte sein Pferd nach vorn und rief zurück: „Und wer will das wissen?"

„Die Königin von Shèngdi!"

„Du bist die Königin von Shèngdi?"

Er lachte laut, dann rief er: „Warum haben sie denn ein kleines Mädchen zur Königin gemacht?"

---

[15] altes chinesisches Gewicht = 500g

[16] Xian Li ist sehr großzügig. Das Kopfgeld, dass sie hier verspricht, entspricht umgerechnet etwa 800-1000 Euro zur damaligen Zeit.

‚Schon wieder ein eingebildetes Großmaul! Davon gibt es scheinbar erschreckend viele! – Na warte, dir heize ich ein!'

„Und warum hat deine Truppe einen großen Jungen mit wenig Hirn zum Anführer gemacht?"

Ihre Strategie hatte Erfolg. Ihr Gegner wurde zornig.

„Ich zerreiße dich in der Luft, du freche Göre!"

„War das ein Angebot zu einem Zweikampf, oder nur die heiße Luft, in der du mich zerreißen willst?"

„Du willst dich mit mir messen? Der Witz war gut! Du fällst doch schon um, wenn ich puste!"

„Warum, stinkst du so aus dem Mund?"

Die Banditen versuchten ein Lachen zu unterdrücken und ihr Anführer schäumte vor Wut. „Wenn du unbedingt sterben willst, tue ich dir den Gefallen!"

„Sollte dir das nicht gelingen, zieht ihr ab und lasst uns in Ruhe! Einverstanden?"

Er lachte laut. „Einverstanden! Und wenn du tot bist, wird die Stadt uns gehören!"

„So soll es sein! Komm herüber! Niemand wird dir etwas tun – mit Ausnahme von mir selbstverständlich!"

Der Mann sprang mit seinem Pferd über den Fluss und stieg ab. Arrogant stellte er sich Xian Li gegenüber.

„Schade, dass du in wenigen Augenblicken tot sein wirst, mit dir hätte ich sicher meinen Spaß haben können…"

Sie sah in abschätzig an. „Wenn du dabei ebenso gut bist, wie du Verstand hast, dann wäre da wohl nichts passiert!"

„Ich zerfetze dich, du Schlampe!" schrie er.

Xian Li hatte gelernt, ihren Zorn in positive Energie umzuwandeln und war nun wieder in bester Kampfstimmung. Sie zog ihre Schwerter.

„Dann zeig mal, ob du nur ein Großmaul bist, oder ob du auch mit Waffen umgehen kannst!"

Auch ihr Gegner zog zwei Schwerter, von daher würde der Kampf sicher nicht leichter sein, als gegen den Hauptmann.

Die Bauern, sowie die Truppe wagten kaum zu atmen, als ihre Königin sich dem Banditen zum Zweikampf gegenüber stellte. Würde sie wirklich eine Chance haben, oder würde ihr Tod auch das Schicksal der Stadt besiegeln?

Auch Tanotanween machte sich Gedanken. Sicher, sie hatte den, als unbesiegbar geltenden Gyradrajeen besiegt, aber der Bandit sah ganz so aus, als wüsste auch er mit dem Schwert umzugehen. Würde Shèngdi schon nach so kurzer Zeit einen neuen Herrscher brauchen? Würde überhaupt noch eine Stadt übrigbleiben?

„Ich hoffe, sie weiß, was sie da tut", flüsterte er leise vor sich hin.

Feng Hu wusste, dass Xian Li eine ausgezeichnete Kämpferin war, auch wenn er sie noch nie im Kampf gesehen hatte. Gespannt, aber auch mit einiger Sorge, betrachtete er den Kampf. Die beiden Kämpfer umkreisten sich vorsichtig, um dann blitzartig anzugreifen. Jeder fintierte, doch nie fiel der Gegner auf die Finten herein.

Der Bandit konnte durchaus mit seinen Schwertern umgehen und er war nicht so leichtfertig, wie es der Hauptmann gewesen war. Seine Angriffe verlangten Xian Li alles Können ab. Sie suchte nach einer Möglichkeit, den Kampf kurz zu halten, denn auch gegen diesen Gegner sollte sie sich keinen allzu langen Kampf leisten.

Die Schwerter klirrten aneinander und beide Kämpfer setzen einander hart zu. Der Anführer der

Banditen hatte eine wirkungsvolle Technik, wie sie feststellte.

Der Hauptmann traute seinen Augen kaum. Noch nie zuvor hatte er zwei so gute Schwertkämpfer in einem Duell gesehen. Sie schienen sich absolut ebenbürtig zu sein. Er klammerte seine Hand um das Heft seines Schwertes, dass die Fingerknöchel weiß wurden. Das Schicksal Shèngdis hing hier gefährlich in der Schwebe.

‚Es wird Zeit, ihm mal was neues zu zeigen! Seine Rüstung behindert ihn etwas. Vielleicht kann ich ihn mit schnelleren Bewegungen ermüden‘, überlegte Xian Li.

Sie griff nun mit beiden Schwerter gleichzeitig in einem Sprung an und drängte ihn dadurch zurück. Dann bewegte sie sich schnell um ihn herum und suchte nach einer Öffnung in seiner Deckung.

Ihre neue Taktik verwirrte ihn. Er hatte nicht erwartet, eine so starke Gegnerin zu haben. Ihre Schnelligkeit brachte ihn in Verlegenheit. Seine Lederrüstung erschwerte ihm die Drehungen aus der Hüfte heraus, ganz wie Xian Li angenommen hatte. Sein Unvermögen, ihrer Geschwindigkeit zu folgen, machte ihn unvorsichtig.

Sie musste ihn überraschen, denn seine Abwehr war wirklich ausgezeichnet, wie sie erkannte. Wieder brachte ein Gegenangriff sie in Bedrängnis. Viele Optionen blieben ihr nicht mehr. Sie übersprang ihren Gegner nun mit einer Flugrolle, wohl wissend, dass sie das für einige Sekunden sehr verwundbar machen würde.

Tanotanween stockte der Atem, als er diese Aktion sah. Wenn der Bandit schnell genug nach oben stach, würde die Königin von seinem Schwert durchbohrt werden...

Doch Xian Li gelang es, ihren Gegner zu überraschen und er konnte sich nicht schnell genug drehen. Ein Schlag ihres Schwertes traf ihn schwer in der Seite. Als er zu Boden ging durchbohrte ihn ihr anderes Schwert. Sein Blut färbte den Kampfplatz rot und versickerte im Boden.

Ein jüngerer Bogenschütze der Banditen stöhnte auf.

„Das Miststück hat meinen Bruder getötet", rief er, dann nahm er seinen Bogen hoch.

„He, was hast du vor? Es war ein ehrlicher Kampf und er hat verloren", sagte ein anderer Bandit.

„Ist mir egal! Er ist tot! Das, was da vor dem Miststück am Boden liegt, war mein Bruder! Und ich werde ihn jetzt rächen!"

Der andere versuchte ihn zu beruhigen. „Das ist keine Rache, sondern ein feiger Mord, was du da vorhast! Ihr in den Rücken zu schießen, macht deinen Bruder nicht wieder lebendig! Außerdem haben wir eine Vereinbarung getroffen!"

Gefährlich sah der junge Bogenschütze ihn an und sagte drohend: „Halt dich raus, oder du hast mein Schwert in deinen Eingeweiden!"

Xian Li nahm ihr Schwert zu einem Salut hoch und drehte sich um. Gerade rechtzeitig, wie sich zeigen sollte, denn offenbar fühlte sich ein Bogenschütze nicht an die Vereinbarung gebunden und legte auf sie an. Sie versuchte den Pfeil mit dem Schwert abzuwehren, doch waren ihre Arme durch den vorangegangenen Kampf ermüdet und sie konnte daher nicht schnell genug reagieren. Zwar lenkte sie den Pfeil ein wenig ab, so dass er sie nicht tödlich traf, doch bohrte er sich tief in ihre Schulter. Sie sackte zu Boden.

„Verrat!" keuchte sie. „Bogenschützen, schießt!"

Wie sie vermutet hatte, waren ihre Schützen eifrig, aber ungeübt. Ihre Pfeile richteten nicht wirklich Schaden bei den Banditen an, die Schilde mit sich führten. Zudem schossen sie, wie auf stehende Ziele. Wenn der Pfeil an seinem Ort war, war das Ziel schon lange weg.

Die Banditen waren ein Stück zurückgeritten, um genug Anlauf zu haben und näherten sich nun wieder dem Fluss.

Der Hauptmann stellte sich schützend vor seine Königin. Wer sie töten wollte, würde an ihm vorbei müssen.

Als die verräterischen Banditen anritten, um über den Fluss zu springen, erzitterte plötzlich die Erde, wie bei einem Erdbeben. Die Banditen schienen zu zögern und auch die Truppe Shèngdis bekam es mit der Angst zu tun, doch sie hielten tapfer die Stellung. Plötzlich türmte sich das Wasser des Flusses hoch auf und bevor irgendjemand begriff, was los war. schoss Feuer auf die Banditen zu und tötete eine ganze Anzahl von Ihnen. Die restlichen Reiter machten kehrt und wollten fliehen, als eine gewaltige Wasserwoge über sie schwappte und noch mehr von ihnen tötete. Die wenigen Überlebenden flohen in wilder Panik, nichts mehr wahrnehmend.

Das Wasser floss zurück in den Fluss und am Ufer stand eine Gestalt, für alle sichtbar, die wie ein Mensch aus Wasser aussah. Er ging auf den Hauptmann zu. Tanotanween sah ihn an und trat dann zur Seite. Er wusste, wen er vor sich hatte.

Der Wassergeist beugte sich zu Xian Li hinunter und berührte sie an Schulter. Der Pfeil fiel aus der Wunde, die sich sogleich schloss. Sie stand wieder auf, dann fiel sie vor ihm auf die Knie.

„Großer Shan-Gōng, ich danke dir! Du hast mich und uns alle gerettet! – Warum hast du das getan?"

Er nahm sie bei den Schultern und richtete sie wieder auf.

„Ich bin schon lange auf dieser Welt, aber du, Königin Xian Li, bist die erste, die mich mit Respekt behandelte, die nicht versuchte, mich mit magischen Ritualen zu beeinflussen, sondern die offen und ehrlich mit mir verhandelt hat. Damit hast du meinen Respekt und meine Freundschaft gewonnen und Freunden stehe ich zur Seite! Ich bin froh, dass du nur verwundet wurdest, denn ich kann heilen, aber ich hätte dich nicht aus dem Reich Di-kang Wangs zurückbringen können."

„Du ehrst mich, großer Shan-Gōng, mehr als ich es verdiene, denn ich bin doch nur eine niedere Sterbliche! – Erlaube mir, dass ich *dich* ehre und dir einen Tempel errichte!"

Der Wassergeist schüttelte den Kopf. „Das würde meinen Herrn Gòng-Gōng sehr erzürnen, denn es steht mir nicht zu, einen Tempel zu haben. Und glaube mir, ihn zu erzürnen ist etwas, das niemand will! – Wenn du etwas tun willst, mich zu ehren, so darfst du in dem Tempel, den du bauen wirst, in einer kleinen Nische, einen Altar aufstellen, der mir geweiht ist."

„So soll es geschehen, großer Shan-Gōng!"

„Da ist noch etwas, was für euch vielleicht nützlich ist. Da ich ein Naturgeist bin, haben weder Feuer noch Wasser Schaden bei den Pferden angerichtet. Vielleicht solltet ihr sie einfangen. Ich könnte mir denken, dass sie euch in vielerlei Hinsicht sehr nützlich sein können."

Sie nickte. Pferde würden in vielen Belangen des neuen Reiches wertvoll sein, von Karawanen und

Hilfen in der Landwirtschaft, bis zur Möglichkeit, Reiterei auszubilden.

„Ich werde nun wieder gehen, edle Königin Xian Li! Auf bald!"

„Habe noch einmal meinen ergebensten Dank und den meines Volkes, großer Shan-Gōng! Auf bald!"

Er ging zum Fluss zurück und sprang in das Wasser, um wieder eins damit zu werden.

Ungläubig sah Tanotanween seine Königin an. „Ehrwürdige Königin, war das der gleiche Wassergeist, der uns einst eingeschlossen hatte?"

„Ja, Hauptmann, das war er. Nun hat er uns alle gerettet. – Offenbar werden auch die Bewohner der unsichtbaren Welt gern mit Respekt behandelt."

„Tun wir das denn nicht, wenn wir sie ehren?"

„Wie du sagst, wir ehren sie! Wenn wir sie aber behandeln, wie auch wir behandelt werden möchten, dann zollen wir ihnen Respekt!"

Er dachte einen Moment über ihre Worte nach, dann meinte er: „Ich verstehe, was du meinst, meine Königin!"

„Hauptmann, heiße deine Männer, die Pferde einzufangen! Sie werden sehr wertvoll für uns sein!"

„Meine Königin, ich möchte nicht widerstrebend erscheinen, aber keiner von ihnen hat je mit Pferden zu tun gehabt. Ich fürchte, sie werden sich verletzen."

Xian Li nickte. „Ich verstehe! Dann werde ich ihnen helfen!"

Nicht weit entfernt stand das Pferd des besiegten Anführers. Sie ging zu der Stute. Würde sie zurückscheuen, oder gar attackieren? Sie hatte Erfahrung im Umgang mit Pferden, auch wenn sie sich nie hatte leisten können, eins zu besitzen. Langsam näherte sie sich und sprach beruhigend auf das Pferd ein. Als sie es erreicht hatte, strich sie vorne über seinen Kopf und legte die Hand über seine Nüstern.

Das Pferd akzeptierte die Berührung mit einem leisen Schnauben. Jetzt kam der wirklich gefährliche Moment. Würde die Stute die neue Reiterin akzeptieren oder würde die Königin sich lächerlich machen, indem sie in hohem Bogen vom Pferd fiel? Leicht tätschelte sie den Hals des Pferdes, dann schwang sie sich in den Sattel. Ein banger Moment! – Doch die Stute schien ihre Reiterin zu akzeptieren. Vorsichtig versuchte Xian Li, sie zu lenken. Ruhig und widerstandslos folgte sie der Führung. Sanft strich die Königin über den Hals der Stute.

„Braves Mädchen! – Du sollst ab jetzt Míngzhū[17] heißen. Ich glaube, wir werden uns gut verstehen!"

Sie ritt auf die Brücke zu und die Garde folgte ihr, um die Pferde einzufangen. Xian Li hoffte, dass die anderen Pferde nicht scheuen würden, wenn ein bekanntes Pferd sie führte.

Es klappte und bereits nach kurzer Zeit waren die Pferde eingefangen.

„Wohin sollen wir sie bringen, meine Königin", wollte der Hauptmann wissen.

„Wir bringen sie in den Talkessel, dorthin, wo es Gras gibt. Dann baut ihr aus den alten Bambusvorräten ein Gatter um sie herum. Ich werde voranreiten, dann sollten die anderen Pferde problemlos folgen."

„Wo du grade das Reiten erwähnst, meine Königin, niemand hier kann Reiten! Du wirst es uns beibringen müssen."

„Das werde ich zu gegebener Zeit tun, Hauptmann Tanotanween! Folgt mir jetzt mit den Pferden! Wenn sie auf der Weide sind, nehmt ihnen die Sättel und das Zaumzeug, also das, was sie um den Kopf tragen, ab, damit sie sich erholen können!"

„Zu Befehl, meine Königin!"

---

[17] chinesisch: glänzende Perle

Nachdem die Pferde auf ihrer neuen Weide waren und für Wasser gesorgt war, machte sich Xian Li wieder auf den Weg zu ihrer provisorischen Residenz.

Als sie hereinkam, lief Liyanshimeen auf sie zu.

„Meine Königin, ich bin froh, dich wohlauf zu sehen! Ist es wahr, was man mir berichtet hat, dass du ihren Anführer besiegt hast und dann fast von den verräterischen Banditen ermordet worden wärst? Und das der Wassergeist dich und uns gerettet hat?"

„Ja, es ist alles so geschehen. Der große Shan-Gōng hat uns wirklich und wahrhaftig gerettet."

„Warum nur begibt sich meine Königin in solche Gefahr?"

„Unter den Banditen waren berittene Bogen-schützen, sie hätten unsere Truppe in kurzer Zeit vernichtet und die Stadt geplündert. Nichts hätte sie aufhalten können. Darum musste ich zusehen, ob ich die Sache nicht in einem Zweikampf erledigen könnte. Dass es verräterische Hunde waren, ist eine andere Sache…"

Die Beraterin nickte und man merkte ihr die Erleichterung an, dass ihre Königin noch am Leben war. Dann, einem plötzlichen Impuls folgend, nahm sie Xian Li kurz in die Arme. Erschrocken über sich selbst, wich sie sogleich zwei Schritte zurück, senkte den Kopf und flüsterte: „Verzeih, meine Königin! Das war ungebührlich von mir!"

Es war das erste Mal, seit sie hier war, dass Xian Li so etwas, wie Zuneigung und Wärme empfangen hatte und es wäre ihr daher durchaus recht gewesen, wenn Liyanshimeen sie etwas länger umarmt hätte. Eine weitere negative Seite daran, Königin zu sein, wie sie fand: Niemand näherte sich ihr. Fast so, als wäre sie aussätzig.

Sie überbrückte die zwei Schritte, die ihre Beraterin zurückgewichen war und sagte ruhig: „Liyanshimeen, sieh mich an."

Die Angesprochene hob langsam den Kopf und Xian Li sprach weiter: „Bitte entschuldige dich nicht dafür! Es war das erste Mal, seit ich Königin bin, dass jemand zur Kenntnis genommen hat, dass ich auch ein Mensch bin, der Gefühle hat und Zuneigung braucht. Ich danke dir für diese, wenn auch recht kurze, Geste. Es hat mir gutgetan."

Liyanshimeen war nicht wenig irritiert über die Worte ihrer Königin. Aber als sie überlegte, stellte sie fest, wie recht Xian Li hatte. Eine Königin war für ihr Volk etwas Höheres. Sonst wäre sie ja keine Königin! Und trotzdem war sie doch ein Mensch aus Fleisch und Blut und wohl auch mit Gefühlen. Erneut bemerkte sie, das Xian Li so gar nicht dem Bild einer typischen Königin entsprach. Sie war noch immer die Abenteurerin, die vor vier Tagen in Shèngdi angekommen war. Sie spielte die Rolle einer Königin und die spielte sie exzellent. Doch Momente wie dieser, zeigten ihrer Beraterin, dass sie in ihrem Herzen etwas anderes war.

‚Ich mache mir Sorgen um Xian Li', dachte sie. ‚Wenn sie nicht tief in sich zur Königin wird, bekommt sie irgendwann Probleme mit sich selbst. Dann wird sie zerrieben werden, zwischen ihrer Rolle und ihrem Sein.'

Sie verneigte sich leicht. „Wenn ich meiner Königin damit helfen konnte, freut es mich!"

Einen Moment lang war eine angenehme Stille im Raum und beide Frauen schwiegen, um den Augenblick wirken zu lassen.

Nach einer Weile räusperte sich Liyanshimeen. „Wenn meine Königin erlaubt! Ich habe inzwischen einen Bewerber gefunden, der für das Amt des Salzmeisters in Frage kommt."

Auch Xian Li besann sich wieder darauf, dass sie Königin war. „Das ist gut! – Sag mir, hatten wir uns nicht eigentlich geeinigt, dass du mich nur bei meinem Namen nennst, wenn wir allein sind?"

„Wir sind nicht allein! Im Nebenraum wartet der Bewerber. Und die Türen sind nicht sehr dick."

Xian Li nickte. Offenbar war ihre Beraterin sehr vorsichtig, damit niemand sagen könnte, das Protokoll würde bei Hofe nicht eingehalten.

„Hat er Erfahrung im Umgang mit Salz?"

„Ja meine Königin, er ist der Vorarbeiter in der Salzmine und kennt sich mit Salz bestens aus."

„Sehr schön! Hoffen wir, dass er auch die nötigen organisatorische Fähigkeiten mitbringt. – Bitte ihn herein!"


Als sie wieder allein waren, fiel Xian Li ein, dass sie noch einen Verantwortlichen ernennen müsste, nur fürchtete sie, dass Liyanshimeen sie für verrückt halten würde, wenn sie sie auf die Suche nach einem geeigneten Kandidaten schickte.

„Liyanshimeen, wir brauchen noch einen Verant-wortlichen, für eine neue Aufgabe. Für eine wirklich neue Aufgabe!"

„Ich höre, Xian Li?"

„Shèngdi verfügt nun über eine Pferdeherde. Die Pferde der Banditen wurden bei Shan-Gōngs Angriff nicht verletzt und sind nun auf einer Wiese im Talkessel untergebracht. Das Problem ist, wir brauchen einen Verantwortlichen, für die Pferdehaltung und Pferde-zucht!"

„Für *was*" fragte die Beraterin entgeistert. „Xian Li, ich brauche mich gar nicht erst aus dem Haus zu bewegen. So jemanden gibt es in ganz Shèngdi nicht! Woher auch, wir hatten nie Pferde. Wer sollte sich also damit auskennen? Wie du ja schon erfahren hast, haben wir nicht einmal Viehzucht, sieht man von ein paar Hühnerställen ab! Abgesehen von Eiern, ernähren wir uns ja nur von Pflanzen! Von daher muss ich passen, ich wüsste niemanden, der sich dafür eignen würde."

„Ich verstehe! Also werde ich es jemandem beibringen müssen... Es sei denn...", sie unterbrach sich. „Lass uns das später klären."

„Wie du es wünscht!"

Mittlerweile war es dunkel geworden und Feng Hu kehrte zurück und erstattete pflichtgemäß Bericht über den Tag: „Meine Königin, die Eimer sind wieder eingezogen worden und befinden sich wieder im Lager in der Stadt. Auf dem Weg zurück konnte ich sehen, dass die Wache postiert wurde und auch Patrouillen habe ich gesehen."

„Sehr gut, Feng Hu! Ich bin sehr erfreut über deine Leistung. Ich hoffe die Tatsache, dass du die Sprache noch nicht gut sprichst, war nicht allzu hinderlich."

„Ich wusste mir zu helfen!"

„Wie ich sagte, ich bin sehr zufrieden!"

„Danke, meine Königin!" Nach einer kleinen Pause fügte er an: „Darf ich sagen, dass ich sehr froh bin, dich wohlauf zusehen?"

Sie nickte. „Ich danke dir, Feng Hu!"

Dann fragte sie: „Kennst du dich im Umgang mit Pferden aus, oder überhaupt mit Viehzucht?"

„Mit Pferden? Nein, ich bin noch nicht einmal in die Nähe eines Pferdes gekommen. Und Viehzucht? Ich habe gelegentlich auf die Ziegenherde meiner Eltern aufgepasst, aber Viehzucht würde ich das nicht nennen."

‚Dǎoméi![18]‘, dachte sie, ‚er war diesbezüglich meine letzte Hoffnung. Scheinbar bleiben die Pferde erst einmal mein Problem, bis ich Leute ausbilden kann. Aber vielleicht weiß er jemanden, der sich eignen würde, immerhin arbeitet er ja schon seit zwei Tagen mit den Leuten zusammen.‘

Sie wandte sich wieder an ihn: „Kannst du mir jemanden unter den Bauern nennen, von dem du sagen würdest, er kann schnell umsetzen, was man ihn lehrt und ist ein guter Arbeiter?“

‚Hm... der junge Bauer, der heute bei mir war, scheint dem zu entsprechen‘, überlegte er.

„Vielleicht weiß ich jemanden, aber leider kenne ich seinen Namen nicht. Ich werde diesen aber gleich morgen in Erfahrung bringen, meine Königin!“

„Tu das! – So, ich denke, der offizielle Teil des Tages kann hiermit beendet werden, oder ist noch etwas zu erledigen, Liyanshimeen?“

„Nein, meine Königin!“

„Dann wünsche ich euch einen schönen Abend!“

Beide verneigten sich protokollgerecht. „Danke, meine Königin!“

Als sie wieder allein war, überlegte Xian Li, was noch alles an Aufgaben vor ihr lag, um das Reich wieder auf Kurs zu bringen, unabhängig davon, was sie in den letzten Tagen schon angewiesen hatte.

Sie seufzte, ‚irgendwie scheinen meine Aufgaben immer mehr zu werden, egal wieviel ich delegiere... Aber ich denke, wir sind auf einem guten Weg, das Reich neu zu gestalten und ich sehe nicht mehr ganz so düster in die Zukunft. Allerdings habe ich heute schmerzhaft erfahren, dass wir schnell etwas für die Verteidigung des Reiches tun müssen! Ich werde das

---

[18] chinesisch: Mist!

gleich morgen mit Minister Lamchesateen bereden müssen.'

Bei einem Blick auf ihre Kleidung stellte sie fest, dass sie dringend mehr Gewänder brauchte. Das Gewand, das sie trug, musste dringend gesäubert werden, schließlich geziemte es sich für eine Königin nicht, in blutbefleckter Kleidung herumzulaufen. Sowohl der Hauptmann, als auch der Bandit hatten Spuren auf ihrem Gewand zurückgelassen.

,Ich hoffe, es gibt Schneider in Shèngdi, schließlich kann ich nicht ohne Gewand herumlaufen!'

Feng Hu und Liyanshimeen waren froh, dass Xian Li heute schon früh den Arbeitstag beendet hatte. So hatten sie endlich Gelegenheit, füreinander da zu sein. Die letzten Tage hatten ihnen nicht wirklich Zeit zu zweit gelassen und so waren sie glücklich, diesen Abend für sich zu haben.

„Lishi, weist du, dass wir zum ersten Mal Zeit für uns haben? – Es ist schon sehr verrückt, oder? Du bist seit drei Tagen meine Frau und vermutlich weiß Xian Li mehr über dich, als ich."

„Das ist nicht sehr wahrscheinlich, denn über mich privat, habe ich noch nicht mit ihr gesprochen", meinte sie, „aber *wir* sollten der Tatsache dringend abhelfen, dass wir nichts über uns wissen."

Er grinste etwas, dann meinte er: „Du hast es da viel leichter. Was es über mich zu wissen gibt, kann man wohl in zwei bis drei Sätze fassen."

„Komm, mach dich nicht selbst klein! Du bist vielschichtiger, als du denkst!"

„Seit ich hier bin stimmt das auch, aber das hast du ohnehin mitbekommen. Mein Leben zuvor ist, wenn ich ehrlich bin, so wie Xian Li mich stets dargestellt hat. Weich, faul und ein Nichtsnutz. Ich habe erst hier erkannt, dass mich nie jemand gefordert hat und ich mich dem gemütlichen Leben nur allzu gern hingegeben habe. Hier werde ich zum ersten Mal gefordert und gebraucht!"

Sie sah ihn lächelnd an. „Und ich habe den Eindruck, es gefällt dir, gebraucht zu werden."

„Sehr sogar," bestätigte er nickend. „Ich habe mich zwar zu Anfang verflucht, dass ich mich habe überreden lassen, Xian Li zu begleiten, aber nach einigen neuen Tiefpunkten, hat mein Leben eine unerwartete und positive Wendung genommen – und hat mir eine wunderschöne Frau beschert!"

„Ich habe mich in dich verliebt, als ich dich an der Passage zum ersten Mal sah. – Und du hast mir Leid getan! Ich habe ja euren Streit mit angehört..."

Er nickte. „Weißt du, ich bin dennoch froh, dass ich nicht umgekehrt bin. Dein Mann zu sein, wiegt es auf, dass ich fast erwürgt und mir danach in Aussicht gestellt wurde, mit dem Schwert getötet zu werden..."

Gedankenverloren sah er einen Moment vor sich hin, dann nahm er sie in den Arm. „Und du hast mich gerettet!"

„Ich bin froh, dass ich das konnte, dass zum einen die Königin meinen Vorschlag annahm und zum anderen du zugestimmt hast, mein Mann zu werden... – Weißt du, mein Leben war auch nicht wirklich von aufregenden Ereignissen geprägt. Meine Eltern dienten schon am Hofe von Kijantjianweens Vater und so bin ich praktisch in einer höfischen Umgebung aufgewachsen. Als Kijantjianween mich dann fragte, ob ich seine Beraterin werden wollte, obwohl ich noch sehr jung war, stimmte ich zu. Die einzig aufregende Zeit war das Ende seiner Herrschaft und meine neue Aufgabe Dienerin und Beschützerin seiner Frau zu werden. Da waren dann auch Zeiten, in denen ich mich nach einem Mann in meinem Leben gesehnt habe.

Dadurch, dass ich die Dienerin einer quasi Geächteten war, wollte aber niemand etwas mit mir zu tun haben. Wenn ich darüber mit ihr sprach, hat Maratjianween immer gesagt, dass ich einmal einen Mann finden würde. Aber ich hätte nie vermutet, dass dieser aus der Außenwelt kommen wird."

Bei der Erwähnung von Maratjianween fiel ihm etwas wieder ein. „Sag mal, Lishi, was wäre denn gewesen, wenn ich nicht mit Xian Li mitgegangen, sondern hier im Haus geblieben wäre? Ich meine, ihr habt ja so gewisse Andeutungen gemacht..."

„Du meinst, ob wir mit dir hätten... Spaß haben wollen?"

Er nickte.

„Warum hätten wir dich anlügen sollen? Wie ich gesagt hatte, es wäre sehr interessant gewesen, wenn du bei uns geblieben wärst..."

„Ähm... du meinst... du... ihr... hättet mit mir... lassen wir das Thema lieber."

Sie lächelte ihn an. „Du bist schüchtern, Liebster, das ist süß."

Bevor er etwas erwidern konnte, küsste sie ihn innig, dann sagte sie: „Was meinst du, ist es nicht langsam auch an der Zeit, dass wir uns *richtig* kennenlernen?"

„Du meinst, so ganz richtig?"

Sie nickte, dann flüsterte sie zärtlich: „Ich sehne mich nach dir, Liebster!"

„Und ich mich nach dir, Geliebte!"

Liyanshimeen zog ihn nun fest an sich und küsste ihn leidenschaftlich, dann stellte sie sich vor ihn und ließ langsam ihr Gewand von den Schultern gleiten, und fing es erst an ihrer Hüfte ab.

Ihm wurde trocken im Mund. „Du bist unvergleichlich schön, Lishi", flüsterte er.

„Was wirst du sagen, wenn du auch die zweite Hälfte von mir siehst?", flüsterte sie keck.

„Vielleicht werde ich vor Entzücken gar nichts mehr sagen können..."

Sie lächelte verführerisch, dann ließ sie ihr Gewand langsam zu Boden gleiten.

Fasziniert schaute er sie an und war sicher, dass er noch niemals eine schönere Frau gesehen hatte. Eine Weile fehlten ihm wahrhaftig die Worte, dann sagte er langsam: „Deine Haut schimmert wie die teuerste Seide, deine Brüste sind die Verlockung pur und dein Körper erscheint schöner, als der einer Göttin. – Bin ich würdig, dieses wundervolle Wesen zu erkunden?"

Sie trat auf ihn zu, öffnete den Gürtel seiner Jacke und nahm sie ihm von den Schultern. Nun öffnete sie das Band, das seine Beinkleider hielt, dann flüsterte sie zärtlich: „Erkunde mich, Geliebter, lerne mich kennen und zeige mir, wer du bist."

Er hob sie hoch, trug sie zur Schlafstatt und legte sie darauf, dann legte er sich neben sie und begann sie zu liebkosen. Sie genoss seine Berührungen in vollen Zügen. Wunderbare Gefühle und heißes Verlangen sandte er durch ihren Körper. Nach einer Zeit reinen Genießens erwiderte sie seine Zärtlichkeiten, bis auch er das heiße Verlangen, dass ihre Berührungen in ihm auslösten, nicht mehr bändigen konnte und sie ließen sich nun von den Wogen ihrer Leidenschaft durch die Nacht tragen.

# Der Legende sechster Teil: Der Aufbau

Es war jetzt etwas mehr als einen Mond[19] her, dass Xian Li die Königin von Shèngdi wurde und langsam, ganz langsam ging es aufwärts mit dem Reich. Die Leute hatten wieder genug Nahrung, es gab Baumaterial, sowohl Stein, als auch Bambus, die ernannten Minister und Sekretäre machten gute Fortschritte in der Organisation des Reiches und auch die Wasserversorgung funktionierte wieder. Jeder Einwohner, der in der Lage war zu arbeiten, war bei den Projekten eingesetzt. Es wurde niemand gezwungen, aber jeder wollte, dass Shèngdi so schnell wie möglich zu neuem Leben und Glanz kam. Es war bemerkenswert zu erleben, wie sich jeder einsetzte und Arbeiten in einer Zeit fertig wurden, die man nie für möglich gehalten hätte.

Einzig die Verteidigung Shèngdis bereitete der Königin noch Kopfzerbrechen. Wie ihr der Zwischenfall mit den Banditen deutlich und schmerzhaft aufgezeigt hatte, war die Stadt kaum zu verteidigen und sehr verwundbar. Große Sorgen bereitete ihr dabei vor allem die Qualität der Truppe. Die Leute waren das Tragen von Rüstung, nicht zu reden von Ausrüstung und Waffen, nicht gewohnt. Sie konnten kaum mit den Waffen umgehen, die ihnen in die Hand gedrückt wurden, natürlich mit Ausnahme der Soldaten der Garde, aber derer waren viel zu wenig, um eine effektive Verteidigung zu gewährleisten. Wenn sie keinen Weg fand eine schlagkräftige Armee auszubilden, war es vielleicht besser, sie bat Shan-Gōng, den Felsdurchgang wieder zu verschließen, wie sie in einem Anfall von Frustration überlegte. Zwar hatte sie gleich nach dem Vorfall mit den Banditen, den Minister für das Militär konsultiert und ihn ersucht eine

---

[19] In Shèngdi wird nach einem Mondkalender gerechnet. Ein Mond sind 28 Tage, gerechnet von Neumond bis Neumond.

Lösung auszuarbeiten, doch ließ sich so etwas nicht aus dem Ärmel schütteln. Immerhin sollte es ein vernünftiges Konzept sein und nicht nur eine provisorische Lösung.

Wie, wenn er ihre Gedanken empfangen hätte, meldete ihr ihre Beraterin, dass der Minister Lamchesateen, die Königin zu sprechen wünschte.

„Er kommt, wie gerufen! Heiße ihn bitte einzutreten!"

„Sogleich!"

Schnellen Schrittes ging die Beraterin hinaus.

‚Das Problem ist, dass Shèngdi sehr klein ist. Wenn ich eine Berufsarmee haben will, stehen dem Reich zu wenig Arbeitskräfte zur Verfügung, Wenn wir nur eine kleine Garnison haben, wie jetzt und eine Freiwilligentruppe, dauert es bei einem geplanten Angriff zu lange, bis die Verteidigung steht. Schließlich kann ich Shan-Gōng nicht in die Verteidigung einbinden, auch wenn ich das gern täte, aber das wäre extrem ungebührlich von mir. Das Verhältnis aufzubauen war schwierig und ich werde das nicht gefährden.'

Sie seufzte.

‚Warum nur strebt irgendjemand danach, ein Reich regieren zu wollen' fragte sie sich, ,das ist doch wirklich nicht sonderlich erstrebenswert! Es gibt nur Probleme und ich bin jeden Tag vom Sonnenaufgang bis in die Nacht eingespannt; habe keine Freizeit, kaum Zeit für mich… Warum nur gibt es Leute, die das wollen?'

Sie spürte wieder etwas in sich, das sie als Selbstmitleid definierte. In den letzten Wochen war ihr das mehrmals passiert. Kurz schüttelte sie den Kopf und unterbrach ihre Gedanken. Es hatte keinen Sinn sich dem hinzugeben, wenn es ohnehin keine Lösung gab. – Doch ein kleiner Stachel blieb.

Kurze Zeit später trat der Minister ein und verneigte sich.

„Meine Königin!"

„Minister Lamchesateen, was hast du mir zu berichten? – Ich hoffe, du hast ein schlüssiges Konzept für die Verteidigung Shèngdis erarbeitet! Denn du wirst mir zustimmen, dass der Zwischenfall mit den Banditen gezeigt hat, dass wir praktisch wehrlos sind. Ein paar berittene Bogenschützen und ein paar Reiter mit Schwertern waren die Gegner. Keine organisierte Truppe, sondern ein Haufen Banditen. Und wenn wir nicht die Hilfe des großen Shan-Gōng gehabt hätten, wäre unsere Truppe vernichtet und die Stadt geplündert oder vielleicht sogar zerstört worden! – Wenn uns jemand mit kriegerischer Absicht angreifen würde, hätten wir genau zwei Möglichkeiten: Sofort zu kapitulieren, oder niedergemetzelt zu werden! Keine dieser Optionen erscheint mir sehr erstrebenswert zu sein. – Folglich müssen wir das ändern, aber wie?"

„Ich habe mir ausführlich Gedanken über diese Situation gemacht und hätte nun eine Lösung anzubieten."

„Ich höre!"

„Zuerst einmal benötigen wir Verteidigungsbauten. Wir können keine Armee aufstellen, die in der Lage wäre, einen Gegner in einer offenen Feldschlacht zu bekämpfen. Wir haben dafür einfach nicht genug Leute. – Was die Truppe selbst betrifft, wäre es gut, aus den Freiwilligen, eine Milizarmee zu formen, also eine halbberufliche Truppe. Wenn Arbeitskräfte benötigt werden und kein Krieg herrscht, können die Leute arbeiten, wenn keine Arbeit anliegt, sind sie Soldaten, egal ob Krieg herrscht, oder nicht. Das würde bedeuten, dass wir sie viel besser ausbilden können und sie das Tragen von Waffen und Rüstung gewöhnt werden."

„Hmm... Das klingt vernünftig, aber wie können wir die Leute zahlen?"

„Bis wir wieder eine Währung haben, zahlen wir sie, wie jetzt auch, mit Nahrung und Salz. – Ich möchte der Königin auch noch einige notwendige Änderungen antragen."

„Die da wären?"

„Es ist sehr wichtig, die Qualität der Ausrüstung zu verbessern. Die Bogenschützen haben Bögen, die für die Jagd gemacht wurden. In einem Kampf sind sie nutzlos. Sie haben weder die erforderliche Reichweite, noch sind sie stabil genug. Wenn man damit fünfzig Pfeile nacheinander verschießen würde, brächen die Bögen vermutlich."

„Auch die Schilde der Speerträger müssen erneuert werden. Sie sind viel zu klein! Wenn die Bogenschützen der Banditen auf sie geschossen hätten, wäre es ihnen nicht möglich gewesen, sich zu schützen", warf Xian Li ein.

Der Minister nickte. „Auch die Speere selbst müssen verbessert werden, Sie taugen nicht für die Schlacht; sie sind zu kurz und zu wenig widerstandsfähig!"

„Da stimme ich dir zu! Gibt es Waffenschmiede in Shèngdi?"

Lamchesateen schüttelte den Kopf. „Keine speziellen Waffenschmiede, doch unsere Schmiede sind sehr geschickt darin, Waffen, insbesondere Schwerter, anzufertigen. Allerdings haben wir keine Bogner. Die Bögen, die die Schützen verwenden, wurden von Jägern gefertigt."

Die Königin nickte bedächtig. „Wir stolpern also wieder von einem Problem in das nächste, ja? Wir brauchen besseres Material, haben aber keine Fachleute, die das herstellen können! Hast du eine Idee, wie das zu lösen ist?"

Er schüttelte den Kopf. „Im Moment leider noch nicht, meine Königin! Spontan fiele mir ein, Fachleute von außerhalb Shèngdis zu suchen und diese einzustellen, nur sind solche Fachleute sehr begehrt und daher extrem schwer zu finden. Und Städte, die sie haben, werden sie nicht einmal unter Kriegsandrohung ziehen lassen. Ich werde mich mit den anderen Ministern zusammensetzen, vielleicht finden wir eine Lösung."

„Tue das und lass mich das Ergebnis schnellst möglich wissen!"

„Ja, meine Königin!"

Nach eine kleinen Pause fuhr er fort: „Wenn du erlaubst, es gäbe noch weitere wichtige Änderungen, die durchgeführt werden müssten!"

„Und zwar welche?"

„Das Garnisonsgebäude muss näher an den Durchgang verlegt werden. Wären die Banditen entschlossener gewesen, hätte die Garde nicht rechtzeitig zur Stelle sein können, weil der Weg viel zu weit war. Zudem müssten wir es zu einer Kaserne ausbauen, damit auch die Miliztruppen dort ausgebildet werden können. Auch das Arsenal muss aus den Lagern entfernt werden und näher am Durchgang gebaut werden; die Waffen müssen da lagern, wo sie benötigt werden. Würden zum Beispiel die Milizsoldaten auf den Feldern arbeiten, bräuchten sie nur kurz durch den Durchgang zu laufen und wären bei den Waffen."

Xian Li überlegte einen Moment, dann meinte sie: „Was die Verlegung der Garnison und des Arsenals betrifft, können wir gleich handeln. Nach meinem Dafürhalten wäre es sinnvoll, das Arsenal in die Kaserne zu integrieren! Setze dich mit dem Minister für öffentliche Arbeiten zusammen und plane das mit ihm! Mache mir bis Morgen eine Aufstellung, was uns die Umwandlung der Freiwilligentruppe in eine Milizarmee kosten und auch, was sie uns bringen würde, dann werden wir entscheiden. Zudem triffst du dich mit dem Obersten der Baumeister und planst mit ihm die Verteidigungsbauten, von denen du sprachst. Auch davon bekomme ich dann von dir eine Aufstellung, was uns das kostet."

„Es soll geschehen, wie meine Königin es wünscht!"

„Für dein Treffen mit Minister Feng Hu, solltest du in Betracht ziehen, die Königliche Beraterin dabei zu haben, oder Maratjianween."

Er nickte. „Ja, meine Königin, das könnte von Vorteil sein, auch wenn Herr Feng Hu schon gute Fortschritte macht, unsere Sprache zu sprechen."

„Du darfst dann gehen, Minister Lamchesateen"

„Ich danke dir, meine Königin!" Der Minister verneigte sich und ging hinaus.

‚Gut, das geht schon einmal in eine gute Richtung vorwärts', überlegte die Königin.


Ein wenig später wurde ihr der Baumeister, der die Renovierung des Palastes durchführte, gemeldet und sie fragte sich, was es nun wieder für unvorhergesehene Probleme gab.

Der Baumeister verneigte sich.

„Meine Königin, ich darf dir berichten, dass der erste Abschnitt des Wiederaufbaus in Kürze abgeschlossen ist. Die Innenarbeiten für die Ministerbüros und deinen Thronsaal, sowie einige unterstützende Räume sind abgeschlossen und können in zwei Tagen eingeweiht und ihrer Bestimmung übergeben werden. Für die Innenarbeiten der Königlichen Gemächer, und aller anderen Räume werden wir noch etwa zwei weitere Monde benötigen. Zum Schluss kümmern wir uns dann um das Äußere des Palastes, das sollte noch einmal etwa drei Monde dauern."

„In fünf Monden sollte also der Palast fertig sein?"

„Ja, meine Königin!"

Xian Li schüttelte den Kopf. „Das geht so nicht! Ich bin vor einigen Tagen am Palast vorbeigegangen. Ich brauche keinen Thronsaal, wenn sich niemand traut, den Palast zu betreten, weil er Angst hat, dass er über ihm zusammenbricht! Rede mit dem Minister für öffentliche Arbeiten, ob er dir mehr Leute geben kann. Die Arbeiten außen am Palast und für die restlichen Innenräume müssen *gleichzeitig* durchgeführt werden! Ich erwarte, dass du mir in *drei* Monden meldest, dass der Palast fertig ist!"

„A... aber meine Königin..."

„Bevor du mir jetzt sagst, dass das nicht geht, suche Minister Feng Hu auf und frage ihn nach mehr Arbeitern! Wenn du keine bekommen kannst, darfst du mir sagen, dass es nicht möglich ist! Aber vorher nicht!"

„Ja, meine Königin" entgegnete er kleinlaut.

„Und fangt mit den Außenarbeiten beim Eingang an! Es ist wichtig, dass dieser sobald wie möglich in einem ansehnlichen Zustand ist!"

„Wie meine Königin es wünscht!"

Sie entließ ihn und konnte sehen, dass er der Ansicht war, sie hätte ihm gerade alle Last Shèngdis auferlegt.

Nachdem der Baumeister gegangen war, überlegte Xian Li: ‚Also in zwei Tagen kann der Thronsaal eingeweiht werden... Dann werden wir mal hören, was Liyanshimeen meint, wie wir die Einweihung machen sollten. Bestimmt gibt es dafür ein Protokoll, von dem ich nur keine Ahnung habe.‘

Sie rief wieder ihre Beraterin herbei.

„Was wünscht meine Königin?"

„Sind noch Fremde im Haus?"

„Nein, Xian Li!" Sie lächelte verschämt. „Das war es, was du meintest, oder?"

Sie nickte. „Hör zu, der Baumeister hat mir gerade gesagt, dass der Thronsaal und die Ministerbüros fertig sind und in zwei Tagen eingeweiht werden können. Gibt es dafür ein vorgeschriebenes Zeremoniell?"

„Bestimmt gibt es so etwas... – Nur kenne ich es nicht! Dieses Reich besteht schon seit langer Zeit, es wurde nicht erst durch Kijantjianween gegründet. Da während meiner Zeit als Königliche Beraterin keine Teile des Palastes eingeweiht werden mussten, habe ich kein Wissen über eine diesbezügliche Zeremonie."

„Heißt das etwa, wir können frei improvisieren, wie wir die Einweihung durchführen", fragte Xian Li erfreut.

„Das heißt es wohl. Darf ich fragen, warum dich das so freut?"

„Ganz einfach, wenn es keine festgelegte Zeremonie gibt, kann ich nicht unwissentlich gegen ein Protokoll verstoßen und das erfreut mich einfach!"

„Ich verstehe… Darf ich dich etwas ganz privates fragen?"

„Nur zu!"

„Königin zu sein erfüllt dich nicht wirklich mit Freude, oder?"

Xian Li überlegte eine Weile, dann antwortete sie: „Mit Freude? Nicht wirklich! Ich meine, ich bin froh, wenn es mit dem Reich vorwärts geht und es erfüllt mich mit Stolz, wenn ich wieder ein Problem lösen konnte. Ich freue mich vielleicht nicht darüber, Königin zu sein, aber ich freue mich, wenn ich sehe, dass es den Leuten, dank mir, besser geht. Ich freue mich, auch über Feng Hu und dich. Ich weiß nicht, was ich ohne euch machen würde."

„Ich danke dir! – Ich wünschte nur, ich könnte etwas tun, damit du dich besser fühlst."

„Ich fühle mich ja nicht schlecht, Liyanshimeen. Es ist nur so: Ich war es gewohnt, wochenlang allein durch die Gegend zu ziehen, ohne einer Menschenseele zu begegnen. Und das fehlt mir ein wenig. Ich bin eben nicht als Königin geboren, ich wurde innerhalb weniger Augenblicke dazu."

„Und du hast dadurch ein ganzes Reich vor dem Untergang gerettet!"

Sie nickte, dann meinte sie: „Lass uns nicht länger in meinem Selbstmitleid baden. Kümmern wir uns wieder um die Einweihungszeremonie."

Ihre Beraterin nickte und Xian Li fuhr fort: „Da es sich nur um eine Teileinweihung handelt, würde ich sagen, wir halten die Zeremonie kurz und einfach. Wenn der Palast komplett wieder hergestellt wurde, können wir die Zeremonie größer und feierlicher machen. Was hältst du davon?"

„Ich finde, das ist ein guter Vorschlag. Daher würde ich sagen, die Anwesenheit des Hofstaats und des Ministerrates sollte genügen. Eine Einweihungsrede der Königin, die Übergabe der Büros an die entsprechenden Minister und die Eröffnung des Thronsaals, für interne Aufgaben, damit du die Minister nicht mehr hier im Haus empfangen musst. – Bist du damit einverstanden?"

„Da ich annehme, dass ich um die Rede in keinem Fall herumkomme, bin ich einverstanden."

„Du hast recht! Eine öffentliche Zeremonie ohne eine Rede der Königin ist wohl schwerlich möglich."

Seufzend meinte Xian Li: „Na schön, dann machen wir das so!"

„Ich werde dann die nötigen Vorbereitungen treffen!"

Gerade wollte Liyanshimeen den Raum verlassen, als der Hofsekretär an die Tür klopfte.

„Ja, was ist?"

„Verzeih die Störung, Liyanshimeen, aber der Schneider, der mit dem Gewand Ihrer Majestät beauftragt wurde, ist mit den Gewändern hier und ersucht um Vorsprache bei der Königin!"

Die Beraterin sah sich zu Xian Li um. „Meine Königin, der Schneider mit deinem neuen Gewand ist hier und bittet darum, Vorgelassen zu werden."

„In Ordnung, er soll hereinkommen! Du wirst mitkommen müssen Liyanshimeen! Ich werde sicherlich nicht mit einem Mann allein in meine Privaträume gehen, wenn ich mich auch noch umkleiden muss!"

„Selbstverständlich, meine Königin! Da du keine Zofe hast, werde ich dich begleiten!"

Xian Li sah sie an. „Warum habe ich eigentlich keine Zofe?"

„Hauptsächlich deshalb, weil du keine eingestellt hast!"

„Woher hätte ich denn wissen sollen, dass ich eine Zofe brauche? In meinem bisherigen Leben habe ich mich selbst um mein Gewand gekümmert. Ich dachte du bist meine Beraterin und weist mich auf so etwas hin!"

Mit einem tiefen Seufzen nickte Liyanshimeen. Sie hatte wirklich vergessen, sie darauf hinzuweisen. Natürlich hatte Xian Li das nicht gewusst. Sie war ja, wie sie immer wieder betonte, nicht zur Königin geboren, sondern eine junge Frau, die sich selbst um die Belange ihres Lebens gekümmert hatte.

„Verzeih, ich habe nicht daran gedacht! Sowie der Schneider wieder fort ist, werde ich mich unverzüglich darum kümmern, meine Königin!"

„In Ordnung, Liyanshimeen! Achte aber bitte darauf, dass sie, vom Alter her, weder meine Mutter, noch meine Tochter sein könnte!"

Ihre Beraterin nickte.

Die Audienz des Schneiders gestaltete sich schwieriger, als Liyanshimeen angenommen hatte. Wenn eine Königin Gewand in Auftrag gibt, entwirft der Schneider natürlich Gewand für eine Königin. Was aber, wenn die Königin keine königlich anmutenden Gewänder tragen will?

Xian Li strapazierte die Nerven ihrer Beraterin extrem und nur ihre langjährige Erfahrung ermöglichte, dass Liyanshimeen Haltung bewahrte.

„Ich mag aber kein rotes Gewand mit einem lila Umhang tragen!"

„Das ist nicht lila, sondern purpur, meine Königin!"

„Ist mir egal, ich mag die Farben nicht!"

‚Gleich stampft sie mit dem Fuß auf, wie ein trotziges Mädchen', dachte Liyanshimeen. Es kostete sie langsam aber sicher Kraft, nicht die Beherrschung zu verlieren. Sie nahm die Königin beiseite und flüsterte mit ihr, damit der Schneider sie nicht hören konnte: „Eine Königin kann nun einmal nicht im Gewand einer Abenteurerin herumlaufen! Wenn du öffentlich die Reichsgeschäfte führst, brauchst du ein Gewand, das einer Königin entspricht! Da die königlichen Farben rot und purpur sind, wird dein Gewand diese Farben haben müssen! – Wenn ich dir einen Vorschlag unterbreiten dürfte?"

„Und was sollte das sein?" Xian Li war nicht weniger genervt, als ihre Beraterin, nur hatte sie als Königin das Privileg, damit nicht hinter dem Berg halten zu müssen.

„Arrangiere dich mit dem Staatsgewand und gib dem Schneider noch den Auftrag ein »Freizeitgewand« zu machen. Das kannst du tragen, wann immer es keine offiziellen Anlässe gibt."

„Kann ich dann auch die Farben dafür festlegen?"

„Selbstverständlich, meine Königin!"

„Dann bin ich einverstanden!"

Xian Li wandte sich wieder dem Schneider zu, um den Rat in die Tat umzusetzen. Sie konnte daher nicht sehen, dass Liyanshimeen die Augen verdrehte. ‚Den Göttern sei Dank', dachte die Beraterin und war sicher, dass hier die *ganze* Götterwelt beschäftigt gewesen war.

Nachdem der Schneider wieder fort war, kümmerte sich Liyanshimeen, wie angekündigt, darum, eine Zofe für die Königin zu finden. Da es sich um ein sehr persönliches Amt handelte, hielt sie es für sinnvoller, einige Anwärterinnen zur Auswahl mitzubringen, statt Xian Li eine Zofe zu präsentieren. Sie musste für sich eingestehen, dass die Auswahl schwieriger zu treffen war, als sie angenommen hatte. Sie sollte jung, aber nicht zu jung sein. In dem Zusammenhang fragte sie sich, wie Xian Li auf die Idee gekommen sein konnte, dass sie eine ältere Frau damit beauftragen könnte. Schließlich suchte sie nach einer Zofe, nicht nach einer Hofdame für die Königin. In einem Anflug von Sarkasmus überlegte sie, dass eine Hofdame, nach der Audienz des Schneiders, vermutlich aus den Diensten ihrer Majestät ausgetreten wäre.

Sie suchte einige Zeit, fand aber niemanden, der dafür in Frage kam.

‚Shèngdi mag zwar klein sein, ist aber zu groß, wenn man allein versucht eine Zofe zu finden. Ich werde das über eine Bekanntmachung erledigen und geeignete Frauen ersuchen, sich direkt bei uns einzufinden. Dann hat Xian Li die Möglichkeit, die Zofe auszuwählen, die ihrer Vorstellung entspricht.'

So kehrte sie unverrichteter Dinge zurück und beauftragte den Sekretär, eine entsprechende Bekanntmachung zu verfassen und für die Verbreitung zu sorgen.

Die Einstellung einer Zofe für die Königin würde also noch warten müssen, aber irgendwie hatte sie das Gefühl, dass Xian Li es ohnehin nicht eilig damit haben würde.


Früh am nächsten Morgen wurde der Königin Minister Lamchesateen gemeldet und Xian Li verfluchte sich, dass sie damals diese frühe Zeit als Beginn der Audienzen für die Minister verfügt hatte.

Offenbar war der Minister am Vortag sehr fleißig gewesen, denn er konnte seiner Königin alle offenen Fragen beantworten, wie sie es ihm aufgetragen hatte.

Als er seinen Bericht beendet hatte nickte Xian Li wohlwollend. Sie würde seine Vorschläge zur Verbesserung der Armeestruktur Shèngdis so übernehmen können, wie er es vorgeschlagen hatte.

„Meine Königin, wenn du erlaubst hätte ich noch zwei Fragen zur der neuen Struktur unserer Armee."

„Ich höre?"

„Zunächst wäre da die Qualität der Garde. Ich hatte die Ehre, unsere Königin mit dem Schwert kämpfen zu sehen und muss feststellen, dass du allein die ganze Garde besiegen kannst. Niemand den ich kenne, oder je kannte, ist dir im Schwertkampf ebenbürtig. Meine Frage wäre nun, ob du es in Betracht ziehen könntest, die Garde zu schulen. Ihre Kampffertigkeiten müssen verbessert werden, aber es gibt keinen geeigneten Ausbilder."

‚Hmm', dachte Xian Li, ‚das wäre doch mal etwas anderes, als die ständigen administrativen Arbeiten, mit denen mich das Reich sonst quält. Zudem könnte ich auch wieder an meinen eigenen Fähigkeiten arbeiten. Schließlich bin ich der General der Armee und darf auch nicht einrosten.'

„Dein Vorschlag gefällt mir, Minister Lamchesateen! Ich werde mich sogleich mit Hauptmann Tanotanween darüber unterhalten. – Und deine zweite Frage?"

„Reiterei ist das, was einer Armee Schlagkraft verleiht. Wir haben zwar jetzt Pferde, aber außer der Königin, versteht niemand etwas vom Reiten. Was denkst du, könntest du auch bei der Rekrutierung und Ausbildung einer schlagkräftigen Reiterei helfen?"

„Das werde ich sogar tun *müssen*, denn wer sonst sollte das machen? Zwar habe ich inzwischen dem jungen Pferdemeister Arotaneen erklärt, wie er sich um die Pferde und die Pferdezucht kümmern soll, aber richtig auf einem Pferd sitzen kann auch er noch nicht."

Sie dachte eine Weile nach: ‚Zwar wird mein Aufgabengebiet damit noch größer, aber wenigstens sind *das* Aufgaben, die mir gefallen. Endlich kann ich wieder ein wenig mehr tun, als hier herumsitzen und zu versuchen, das Reich am Laufen zu halten. Dann wird ab nun der Ministerrat seine volle Leistung bringen müssen, um mich mehr zu entlasten!'

Nun wandte sie sich wieder an den Minister: „Hast du schon mit dem Obersten der Baumeister geredet?"

„Ich habe mit ihm vereinbart, dass wir uns heute am Abend zusammensetzen und besprechen, was an Verteidigungsbauten möglich und sinnvoll ist und was ein solches Bauvorhaben das Reich kosten wird. Soviel kann ich schon sagen: Wir werden eine sehr große Menge Bambus benötigen, meine Königin, eine wirklich *sehr* große Menge!"

„Warum verwendest du kein Stein dafür?"

„Bei der Menge an Stein, die dafür nötig wäre, würde der Bau mehrere Jahre dauern, selbst wenn jeder Mann im Steinbruch arbeiten würde und zum jetzigen Zeitpunkt schlicht unbezahlbar für Shèngdi sein! So wie ich mir die Verteidigungsanlagen vorstelle, ist Bambus völlig ausreichend. Die komplette Verteidigung lässt sich so in wenigen Monden errichten und du wirst mir sicher zustimmen, wir brauchen eine Verteidigung nicht erst in einigen Jahren."

„Da *kann* ich nur zustimmen! – Gut, Minister Lamchesateen, ich bin sehr mit deiner Arbeit zufrieden! Halte mich weiter auf dem Laufenden, was bei deinem Treffen mit dem Baumeister herauskommt. Gibt es sonst noch etwas?"

Der Minister schüttelte den Kopf. „Nein, meine Königin!"

„Dann darfst du wieder gehen!"

Lamchesateen verneigte sich und machte sich auf den Heimweg und Xian Li rief ihre Beraterin herbei.

„Liyanshimeen, ich werde für den Rest des Tages nicht im Haus sein. Wenn mich jemand zu sprechen wünscht, soll er Morgen wiederkommen!"

Die Beraterin war sich nicht sicher, ob sie laut schreien, irgendetwas zerschlagen oder in irgendetwas hineinbeißen sollte.

‚So kann man doch ein Reich nicht führen. Wenn man morgens Zeit für Audienzen reserviert, muss die Königin auch im Haus sein‘, dachte sie frustriert. Laut sagte sie: „Meine Königin, du weißt schon, dass der Morgen eines Tages für Audienzen da ist? Du selbst hast das so festgelegt!"

„Ich weiß es! Aber heute werde ich viel in der Stadt zu erledigen haben. Ich muss mit dem Gardehauptmann reden und auch mit dem Pferdemeister. Sei unbesorgt, ich nehme mir nicht frei, falls du das annehmen solltest, sondern ich arbeite tatsächlich für das Reich!"

Liyanshimeen überlegte, ob man protokollgerecht pikiert erscheinen konnte, meinte dann aber nur in neutralem Tonfall: „Ich habe auch nichts anderes angenommen! – Was soll ich machen, wenn sich jemand als Zofe bei dir bewerben möchte?"

„Bitte sie entweder zu warten, oder wiederzukommen, wenn die Sonne hinter den Bergen untergegangen ist. Spätestens dann werde ich wieder hier sein, vielleicht auch schon früher."

Einen Moment später meinte sie dann: „Nein, bitte sie zu warten! Wenn sie die Stellung wirklich haben will, wird sie warten, ansonsten ist sie ohnehin eher ungeeignet."

„Wie du es wünscht, Xian Li!" Sie hoffte, dass ihre Resignation nicht zu deutlich hörbar war, schließlich durfte sie, bei aller Frustration, ihrer Königin nicht ungebührlich begegnen.

Die Königin nickte, dann wechselte sie ihre Kleidung, da sie die anstehenden Besuche nicht im Staatsgewand erledigen wollte und verließ das Haus.

Liyanshimeen war frustriert. Sicher konnte die Königin tun und lassen, was sie wollte und ihr, als Beraterin, stand es auch nicht zu, sie zu kritisieren, doch war sie der Meinung, das es nicht schaden würde, wenn sich

Xian Li wenigstens an ihre eigenen Vorgaben hielte. Irgendetwas geschah zur Zeit mit der Königin. Sie wirkte manches mal abwesend und schien jede Gelegenheit zu ergreifen, die sich bot, um vor ihren Aufgaben beinahe zu fliehen. Doch stand es ihr, als Beraterin zu, sie darauf anzusprechen? Sie würde abwarten, ob sich die Situation nicht von allein bessern würde. Wenn nicht, könnte sie noch immer um eine Unterredung nachsuchen.

Es war nicht lange nachdem die Königin fort war, als der Hofsekretär zu ihr kam und ihr meldete, dass sich eine junge Frau als Zofe vorstellen möchte.

‚Warum passieren immer die Dinge, von denen man hofft, dass sie ausbleiben‘, überlegte die Beraterin seufzend.

„Gut, schicke sie zu mir!"

Der Sekretär ging und führte die Frau herein.

„Sei mir willkommen", grüßte sie die Kandidatin. „Du möchtest die Zofe ihrer Majestät werden?"

Die Frau verneigte sich. „Ja, das möchte ich sehr gern!"

Während sich Liyanshimeen ein wenig mit der Bewerberin unterhielt, meldete der Sekretär noch eine weitere Frau, die die Zofe der Königin werden wollte und führte sie, auf Geheiß der Beraterin herein.

Nachdem diese sich ein wenig mit beiden unterhalten hatte, setzte sie sie in Kenntnis darüber, dass ihre Majestät derzeit nicht im Haus war und sie nicht sagen könne, wann sie zurück sein würde.

„Die Königin hat aber darum gebeten, dass eine mögliche Bewerberin bitte auf sie warten möge."

Sie sah die beiden Frauen an und sehr zu ihrer Überraschung nickten beide und zeigten keinerlei Anzeichen von Enttäuschung, Ungeduld oder gar Verärgerung.

‚Die Königin wird schon ihre Gründe haben, warum sie die Kandidatinnen warten lässt', dachte Liyanshimeen mit einem innerlichen Schulterzucken.

Ihr Weg führte Xian Li derweil zunächst zur Garde. Sie würde mit dem Hauptmann nicht nur über die Ausbildung mit Waffen, sondern auch über die Verlegung des Garnisonsgebäudes, sowie die Neustrukturierung der Armee sprechen müssen, schließlich war er, nach der Königin, der Nächstfolgende in der Befehlshierarchie und musste auf dem neuesten Stand gehalten werden.

Erstaunt sah Tanotanween die unerwartete Besucherin an und ließ sich sogleich auf ein Knie nieder und senkte den Kopf.

„Meine Königin ehrt uns durch ihren Besuch! Wie kann ich dir zu Diensten sein?"

„Wir haben eine Menge zu besprechen, Hauptmann Tanotanween! Darum erhebe dich und setze dich zu mir!"

Sie setzte sich an den Schreibtisch des Kommandanten und der Hauptmann nahm ihr gegenüber Platz. Zunächst berichtete sie ihm über die bevorstehende Verlegung des Garnisonsgebäudes.

„Du wirst einsehen, dass die Wege möglichst kurz gehalten werden müssen, damit die Truppe im Notfall schnell zur Stelle ist. Du erhältst noch genau Nachricht, wann die Garde in ihr neues Gebäude ziehen wird!"

„Wenn du die Frage erlaubst, wird das neue Gebäude auch Übungsmöglichkeiten haben? Das ist etwas, was uns hier sehr fehlt."

„Genaueres dazu kann dir Minister Lamchesateen sagen. Ich gehe aber davon aus, denn hinkünftig müssen dort auch die anderen Truppenteile ausgebildet werden. Es wird sich also um eine komplette Kaserne handeln."

„Andere Truppenteile, meine Königin?"

„Ja! Shèngdis Armee wird in eine Milizarmee umgewandelt werden. Das bedeutet, auch die Bogenschützen und die Speerträger werden dort üben. Darf ich in diesem Zusammenhang fragen, mit welchen Waffen, außer dem Schwert, du noch umzugehen verstehst?"

„Mit dem GUN[20] und dem Wurfspeer!"

‚Hmm, das bringt mich auf eine Idee! Man könnte der Garde vielleicht auch Wurfspeere in die Hand geben. So hätten sie Waffen für den Nahkampf und für die Distanz. Das würde ganz neue Kampftechniken ermöglichen. Das muss ich einmal genauer durchdenken.'

Sie nickte. „Kommen wir nun zum Hauptgrund meines Hierseins, Hauptmann! Minister Lamchesateen ist der Ansicht, dass die Kampffertigkeiten der Garde im Schwertkampf verbessert werden müssen. Und er hat mich ersucht, ob ich euch schulen würde. Was hältst du von dieser Idee?"

„Die Garde wäre überaus geehrt, wenn du uns schulen würdest, meine Königin. Und ich stimme, wenn auch schweren Herzens, dem Minister zu. Als ich dich im Kampf mit dem Banditen gesehen habe, war ich zutiefst erschrocken. Ich hatte den Eindruck, er war ein schwerer Gegner für dich. Dann habe ich überlegt, wenn der gegen die Garde angetreten wäre, hätte kaum einer überlebt. Wenn *du* gegen uns kämpfen würdest, gäbe es bestimmt keine Überlebenden der Garde. Daher wäre es sicher sehr gut, wenn du uns trainierst."

„Dann ist es beschlossene Sache, Hauptmann! Ich werde mir Morgen einen Überblick über euer Können machen. Sorge dafür, dass jeder vorbereitet ist. Ihr tragt für gewöhnlich eine leichte Lederrüstung, richtig?"

Tanotanween nickte.

---

[20] Der Gun bzw. Langstab, ist ein Kampfstab aus Hartholz oder Bambus.

„Gut! Ihr werdet also volle Kampfausrüstung tragen, damit ich sehen kann, wie ihr in einer Schlacht kämpfen würdet. Verwendet ihr zur Ausbildung normalerweise Übungswaffen?"

„Ja! Wir haben normale Schwerter, die aber stumpf sind."

„Für die ersten Übungen werden wir dabei bleiben! Sieh also zu, dass alle mit diesen Schwertern ausgerüstet sind und teile sie in zwei Gruppen ein, die gegeneineander kämpfen werden!"

„Wie du es sagst, so soll es geschehen, meine Königin!"

„Vergiss nicht, Hauptmann, das gilt auch für dich! Auch von *deinen* Kampffähigkeiten möchte ich mir ein Bild machen!"

„Selbstverständlich, meine Königin!"

Sie nickte. „Dann werde ich dich jetzt wieder deinen Pflichten überlassen, Tanotanween!"

Nachdem sie die Garde wieder verlassen hatte, machte sie sich auf den Weg zur Pferdekoppel, um sich mit dem Pferdemeister zu unterhalten. Lächelnd erinnerte sie sich an seine Ernennung:

*Sie hatte dringend einen Verantwortlichen für die Pferdeherde gebraucht und Feng Hu war der Ansicht gewesen, dass dieser junge Bauer schnell im Lernen war und gut umsetzen konnte, was man ihm beibrachte. Also hatte sie ihn ausgewählt.*

*Arotaneen, so der Name des jungen Mannes, war schon über alle Maßen nervös gewesen, als er vor sie treten musste und war nicht nur auf die Knie gefallen, sondern hatte sich gleich auf den Boden gelegt. Als sie ihn dann zum Pferdemeister ernannt hatte, wäre er bald ohnmächtig geworden.*

Doch die folgenden Tage, in denen sie ihn in die Haltung und Zucht von Pferden eingewiesen hatte, zeigten ihr, dass Feng Hu mit seiner Einschätzung des jungen Mannes vollkommen richtig gelegen hatte. Er hatte schnell seine Scheu vor den großen, ihm unbekannten, Tieren verloren und alles was sie ihn gelehrt hatte, setzte er sogleich perfekt in die Tat um.

Erneut stellte sie fest, dass es durchaus richtig war, was einer ihrer Lehrmeister stets gesagt hatte: *«In den meisten Menschen steckt mehr, als man auf den ersten Blick sieht und wenn man sie richtig fordert, entwickeln sie erstaunliche Fähigkeiten!»*

‚Und das gilt nicht nur für Arotaneen, sondern auch – oder sogar im Besonderen – für Feng Hu', überlegte sie.

Bald hatte sie die Koppel erreicht und Arotaneen eilte ihr sofort entgegen und beugte das Knie vor ihr.

„Meine Königin ehrt ihren Knecht durch ihren Besuch. Wie kann ich dir zu Diensten sein?"

Sie bedeute ihm, er möge aufstehen, dann fragte sie: „Ich möchte wissen, wie es der Herde geht."

„Die Pferde scheinen in guter Verfassung zu sein, jedoch habe ich manchmal den Eindruck, dass sie sich langweilen, oder nicht genug bewegt werden. Eine Ausnahme ist natürlich Míngzhū! Da meine Königin ja häufiger zum Ausreiten herkommt. Ich bemühe mich, die Pferde mehr zu bewegen, jedoch...", er sah verschämt zu Boden. „Jedoch kann ich noch immer nicht gut reiten. Wenn ich länger zu reiten versuche, schmerzen mich meine Beine so sehr, dass ich kaum mehr laufen kann."

Lächelnd sah sie ihn an, denn sie erinnerte sich an ihre ersten Reitversuche und wusste daher sehr genau, was er meinte.

„Auch wenn es dir im Moment noch schwer fällt, das zu glauben, aber wenn du es häufiger versuchst, wird es mit jedem Mal besser werden und nach einiger Zeit wirst du sogar Spaß daran haben. Zudem darfst du nicht vergessen: Die Pferde vertrauen dir umso mehr, je öfter du dich eingehend mit ihnen beschäftigst. Und du kannst auf diese Weise ihren Bewegungsmangel ausgleichen."

„Ich werde das beherzigen, meine Königin!"

„Außerdem wirst du für andere ein gutes Vorbild sein!"

Irritiert sah er sie an. „Ein Vorbild? Für wen, meine Königin?"

„Für die neuen Rekruten, die wir als Reiterei ausbilden werden! Darum brauche ich eine Übersicht, wie viele Pferde uns zur Verfügung stehen! Also, wieviele Hengste und Stuten haben wir derzeit?"

Arotaneen überlegte kurz, bevor er antwortete: „Wir haben vierzehn Stuten, Míngzhū eingerechnet, und vierunddreißig Hengste!"

Das bedeutete, dass sie ohne Probleme dreißig Reiter ausbilden konnten, um die neue Reiterei zu formen. Sie wollte dafür nur die Hengste nehmen und die Stuten für die Zucht reservieren, denn schließlich sollten Pferde bald auch für andere Aufgaben in Shèngdi verwendet werden.

Jetzt würde sich zeigen, ob der junge Mann schon ein richtiger Pferdemeister war. Sie hatte schon während der Einweisung, die er von ihr erhalten hatte über die Zucht gesprochen, aber nun würde er die direkte Anweisung dazu von ihr erhalten. Er war noch recht jung, würde ihn die Thematik peinlich berühren?

„Wir werden nur die Hengste für die Reiterei nehmen. Deine nächsten Aufgaben sind nun folgende: Sieh zu, dass das Zaumzeug und die Sättel, die wir haben, in Ordnung sind. Wenn nicht, melde mir das sofort, damit ich mich um Reparaturen kümmern kann. Die zweite Aufgabe betrifft die Zucht: Suche die kräftigsten Hengste heraus und lasse die Stuten von ihnen decken! Und denke daran, Pferde sind nicht an *einen* Partner gebunden!"

Der junge Pferdemeister enttäuschte sie nicht. Ganz professionell ging er mit dem Auftrag um und sie stellte erfreut fest, dass er sich auch sofort Gedanken zu dem Thema machte.

„Erlaube mir die Frage: Soll auch Míngzhū gedeckt werden?"

„Nein, noch nicht! Bei der Ausbildung der Reiterei werde ich viel mitreiten müssen und dabei gibt es auch härtere Aufgaben für die Pferde zu absolvieren. Das möchte ich einer trächtigen Stute nicht zumuten."

Nach einer kurzen Pause fuhr sie fort: „Kommen wir mal zu dir, Arotaneen. Du musst, wie wir vorhin schon festgestellt haben, deine Reitfähigkeiten verbessern. Ich habe leider nicht die Zeit, mit den Rekruten stunden- und tagelang Reiten zu üben. Das ist eine Aufgabe, die ich dir übertragen werde. Die Grundlagen des Reitens kennst du und kannst sie ihnen beibringen. Verbessern können sie sich ohnehin nur durch ständiges Üben."

Der junge Mann sah sie mit einer Mischung aus Stolz und Erstaunen an. „Du ehrst mich mit dieser Aufgabe, meine Königin! Wenn *du* mir diese Aufgabe zutraust, so werde ich mit aller Kraft danach streben, dich nicht zu enttäuschen!"

„Nichts anderes habe ich von dir erwartet, Arotaneen!"

Sie ging zum Gatter hinüber und Míngzhū kam sogleich angetrabt und rieb den Kopf an ihrer Schulter. Während sie die Stute streichelte, sagte sie zu ihr: „Ich glaube, ein bisschen Bewegung wird uns beiden gut tun. Und mit dir erreiche ich die Ebene viel schneller."

Xian Li wandte sich an den Pferdemeister: „Arotaneen, bringe mir bitte Sattel und Zaumzeug, ich werde ein wenig Ausreiten."

Der Angesprochene nickte und war schon wenig später mit dem Gewünschten zurück.

Schnell sattelte die Königin ihr Pferd, stieg auf und ritt zur Ebene vor dem Felsdurchgang.

‚Auf diese Weise kann ich mir die Freiheit nehmen ein wenig auszureiten und es gleichzeitig offiziell erscheinen lassen. Ich werde bei den Bauern vorbeischauen und die Baustelle des Tempels inspizieren.'

Sie seufzte innerlich, dann überlegte sie, ob nicht irgendetwas falsch lief: ‚Warum soll ich mich als Königin eigentlich rechtfertigen, für das, was ich tue? *Ich* bin schließlich die Macht im Reich! Wenn ich Ausreiten will, reite ich aus und fertig! Und wenn jemand eine Audienz will, hat er sich nach der Königin zu richten und nicht die Königin nach dem Bittsteller!'

Sie trieb ihr Pferd zu einer schnelleren Gangart an, als sie vor der Stadt war und gönnte Míngzhū zunächst einmal die Möglichkeit, über die Ebene zu galoppieren. Xian Li überquerte die Brücke, dann ritt sie zu der Passage, wo ein Gebirgspfad auf diese Hochebene führte und genoss das Gefühl des Windes, der durch ihre Haare fuhr. Als sie ihr Ziel erreicht hatte, wendete sie und ritt im gestreckten Galopp zurück zur Brücke.

Dort angekommen überlegte sie, doch noch die Felder und die Baustelle zu inspizieren.

‚Nicht weil ich es *muss*, sondern weil ich es *will*!'

Jetzt ritt sie nur mehr im leichten Trab und hing noch ein wenig ihren Gedanken nach: ‚Gut, vielleicht hat Liyanshimeen nicht so ganz unrecht. Wenn ich einen Zeitraum für Audienzen reserviere und das auch kundtue, sollte mir die Höflichkeit gebieten, auch anwesend zu sein. Immerhin ist es mein Bestreben, eine gute Königin zu sein, die für ihr Volk da ist. Schließlich will ich keine abgehobene, strenge Herrscherin sein, von denen man in alten Geschichten lesen kann. So zu sein, fände ich ziemlich schrecklich!'

Nachdem sie die Felder und die Baustelle des Tempels inspiziert hatte, ritt sie zur Pferdekoppel zurück. Dort angekommen, rieb sie Míngzhū trocken und striegelte sie. Dann übergab sie die Stute wieder der Obhut des Pferdemeisters und machte sich auf den Rückweg zu ihrer provisorischen Residenz in Maratjianweens Haus.

Als sie eintrat, rief sie sogleich den Sekretär zu sich. Dieser kam schnellen Schrittes auf sie zu.

„Was wünscht meine Königin?"

„Nimm eine Bekanntmachung auf und sorge dafür, dass der Stadtschreier sie verkündet!"

„Jawohl, Majestät!"

„Also: Alle wehrfähigen Männer, die noch keiner Waffengattung angehören, haben sich in drei Tagen, zur Mittagsstunde, bei der Pferdekoppel einzufinden! Ein Fernbleiben wird nicht geduldet! – Hast du das?"

„Ja, meine Königin, aber willst du nicht auch verkünden, warum?"

Xian Li schüttelte den Kopf. „Nein! Es ist nicht wichtig, warum sie dort sein sollen, sondern nur, dass sie dort sind! Ich werde ihnen dann schon erklären, worum es geht! – Nun geh und tue, wie ich dir gesagt habe!"

„Sogleich, meine Königin!"


Da es fast unmöglich war, sich Xian Li zu nähern, ohne dass sie das bemerkte, war ihr nicht entgangen, dass inzwischen Liyanshimeen den Raum betreten hatte. Sie wandte sich zu ihr um.

„Gibt es irgendwelche Neuigkeiten?"

Die Beraterin nickte. „Ja, meine Königin, die gibt es. Es warten zwei Kandidatinnen auf dich, die gern deine Zofe werden möchten."

„Wie lange warten sie schon?"

„Sie kamen fast zeitgleich, nicht lange, nachdem du aufgebrochen warst. Darf ich fragen, warum das so entscheidend für dich zu sein scheint?"

„Das ist schnell erklärt: Einer meiner Lehrmeister, ein sehr weiser Mönch, der aus einem Kloster am

SONG SHAN[21] kam, sagte einmal zu mir: «*Wer etwas in seinem Leben tun will und sich nicht sicher ist, ob es das richtige für ihn ist, der übe sich darin, zu warten. Erscheint ihm die Wartezeit zu lang und wird er ungeduldig, so sucht er besser etwas anderes für sein Leben. Nur für das, was richtig ist, wird ihm die Wartezeit nichts ausmachen.*» Darum habe ich zu dir gesagt, dass die Kandidatinnen warten sollen. Ich war eine recht lange Zeit fort und wenn sie nicht zwischenzeitlich gegangen sind, wollen sie die Anstellung wirklich haben und dann werden sie auch verlässlich sein. Schließlich geht es hier um die Person, die mir noch näher kommt, als du!"

„Jetzt verstehe ich deine Beweggründe! Dürfen die Kandidatinnen nun vorgelassen werden?"

Xian Li nickte. „Ja! Schicke sie beide zusammen herein."

Die Beraterin verneigte sich. „Wie meine Königin es wünscht."

Liyanshimeen ging zu den beiden Frauen, die noch immer, ohne das kleinste Anzeichen von Ungeduld, warteten und teilte ihnen mit, dass die Königin sie nun zu sprechen wünscht. Sie führte die beiden nun in Xian Lis provisorischen Audienzraum.

Nachdem sie die beiden Frauen zur Königin geleitet hatte, hing Liyanshimeen ein wenig ihren Gedanken nach, die sich hauptsächlich um die Königin drehten. Es war ihr im Laufe der Zeit aufgefallen, dass diese recht häufig ihre Lehrmeister zitierte und es interessierte sie, wer Xian Li wann, wie und worin ausgebildet hatte. Sie schien über ein großes Wissen zu verfügen, weit mehr als man von Frauen in ihrem Alter erwarten würde. Als Frau konnte sie eigentlich nicht in einem Kloster gewesen sein, aber konnte man

---

[21] Der heilige Berg Chinas. Dort befinden sich bedeutende Klöster, unter anderem auch das Kloster der Shaolin-Mönche.

von Wandermönchen so viel lernen? Feng Hu hatte ihr außerdem erzählt, dass Xian Li eine ausgezeichnete Kämpferin war und jeder der die Königin im Kampf gegen den Banditenanführer gesehen hatte schwärmte von ihr, als beste Schwertkämpferin, die das Reich je gehabt hätte. Wie hatte sie das alles in so jungen Jahren lernen können? Sie nahm sich vor, wenn ihre und der Königin Zeit es zuließ, sie einmal danach zu fragen.

Dann machte sie sich daran, eine Zeremonie für die Teileinweihung des Palastes zu entwerfen und der Königin ein paar Stichworte, für ihre Einweihungsrede, aufzuschreiben.


Wenig später rief Xian Li ihre Beraterin wieder zu sich, um ihr mitzuteilen, welche Bewerberin sie als ihre Zofe auserkoren hat.

„Liyanshimeen, ich werde Irageween als meine Zofe einstellen! Allerdings wird auch Tilantideen am Hof Arbeit finden, da ich beide für ausgesprochen fähig halte, werde ich keine von ihnen wieder heimschicken."

„Darf ich erfahren, welche Aufgabe du für sie vorgesehen hast, meine Königin?"

„Die Aufgabe, wegen der sie sich beworben hat natürlich."

Die Beraterin sah sie irritiert an. „Meine Königin, du benötigst doch nur eine Zofe!"

„Das ist schon richtig, Liyanshimeen, aber denkst du nicht auch, dass auch die Person, die das zweithöchste Amt im Reich ausübt, eine Zofe verdient?"

„Wer sollte das sein, meine Königin?"

Sie überlegte, wen Xian Li meinen konnte. Eigentlich gab es niemanden, der dafür in Frage käme und der höchste Beamte im Reich war ein Mann und brauchte sicher keine Zofe. So sah sie ihre Königin nur fragend an.

„Es fällt dir wirklich niemand ein", fragte Xian Li amüsiert.

„Nein, meine Königin!"

„Es gibt da jemanden, der sich zwar nur meine »Königliche Beraterin« nennt, aber in Wahrheit mehr das Amt einer Hofmarschallin ausübt! Und somit unbedingt eine Zofe haben sollte!"

Liyanshimeen blieb vor Staunen der Mund offen stehen.

„Ma... Majestät," stotterte sie, „ich... ich bin wirklich nur eine Beraterin!"

Lächelnd entgegnete die Königin: „Eine Beraterin berät und lässt die Königin machen. Du kümmerst dich um so viele Dinge und erleichterst mir damit meine Arbeit so sehr! Das ist eine Tatsache, die ich nicht übersehen kann. Wenn du es möchtest, werde ich dich nur als meine Beraterin ansehen, allerdings..." sie machte eine gedehnte Sprechpause.

„Allerdings?" fragte Liyanshimeen zaghaft.

„... würde ich dich viel lieber offiziell zu meiner Hofmarschallin ernennen. Es ist ohnehin das, was du tust, seit ich Königin bin und ich bin der Ansicht, dass dir endlich die Ehre gebührt, meine Hofmarschallin zu heißen!"

„I... Ich bin nicht sicher, ob ich diese Ehre verdiene, Majestät!"

„Das macht nichts! *Ich* bin sehr sicher, dass du das Amt und die Ehre verdienst!"

Sogleich rief Xian Li den Hofsekretär herein, damit ihre nächste Amtshandlung dokumentiert und bezeugt wurde, dann wandte sie sich wieder an die designierte Hofmarschallin, die das Knie vor ihr beugte: „Liyanshimeen, für deine unschätzbaren Dienste für die Krone und das Reich, ernenne ich dich hiermit offiziell zur Hofmarschallin ihrer Majestät!"

Demütig senkte Liyanshimeen den Kopf und schwor ihren Amtseid. Anschließend erklärte sie den beiden neuen Zofen ihre Aufgaben und führte sie in das Leben am Hof ein.

Später, als Feng Hu zurückkehrte staunte er nicht schlecht, plötzlich eine weitere Frau in seinen und Liyanshimeens Gemächern anzutreffen. Leise wandte er sich an seine Frau: „Lishi, wer ist das?"

Schmunzelnd antwortete sie: „Das ist Tilantideen, meine neue Zofe!"

Er stutzte. „*Du* hast eine Zofe? Als Beraterin der Königin? Oder… ist da  etwas passiert, während ich fort war?"

Da er Minister war, kannte er inzwischen das Protokoll und die Bräuche bei Hof und wusste daher auch sicher, dass eine Beraterin keine Zofe hatte.

„Wie kommst du darauf", fragte sie unschuldig.

„Lishi", antwortete er in sanft tadelndem Tonfall. „Zum einen steht einer Beraterin keine Zofe zu, zum anderen strahlst du, dass etwas vorgefallen sein *muss*! Und zwar etwas Gutes!"

Gespielt schüchtern sah sie zu Boden, dann meinte sie: „Du hast recht, einer Beraterin steht keine Zofe zu, …aber der Hofmarschallin der Königin?"

Er machte große Augen. „Du wurdest zur Hofmarschallin ernannt?"

Sie nickte.

„Das ist ja unglaublich! Ich gratuliere dir!"

Bevor sie etwas erwidern konnte, nahm er sie in den Arm und küsste sie.

Liyanshimeen errötete leicht und flüsterte: „Doch nicht vor ihr, Liebster!"

„Ich hoffe nur, sie wohnt nicht auch hier…", flüsterte er vielsagend zurück.

„Natürlich nicht! Sie und Irageween, Xian Lis Zofe, haben ein eigenes Zimmer!"

„Das beruhigt mich sehr", murmelte er.

Nachdem Xian Li am nächsten Morgen, nach ihrem Gespräch mit Minister Lamchesateen, die von ihm vorgeschlagenen Verteidigungsbauten in Auftrag gegeben und weitere Audienzen gegeben hatte, kleidete sie sich um und machte sie sich auf den Weg zur Garde, um mit der Kampfausbildung der Soldaten zu beginnen.

Wie sie es verfügt hatte, war die Truppe in voller Kampfausrüstung angetreten und bereits in zwei Gruppen eingeteilt worden.

„So, Hauptmann Tanotanween, dann wollen wir mal sehen, was die Leute können!"

„Ja, meine Königin!" Mit gesenktem Kopf fuhr er fort: „Ich hoffe, du wirst nicht zu schockiert sein!"

„Das hoffe ich auch!"

Sie wandte sich an die Garde: „Achtung!"

Als die Soldaten strammstanden befahl sie: „Ihr werdet mir jetzt zeigen, wie ihr zu kämpfen versteht! Wenn ich den Befehl gebe, werden die beiden Gruppen gegeneinander Kämpfen, als wenn ihr euch auf dem Schlachtfeld begegnen würdet! Ich erwarte, dass sich niemand zurückhält. Ihr sollt kämpfen, als ginge es um euer Leben! – Verstanden?"

„Jawohl, General Xian Li", antwortete die Truppe im Chor.

„Dann: ZUM ANGRIFF!!!"

Die Männer zogen ihre Übungsschwerter und begannen hart gegeneinander zu kämpfen. Xian Li beobachtete die Bewegungsabläufe und den Waffenumgang genau. Nach einiger Zeit stellte sie fest, dass Lamchesateen und auch der Hauptmann leider recht hatten. Die Soldaten kämpften verbissen aber ziemlich unfähig. Sie vergeudeten viel zu viel Energie in sinnlosen Bewegungen, die Genauigkeit ihrer Angriffe war nicht nur schlecht, sie war schlicht nicht vorhanden und die Verteidiger erkannten scheinbar erst einen Angriff, wenn sie getroffen wurden.

‚Diese Truppe in eine Schlacht zu führen, würde bedeuten, die Männer wegzuwerfen', überlegte sie. ‚Gut, sie haben fünfzehn Jahre nur geübt und scheinbar hat der Hund Gyradrajeen nicht im Entferntesten daran gedacht, sie zu schulen, damit ihm ja niemand gefährlich werden konnte. Kein Wunder, dass ihm im Kampf niemand gewachsen war!'

„EINHALTEN!"

Die Soldaten stoppten den Kampf und sahen sie an. Auch Tanotanween wartete gespannt und ängstlich auf das Urteil der Königin.

Stattdessen bat ihn Xian Li: „Hauptmann, gib mir zwei Übungsschwerter!"

Als er ihr die Schwerter gegeben hatte, wandte sie sich an die Garde: „Die Gruppe mit den roten Bändern setzt sich und schaut zu! Die andere Gruppe bleibt auf dem Platz stehen und kämpft weiter! Gegen mich! Wer schwer getroffen wird bleibt liegen, schließlich verwende ich keine richtigen Schwerter!"

Die eine Gruppe setzte sich wie befohlen und die andere Gruppe sah ihre Generalin irritiert an. Wollte sie wirklich allein gegen sie antreten? Sie würde doch keine Chance gegen die ganze Gruppe haben.

Xian Li stellte sich vor die Gruppe, zog ihre Schwerter und rief: „GREIFT AN!"

Die Soldaten taten, wie befohlen und bekamen in den nächsten Minuten eine ziemlich schmerzhafte Lektion erteilt; schließlich tat auch ein Treffer mit einem stumpfen Übungsschwert weh. Es dauerte nicht allzu lange und die Soldaten lagen geschlagen am Boden, während kein Schwerthieb Xian Lis Verteidigung durchdringen konnte.

‚Das kann doch nicht sein', dachte sie. „Fünfundzwanzig Soldaten sind nicht in der Lage, mich auch nur einmal zu treffen?'

Sie schüttelte den Kopf und sagte zu den am Boden liegenden: „Setzt euch hin! Schauen wir, ob die andere Gruppe es besser macht!"

Die geschlagene Truppe stand mit schmerzverzerrten Gesichtern auf. Xian Li hatte sich mit ihren Schlägen so wenig zurückgehalten, wie sie es den Soldaten befohlen hatte.

Man konnte der anderen Gruppe, die sich nun aufstellte, ansehen, dass sie es zwar besser machen wollten, aber nicht sicher waren, dass das gelingen würde. Da Xian Li stets in die Augen ihrer Gegner sah, entging ihr diese Einstellung nicht.

„Was ist mit euch? Ihr sollt kämpfen und mich nicht anschauen, wie eine Schar Mäuse, die sich vor der Katze fürchtet! Vielleicht hat mich ja die erste Gruppe unterschätzt, zeigt, dass ihr es besser könnt!"

Sie sah erneut in die Gesichter der Männer und erkannte, dass sie wohl noch ein wenig Ansporn brauchten, bis sie vernünftig kämpfen würden.

„Wollt ihr jetzt endlich kämpfen, oder euch zu Haus hinter euren Müttern, Frauen und Kindern verkriechen? – GREIFT AN!"

Die zweite Gruppe nahm nun entschlossen den Kampf auf, aber da sie nicht besser waren, als ihre Kameraden, ereilte sie das selbe Schicksal. Xian Li strafte sie mit harten Treffern ab und nach kurzer Zeit lag auch die zweite Gruppe am Boden und schätzte sich glücklich, dass die Königin keine echten Schwerter verwendet hatte.

Nach dem Kampf ging sie zurück zum Hauptmann.

„Lamchesateen und du, haben sich leider nicht geirrt! Ich nehme an, dass du mich nicht nach einer Beurteilung fragen willst, oder?"

Niedergeschlagen schüttelte Tanotanween den Kopf.

„Ich würde aber dennoch gern wissen, woran das liegt, General!"

„Das ist schnell erklärt! Sie sind nie richtig trainiert worden! Einen korrekten Bewegungsablauf beim Schwertkampf kennen sie daher nicht. Sie verschwenden Energie in unsinnigen Bewegungen und Genauigkeit im Angriff oder in der Verteidigung haben sie nicht!"

Sie sah ihn nun einen Augenblick schweigend an, dann meinte sie ruhig: „Jetzt will ich sehen, was für einen Kampf du mir liefern wirst! Ich habe nicht vergessen, dass ich dir gestern angekündigt habe, auch dich prüfen zu wollen!"

Die Aussicht auf einen Kampf mit ihr erfreute Tanotanween nicht unbedingt. Sie hatte gerade die ganze Garde in zwei Gruppen zu je fünfundzwanzig Mann geschlagen und hätte vermutlich sogar alle fünfzig auf einmal besiegt. Und er sollte allein gegen sie kämpfen? Doch war er der Hauptmann und würde sich der Herausforderung nicht entziehen. Schließlich war er ein Mann von Ehre!

„Es wird mir eine Ehre sein, General!"

Sie nickte. „Bei dir werden wir den Kampf etwas modifizieren! Du hast mir gestern gesagt, dass du mit drei Waffen umgehen kannst. Also, hole dir und mir einen Langstab, jedem einen Wurfspeer und rüste dich mit zwei Übungsschwertern!"

Ein wenig irritiert sah er sie an, holte dann aber die Waffen.

Als er zurück war, sagte Xian Li zu ihm: „Was schätzt du, wie weit ist es von hier bis zur Kreuzung der Firstbalken dort?"

„Vielleicht ein yin?"

„Gut, dann schauen wir mal, wer den Kreuzpunkt besser mit dem Wurfspeer trifft! – Möchtest du anfangen?"

Er nickte. Dann nahm er den Speer, wog ihn kurz in der Hand, holte Schwung und warf.

Der Speer sauste durch die Luft und traf den Kreuzungspunkt der Firstbalken fast mittig. Aus dieser Entfernung war das ein exzellenter Treffer und er fragte sich, ob Xian Li die nötige Kraft besaß, den Speer so weit zu werfen.

Sie hingegen wusste, dass es auf diese Entfernung für sie fast unmöglich sein würde, das Ziel genau zu treffen. Der Speer war viel zu schwer, als dass sie bei der Kraft, die sie aufwenden musste um den Balken überhaupt zu treffen, auch noch zielen konnte. Dieser Teil des Wettkampfes hatte für sie zwei ganz andere Gründe. Sie wollte sehen, wie sinnvoll ihre Idee, die Garde mit Schwert *und* Wurfspeer zu bewaffnen, war. Darüber hinaus wollte sie den Hauptmann ein wenig aufbauen, damit er seine volle Leistung in den zwei folgenden Kämpfen brachte.

Auch sie wog nun den Speer in der Hand, holte Schwung und warf. Zwar traf auch sie den Firstbalken, wenn auch mit Mühe, in die Nähe von Tanotanweens Speer kam sie hingegen nicht.

„Gut", sagte sie, „der Punkt geht an dich, Hauptmann!"

Tanotanween nickte, doch war er sehr beeindruckt, dass sie den Firstbalken überhaupt getroffen hatte. Das erforderte eine Kraft, die er der jungen Königin nie zugetraut hatte[22].

„Dann wollen wir mal sehen, was du mit dem Langstab kannst!"

Hierbei handelte es sich um eine Waffe, die sie in Perfektion beherrschte, fast noch besser, als das Schwert. Wie würde der Hauptmann sich hier schlagen?

---

[22] Der Wurfspeer wiegt etwa eineinhalb Kilo. Um einen Firstbalken in 33 m (1 yin) Entfernung zu treffen, muss der Wurf also auf 66 m ausgelegt sein, da er den Firstbalken ja am höchsten Punkt seiner Flugkurve treffen muss. Und das aus dem Stand! (zum Vergleich: ein heutiger Wurfspeer in der Leichtathletik wiegt 600 g (Frauen) bzw. 800 g (Männer))

Sie stellte sich ihm kampfbereit gegenüber und in den nächsten Minuten konnten die Soldaten der Garde einen Kampf miterleben, der sie in ungläubiges Staunen versetzte. Beide Kämpfer bewegten sich mit einer Geschwindigkeit, dass die Augen ihnen fast nicht folgen konnten. Es war atemberaubend, was die Generalin und der Hauptmann hier zeigten.

Auch wenn der Kampf kräftezehrend und anspruchsvoll war, hatte Xian Li Spaß daran. Der Hauptmann war ein wahrer Meister mit dem Langstab und ein guter Gegner macht einen Kampf erst interessant. Wenn sie den Kampf nicht abbrachen, würde der Sieger hier nur durch einen Zufallstreffer ermittelt werden können, denn beide Gegner begegneten sich hier absolut auf Augenhöhe; sie beide waren Meister dieser Waffe.

Um noch Kraft für den Schwertkampf zu haben, stützte sie sich nun auf ihren Stab, vollführte eine Flugrolle rückwärts, so dass sie etwa zwei Meter weiter hinten zum Stehen kam, dann ließ sie den Stab auf ihre Arme fallen und drückte ihre Handflächen gegeneinander. Das war das Zeichen, dass sie den Gegner als ebenbürtig anerkannte. Da sie den Stab nicht hatte fallenlassen, bot sie ein Unentschieden an. Er vollführte die gleiche Geste um den Ausgang des Kampfes zu bestätigen.

„Hauptmann Tanotanween, du bist ein wahrer Meister mit dem Langstab. Ich habe in der Außenwelt den höchsten Grad der Meisterschaft mit dieser Waffe und doch könnte ich dich nicht besiegen!"

„Königin Xian Li, noch nie habe ich einen Gegner gehabt, der den Langstab führen kann, wie du! Es war eine Ehre, gegen dich kämpfen zu dürfen!" Er verneigte sich.

„Die Ehre war ganz meinerseits, Hauptmann!" Auch sie verneigte sich.

Die Generalin hatte aber auch das Gefühl, dass er eine solche Perfektion mit dem Schwert nicht erreichen würde. Offenbar war es dem früheren Hauptmann egal gewesen, ob seine Offiziere andere Waffen beherrschten, solange sie ihm im Schwertkampf unterlegen waren. Daher vermutete sie, das auch Tanotanween da keine Ausnahme sein würde.

Nachdem sie sich beide ein wenig erholt hatten, fragte Xian Li: „Nun, Hauptmann, bist du bereit für den Schwertkampf?"

„Bereit zu kämpfen, ja, aber ich fürchte, du wirst der Meinung sein, ich solle lieber ein Brotmesser, als ein Schwert verwenden."

„Du hast bisher eine tadellose Leistung erbracht, warum willst du das ändern?"

„Von wollen kann keine Rede sein, meine Königin!"

„Dann lass uns anfangen. Kämpfst du mit einem, oder mit zwei Schwertern?"

„Mit zwei Schwertern!"

„Nun denn!"

Beide Kämpfer zogen ihre Schwerter und setzten einander hart zu. Zu ihrer Erleichterung stellte Xian Li schon bald fest, dass der Hauptmann entschieden besser war, als die übrige Garde. Seine Angriffe waren präzise und seine Verteidigung war sicher. Er war vielleicht kein Meister mit dem Schwert, aber mit seinen Fähigkeiten brauchte er sich nicht zu verstecken. Allerdings ließ er sich mit kleinen Finten immer wieder in Bedrängnis bringen, aber das war vermutlich nur auf mangelnde Praxis zurückzuführen. Als sie genug von seinen Fähigkeiten gesehen hatte, entschloss sie sich, den Punktestand zwischen ihr und ihm auszugleichen. Mit dem Wurfspeer hatte er gewonnen, mit dem Langstab war er ihr ebenbürtig, mit dem Schwert ging er zwar geschickt um, doch hier fehlte ihm viel auf ihr Niveau. Erneut fintierte sie, drehte sich dann in ihn hinein und stach nach hinten zu. Der Stoß traf ihn genau in der Körpermitte und hätte seinen Tod bedeutet, wenn sie mit echten Schwertern gekämpft hätten.

Er sank auf die Knie, allein schon, weil der Treffer, trotz der Rüstung, die er trug, recht schmerzhaft war. Dann sah er zu ihr hoch: „Meine Königin, ich danke dir, für die Lektion, die du mir erteilt hast!"

„Du bist ein geschickter Kämpfer, Hauptmann Tanotanween! Es fehlt dir nur die nötige Erfahrung im Schwertkampf. Den Langstab lernt man schneller, als das Schwert. Doch du gehst sehr gut damit um!"

Sie bedeute ihm, aufzustehen, dann fuhr sie fort: „Du wirst daher deine Soldaten darin ausbilden und auch im Umgang mit dem Wurfspeer! Ich will, dass jeder Gardist mit dem Schwert *und* einem Wurfspeer bewaffnet ist. So hat er eine Distanz- und eine Nahkampfwaffe, das wird die Schlagkraft der Garde sehr erhöhen."

„Wie meine Königin es wünscht, so soll es geschehen!"

„Gut, Hauptmann! Ich habe nun einen Überblick erhalten, was alles getan werden muss. Wie gesagt, deine Männer wirst du ausbilden und wenn du zustimmst, würde ich dich gern im Schwertkampf weiterführend unterweisen."

Er verneigte sich und antwortete: „Ich fühle mich geehrt, meine Königin, von einer Meisterin wie dir, unterwiesen zu werden!"

Nun verabschiedete Sie sich und verließ das Garnisonsgebäude wieder. Das Kämpfen mit der Garde und der kleine Wettkampf mit dem Hauptmann hatte ihr sehr gut getan. Zwar fühlte sie sich ein wenig erschöpft, nach den ganzen Kämpfen, auch spürte sie ihre Muskulatur deutlich, doch war dies eine willkommene Abwechslung für sie gewesen.

‚Endlich konnte auch ich mich wieder ein wenig bewegen. Schließlich muss auch ich in Form bleiben. Und meine sonstigen Tätigkeiten als Königin sind körperlich nicht sehr fordernd. Schon deshalb freue ich mich, den Hauptmann unterweisen zu können‘, dachte sie.

Einige Zeit nachdem Xian Li zurückgekehrt war, klopfte es an der Tür ihrer Gemächer und Irageween ging nachschauen. Vor der Tür stand Liyanshimeen und ersuchte darum, die Königin sprechen zu können.

„Meine Königin, die Hofmarschallin bittet darum, dich sprechen zu dürfen", gab ihre Zofe die Anfrage weiter.

„Bitte sie herein, Irageween!"

Die Zofe bat die Besucherin einzutreten.

„Du darfst dich dann zurückziehen, Irageween", sagte Xian Li und die junge Zofe verneigte sich und verließ den Raum.

„Was kann ich für dich tun?"

„Fur die Hofmarschallin gar nichts, aber ich würde dich gern etwas persönliches fragen."

„Und was möchtest du wissen?"

„Es ist mir aufgefallen, wie viel du weißt und das du häufig deine Lehrmeister erwähnst, zudem sagte man mir, du seist eine exzellente Kämpferin. Wie hast du das alles in so jungen Jahren geschafft? Wenn meine Frage zu persönlich sein sollte, sag es mir bitte."

Xian Li schüttelte den Kopf.

„Keine Sorge."

Lächelnd meinte sie dann: „Es haben mich schon einige Leute gefragt, wie das möglich ist. Selbst einer meiner Lehrmeister sagte einmal, dass selbst Kämpfer, die doppelt so alt sind, nicht mit mir mithalten können. Ich weiß nicht genau, woran das liegt. Vielleicht lerne ich schneller als andere."

„Verzeih, aber du kannst doch nicht in einem Kloster gewesen sein, oder doch?"

Lachend antworte sie: „Nein, Liyanshimeen! Obwohl ich von Mönchen trainiert wurde. Nicht weit von unserem Dorf lebte ein Kampfmönch. Er war ein wenig seltsam, aber sehr nett und er hatte offenbar nichts dagegen, als meine Eltern, oder genauer mein Vater ihn fragte, ob er seine junge Tochter im Kampfsport unterweisen würde. Ich war noch sehr jung und ich glaube nicht, dass mir am Anfang bewusst war, was mir bevorstand. Der Mönch war ein weiser Mann und er unterwies mich nicht nur im Kampf, sondern auch in der Philosophie des Kung Fu. Er lehrte mich viel und ich war fast besessen davon, immer mehr zu lernen. Ich trainierte weit mehr, als ich gemusst hätte und manches mal wurde ich sogar von ihm gestoppt. So kam es, dass er mir schon vor meinem zwanzigsten Lebensjahr sagte, dass er mir nichts mehr beibringen könne, da ich ihm ebenbürtig sei. Er riet mir auch, umherzuziehen und nach Wandermönchen zu suchen, die mich weiter unterrichten könnten. Zunächst wollte ich nicht, doch als meine Eltern starben, begann ich mit meinen Wanderungen."

„Verzeih die Unterbrechung, aber woran starben sie so früh" wollte Liyanshimeen nun wissen.

„Sie starben nicht früh. Sie waren schon alt. Es schien mir immer so, dass ich zu einer Zeit geboren wurde, als sie schon gar nicht mehr damit gerechnet hatten, dass da noch ein Kind kommt."

„Ich verstehe!"

Xian Li fuhr nun mit ihrer Erzählung fort: „Es gibt viele Wandermönche, die Meister der Kampfkunst sind und in der Außenwelt kommen viele davon aus den Klöstern am Song Shan. Sie sind sehr weise und geben ihr Können gern weiter, wenn sie sehen, dass der Schüler würdig ist. So lernte ich also bald mein ganzes Leben lang, denn ich wollte es immer zur höchsten Meisterschaft bringen. Mit weniger habe ich mich nie zufrieden gegeben. Es gab sogar Mönche, die mir im Kampf nichts mehr beibringen konnten, doch war ich auch stets begierig von ihrer Weisheit zu lernen."

Sie machte eine kurze Pause, dann fragte sie ihr Gegenüber: „Beantwortet das deine Frage, Liyanshimeen?"

Die angesprochene nickte.

„Das tut es, Xian Li, danke!"

„Gern!"

Lächelnd fügte sie an: „Das ist auch etwas, was mich einer der Mönche lehrte: *Wenn dich jemand aus ehrlichem Wissensdurst fragt, so weise ihn nicht zurück.*"

# Der Legende siebter Teil: Der Palast

Viel war in den letzten drei Monden geschehen,
vielmehr, als selbst Xian Li erwartet hätte. Zwar wusste
sie, dass jeder verfügbare Einwohner mitarbeitete,
doch wieviel sie schafften, war unbeschreiblich und sie
war nicht ganz sicher, ob nicht auch das Artefakt von
Aranee einen gewissen Anteil daran hatte. Shèngdi
verfügte nun über eine Reitertruppe; oder zumindest
über Rekruten, die redlich bemüht waren, sich auf dem
Rücken eines Pferdes zurechtzufinden. Die Königin
war in diesem Zusammenhang sehr erfreut über den
jungen Pferdemeister Arotaneen, der nicht nur sehr gut
mit den Pferden umzugehen gelernt hatte, sondern nun
auch den Rekruten das Reiten beibrachte. Hin und
wieder übernahm Xian Li die Ausbildung selbst, um der
künftigen Reiterei zu zeigen, worauf es beim Lernen
ankam und was ein Soldat zu Pferde können musste.
Es war ein langer Prozess, das wusste sie und sie
durfte nicht erwarten, dass sie nach drei Monden schon
eine einsatzfähige Reitertruppe hatte.

Auch die Verteidigungsanlagen, die Lamchesateen
erdacht hatte, waren schon fast fertiggestellt und die
Stadt somit gut zu verteidigen. Die Umwandlung der
Freiwilligentruppe in eine Milizarmee war abgeschlossen und auch der Neubau der Kaserne, in dem die
Garnison und die Milizsoldaten untergebracht werden
sollten, machte gute Fortschritte.

Immer wieder staunte Xian Li über die Fähigkeiten
von Feng Hu. Was er, als Minister für öffentliche
Arbeiten, an organisatorischen Leistungen erbrachte
war unglaublich. Als sie ihn zum Minister ernannt hatte,
konnte er die Sprache nicht und auch mit seinem
Organisationstalent war es nicht weit her gewesen.

Genaugenommen hatte sie dieses Ministeramt nur deshalb gewählt, weil sie ihm schnell ein Amt geben musste, damit er ein Offizieller wurde, der die Königin bei ihrem Besuch der Garde, begleiten konnte. Es war ihr auf die Schnelle einfach kein anderes Amt eingefallen. Dass sie ihn damit zum höchsten Minister machte, hatte sie damals gar nicht überlegt.

Aber nun sprach er Shèngdisch fließend, wenn auch mit starkem Akzent, und egal, was sein Amt von ihm verlangte, er meisterte es. Ohne ihn wäre es nicht möglich gewesen, die ganzen Projekte gleichzeitig durchzuführen.

Und noch etwas war nun fertig gestellt worden: Der Palast! Die Ministerbüros und der Thronsaal waren zwar schon seit drei Monden fertig und in einer kurzen Zeremonie eingeweiht worden, aber nun konnte sie mit ihrem gesamten Hofstaat aus Maratjianweens Haus ausziehen und im Palast wohnen. So erfreulich diese Tatsache auch war, brachte sie doch etwas mit sich, dass wie eine schwarze Wolke über Xian Lis Gemüt lag: Die feierliche Einweihung des Palastes! Als wäre es nicht schon schlimm genug für sie gewesen, die Einweihungszeremonie mit der Bevölkerung Shèngdis durchführen zu müssen, hatte ihre Hofmarschallin ihr angekündigt, dass nun, da Shèngdi auch diplomatische Kontakte zu anderen Reichen pflegte, auch Abgesandte dieser Reiche zu den Feierlichkeiten kommen würden. So würde aus der Einweihung also auch gleich noch ein Staatsempfang werden.

‚Ich bin noch immer niemand, der sich unter vielen Menschen wohlfühlt‘, dachte sie und auch niemand, der gern im Mittelpunkt steht und das hat sich nicht verändert, seit ich Königin bin. Wenn es nach mir ginge, würde ich mich im Hintergrund halten und meine Hofmarschallin die Einweihung machen lassen. Nur steht zu erwarten, dass mir Liyanshimeen sanft, aber bestimmt sagen würde, dass das nicht ihren Aufgaben entspräche.'

So rief sie, mit einem tiefen Seufzer, ihre Hofmarschallin zu sich: „Liyanshimeen!"

Pflichtbewusst kam die Gerufene sogleich herbeigeeilt.

„Ja, Xian Li?"

„Ich würde gerne..." sie unterbrach sich „... ich sehe mich gezwungen, mit dir den Ablauf der Einweihungszeremonie durchzusprechen."

Besorgt nahm die Hofmarschallin diese »Verbesserung« zur Kenntnis. Sie wusste, dass der Königin das vor ihr liegende zuwider war, aber diese Wortwahl ließ sie Schlimmes für die Einweihung befürchten.

Sie war schon seit fast fünfundzwanzig Jahren am Hof Shèngdis beschäftigt und wusste daher auch, welche Höhen und Tiefen es im Leben eines Herrschers gab; nur machte Xian Li den Eindruck, dass es in ihrem Leben nur noch sehr vereinzelt Höhen gab. Einen richtig zufriedenen Eindruck machte die Königin eigentlich nur, wenn sie die Garde oder die Reiterei besuchen konnte und dort stundenlang die Ausbildung der Soldaten übernahm. Die Staatsangelegenheiten jedoch schienen ihr inzwischen richtiggehend Qualen zu bereiten. Dass sie sich nun auch noch mit der Einweihungszeremonie des Palastes konfrontiert sah, stürzte sie vermutlich in die nächste Tiefe. Sie konnten aber auch nicht mehr zurück. Da sich Abgesandte anderer Reiche angekündigt hatten, wäre eine Absage der Feierlichkeiten ein Affront, den die Diplomaten monate-, wenn nicht gar jahrelang ausbügeln müssten.

Scheinbar ohne die Wortwahl zur Kenntnis zu nehmen, unterbreitete die Hofmarschallin ihrer Königin nun den genauen Ablauf der Feierlichkeiten.

„Wir können die Feierlichkeiten nicht vielleicht auf ein Zehntel kürzen, oder ganz vergessen?"

„Wenn du Shèngdi in einen diplomatischen Albtraum stürzen willst, kannst du das tun! Solltest du aber weiterhin das Beste für dein Reich wünschen, würde ich davon absehen!"

„Schon gut, schon gut! Ich weiß ja, dass ich nicht davonkomme! Also weiter!"

Jetzt sah es Liyanshimeen als notwendig an, das Protokoll beiseite zu lassen und nicht mehr von Hofmarschallin zu Königin, sondern von Frau zu Frau mit ihr zu reden.

„Xian Li, ich wünschte wirklich, ich könnte dir irgendwie helfen. Dein Gemütszustand bereitet mir nicht nur Kopfzerbrechen, sondern Kopfschmerzen. Ich hoffe, du erlaubst mir, mal ein wenig das Protokoll zu vergessen..."

„Erlauben? Liyanshimeen, ich bin unglaublich dankbar dafür, dass mal jemand mit mir, wie mit einem Menschen redet und nicht wie mit irgendetwas, das auf einem Sockel steht! Du hast Feng Hu und er dich, um vom Staatsdienst abzulenken. Aber ich habe absolut niemanden! Alle Menschen um mich herum, betrachten mich scheinbar als höheres Wesen, oder so etwas. Ich bin Königin von dem Moment, an dem ich morgens die Augen öffne, bis zu dem Moment, wenn ich sie abends schließe! Alleinsein ist für mich zu einem Fremdwort geworden. Du ahnst nicht, wie sehr ich diese kurzen Momente liebe, wenn ich mit Míngzhū ausreite und über die Ebene galoppiere, wenn ich nur den Hufschlag des Pferdes höre und den Wind in meinen Haaren spüre. Wenn ich einen kleinen Moment die Freiheit genießen darf, die ich einst hatte, bevor ich wieder in meinen goldenen Kerker zurück muss!"

Sie wollte es nicht, doch ihre Selbstbeherrschung brach nun und sie begann zu schluchzen. „Warum nur, WARUM, habe ich so viel Selbstdisziplin, Verantwortungsgefühl und Pflichtbewusstsein, dass ich nicht alles hinwerfe? Aber nein, *Königin* Xian Li, lässt niemanden im Stich!"

Sie spuckte ihren Titel selbstverachtend aus.

Liyanshimeen fühlte sich, wie betäubt. Einen solchen Gefühlsausbruch hätte sie von der, sonst so abgeklärt wirkenden, Xian Li nicht erwartet. Offenbar sehnte sie sich schon seit Monden danach, das endlich einmal aussprechen zu können. Dass sie ihr Hiersein als goldenen Kerker betrachtete, trieb Liyanshimeen die Tränen in die Augen.

‚Bin ich dann nicht eigentlich ihre Kerkermeisterin' fragte sie sich. ‚Bin ich es nicht, der sie in das höfische Protokoll zwingt? Aber habe ich eine andere Wahl? Sie *ist* die Königin und all diese Aufgaben fallen in ihren Verantwortungsbereich. Ich nehme ihr doch schon ab, was ich kann. Aber auch ich bin ja an das Protokoll gebunden. Nur bin ich in meine Aufgabe hinein-*gewachsen* und nicht innerhalb von wenigen Augenblicken da hinein*gestoßen* worden.'

Sie überlegte einen Moment. ‚Vor drei Monden noch, hat sie das als »Selbstmitleid« abgetan, doch dieser Ausbruch hat nichts mehr mit Selbstmitleid zu tun, das ist Agonie!'

Mittlerweile hatte sich Xian Li wieder gefangen und es schien ihr unangenehm zu sein, so die Beherrschung verloren zu haben, trotzdem sagte sie: „Ich danke dir, Liyanshimeen! Es hat gut getan, das mal einem anderen Menschen sagen zu können." Sie schloss für einen Moment die Augen, dann kehrte sie selbst zum Tagesablauf zurück. Scheinbar war es eher eine Wohltat für sie gewesen, das einmal aussprechen zu können, als lange über etwas zu reden, zu dem es keine Lösung gab. Noch bevor Liyanshimeen etwas erwidern konnte, wechselte Xian Li das Thema: „Also weiter! Muss ich mir selbst eine Rede einfallen lassen, oder können wir Dotohereen damit beauftragen, so etwas für mich zu schreiben?"

„Das können wir! Unter anderem dafür ist er eingestellt worden."

„Sehr fein! Dann unterrichte ihn bitte darüber. Und sage ihm, dass ich die Rede nicht erst dann sehen möchte, wenn ich sie halten muss!"

„Es soll geschehen, Xian Li!"

Als sie wieder allein war, überlegte Xian Li, ob ihr Ausbruch in Ordnung war, aber es war einfach notwendig gewesen. Sie musste diese Dinge einmal aussprechen und sie fühlte sich ein wenig besser jetzt. Endlich hatte sie jemanden gehabt, der erkannte, dass sie ein Mensch mit Gefühlen war. Zudem war es schön gewesen, dass nicht sie diesen Moment hatte herbeiführen müssen, sondern dass es auf Liyanshimeens Initiative hin geschehen war. Sie hoffte, dass sie nun wieder genug Kraft hatte, um durch diese unsägliche Einweihung zu kommen, die ihr am nächsten Tag bevorstand.

Als Liyanshimeen am späteren Abend wieder mit Feng Hu allein war, berichtete sie ihm von dem Gespräch mit Xian Li. Schließlich kannte er sie schon bald solange er denken konnte. Als sie ihm von dem Ausbruch berichtete, sah er sie schockiert an.

„Lishi, reden wir hier wirklich über die selbe Frau? Die, mit der ich vor gut vier Monden durch die Passage kam?"

Traurig schüttelte seine Frau den Kopf. „Nein, wir sprechen über die Frau, die in den letzten vier Monden aus ihr *geworden* ist. Noch fängt sie sich zwar ziemlich schnell wieder, doch habe ich die Befürchtung, dass das nicht mehr lange so bleiben wird. Ich habe beobachtet, dass es mit ihrer Gemütsverfassung langsam aber stetig abwärts geht. Sie blüht nur dann kurz auf, wenn sie die Garde, oder die Reiterei besuchen kann..."

Sie dachte wieder an Xian Lis Worte und sprach stockend weiter: „Sie sagt, sie fühle sich wie in einem goldenen Kerker und sehnt sich nach der Freiheit, die sie einmal hatte! Das ist so furchtbar, Feng Hu! Ich fühle mich wie ihre Kerkermeisterin."

Tröstend nahm er sie in den Arm und sie barg ihren Kopf an seiner Schulter. Ruhig meinte er: „Das bist du aber nicht, Lishi, und das weißt du auch."

Dann erklärte er: „Xian Li war schon immer eine Einzelgängerin, die es liebte allein zu sein. Ich kann mich nicht erinnern, dass sie jemals länger als zwei Wochen am Stück in ihrer Hütte gewohnt hätte. Dann war ihr die Hütte schon zu einengend und das Dorf zu voll und schon war sie wieder wochenlang unterwegs. Zum anderen ist sie aber auch niemand, der je vor einer gestellten Aufgabe davonläuft. Und da liegt das Problem, was sie ihr Hiersein als goldenen Kerker empfinden lässt. Sie will wieder hinaus in die Freiheit, aber ihre Aufgabe auch nicht liegen lassen. Beides kann sie aber nicht haben. Das hat nichts mit dir zu tun. Wenn ihr irgendjemand nur diese Aufgabe gegeben und sie dann allein gelassen hätte, ohne ihr beratend zur Seite zu stehen und ihr das höfische Protokoll näherzubringen, wäre das Ergebnis genau das selbe gewesen: Sie würde sich eingesperrt fühlen."

Zart strich er seiner Frau über die Haare und sagte sanft: „Quäle dich nicht mit unbegründeten Vorwürfen, Lishi, du hast keinen Grund dazu!"

„Danke", flüsterte sie und drückte ihn an sich.

Nach einer Weile meinte er: „Lass uns einmal überlegen, ob wir nicht etwas tun können... Was wäre, wenn wir sie doch zurückschicken?"

„Hast du nicht gerade selbst gesagt, sie würde hier nicht alles unerledigt liegen lassen und davonlaufen?"

Er schüttelte den Kopf. „Entschuldige, ich hab nicht nachgedacht. Sie würde nicht einmal unter Waffenzwang gehen."

Leise fügte er an: „Eher geht sie an ihrer Aufgabe kaputt..."

„Eben das befürchte ich!" Liyanshimeen sah einen Moment vor sich hin, dann fragte sie: „Hast du eine Idee, wie wir das verhindern können?"

„Sie bräuchte eine Auszeit! Kann sie nicht mal für ein paar Tage nicht Königin sein und du übernimmst die Staatsgeschäfte?"

Seine Frau lachte bitter auf. „Wenn wir es ganz streng nehmen, tue ich das bereits. Weil ich mich bemühe, sie zu entlasten, soweit es möglich ist, führe ich schon eine Anzahl von Staatsgeschäften. Kleinigkeiten eben, bei denen es nicht unbedingt nötig ist, dass die Königin das selbst erledigt. Aber ganz übernehmen, kann ich das nicht! Die Leute würden denken, ich hätte die Königin entmachtet und würden mich vielleicht sogar umbringen. Sie ist eben Königin, keine Schneiderin, oder Bäckerin, die mal für ein paar Tage ihren Stand schließen kann. Bei einem Reich ist das nicht möglich!"

Nach einem Moment des Schweigens meinte Feng Hu: „Ich bin auch gar nicht sicher, ob das Reich, oder die Staatsgeschäfte das eigentliche Problem sind. Ich denke, es ist eher Xian Lis Art. Wenn sie etwas tut, dann tut sie es mit Leib und Seele. Sie will immer alles perfekt machen."

Liyanshimeen schüttelte den Kopf.

„Da liegt der Grund für ihr Problem nicht so sehr! Aber früher mal konnte sie hierhin und dorthin gehen, wie es ihr gefiel und allein sein, wenn ihr danach war. Sie war frei, das zu tun, was *sie* wollte. Nun ist sie Königin und gezwungen, da zu sein, wo sie zu sein *hat* und das zu tun, was *andere* von ihr erwarten. Sie ist die Königin über ein Reich geworden, aber die Herrschaft über ihr Leben, hat sie verloren."

„Und ich dachte immer Könige können tun und lassen, was ihnen beliebt..."

„Ja, den Anschein hat es für das Volk. Der König ist reich, hat ein tolles Domizil, viele Diener, die die Arbeit für ihn machen und lebt fröhlich in den Tag hinein. – Auch Xian Li hat Diener, Sekretäre und Minister, die einen Haufen Arbeit erledigen, ist im Prinzip reich und hat ein tolles Domizil. Aber von fröhlich in den Tag leben, kann keine Rede sein, oder? Das Volk weiß leider nicht, was es bedeutet, ein Reich zu führen. Wüssten sie es, würden sie sich vielleicht nicht so danach sehnen, mit dem Herrscher zu tauschen!"

Einen Moment lang sah er betrübt vor sich hin, dann meinte er: „Hoffentlich finden wir eine Lösung, *bevor* sie an ihrer Aufgabe kaputt geht!"

„Das hoffe ich auch, Feng Hu, das hoffe ich auch!"

Es herrschte nun Stille im Raum und beide hingen ihren Gedanken nach, bis Liyanshimeen das Schweigen brach: „Morgen wird ein sehr anstrengender Tag! Lass uns schlafen gehen!"

Da keine Audienzen anstanden, denn es fand ja die große Einweihung statt, hatte Xian Li es sich erlaubt, ein wenig länger zu schlafen, schließlich würde sie heute alle Kraft brauchen, um durch diesen Tag zu kommen.

Zur festgesetzten Zeit hatte ihre Zofe sie pflichtbewusst geweckt und wartete nun darauf, dass die Königin bereit war, zum Ankleiden. Als sie endlich soweit war, bahnte sich auch gleich die erste Unstimmigkeit des Tages an.

„Nein, Irageween! Ich gedenke nicht, bereits jetzt das Staatsgewand für die Einweihung anzuziehen!"

„Meine Königin, wenn du jetzt etwas anderes tragen willst, musst du schon in wenigen Stunden erneut das Gewand wechseln, da es eine ganze Weile dauert, dich in das Staatsgewand zu kleiden und herzurichten."

„Das ist mir aber egal! Jede Minute, die ich die Klamotten *nicht* anhaben muss, ist mir heilig! Also fort damit und bringe mir meine normalen Kleider!"

„Wie meine Königin es wünscht."

Die Zofe verneigte sich und holte das Gewünschte. Sie kannte ihre Herrin nun schon seit drei Monden und wusste daher, dass sie sich in ein paar Stunden beklagen würde, weil sie sich schon wieder umkleiden musste und es ihr viel zu lange dauerte, bis sie das Staatsgewand anhatte und hergerichtet war. Irageween hatte sich eine Unstimmigkeit ersparen wollen und daher gleich vorgeschlagen, das Staatsgewand zu nehmen.

Sie fand ihre Herrin sehr nett, aber auch ein wenig seltsam. Wann hätte man je von einer Königin gehört, die es *nicht* liebte, in prunkvolle Gewänder gekleidet zu sein, sondern ein schlichtes Gewand bevorzugte, in dem sie auch die Garde und die Reiterei trainierte? Sie war der Ansicht, dass selbst das Gewand der Hofmarschallin erhabener wirkte. Auch hatte sie von deren Zofe nie gehört, dass sie sich über das Gewand uneinig waren. Liyanshimeen vertraute offenbar dem Geschmack von Tilantideen.

‚Vielleicht komme ich auch eines Tages dahin, dass die Königin mir vertraut, wenn es um ihr Gewand geht.'

Außer der Königin, fieberte das ganze Reich den Feierlichkeiten entgegen. Die Gassen Shèngdis waren festlich geschmückt, die Bürger hatten sich in ihr bestes Gewand gekleidet und fröhliche Stimmung und ausgelassenes Treiben, prägten das Stadtbild. Gaukler und Musiker unterhielten die Leute und fahrende Händler boten ihre Waren feil.

Zwar waren zu den Feierlichkeiten im Palast selbst, nur die angeseheneren Bewohner geladen worden, doch der Stimmung in den Gassen und auf den Plätzen, tat das keinen Abbruch. Jedem war klar, dass

nicht mehrere tausend Leute im Palast Platz hatten –
schließlich hatten auch nur wenige hundert Platz
gefunden, als der Palast demoliert worden war...

Vor dem Palast herrschte ein dichtes Gedränge, denn
jeder hoffte, einen Blick auf die Königin erhaschen zu
können, wenn sie ankam und Dotohereen vermerkte in
seiner Chronik, dass Xian Li einer der beliebtesten
Herrscher war, die das Reich je hatte.

Viele Bewohner waren auch froh, dass Shèngdi
wieder Kontakt zu anderen Reichen hatte und die
Ankunft derer Abgesandten wurde von großem Jubel
begleitet. Vor seiner Isolation hatte das Reich einen
florierenden Handel mit seinen Nachbarn betrieben und
diese Zeit würde nun wiederkehren. War es doch schon
bekannt geworden, dass erste Handelsabkommen
geschlossen worden waren und vom kleinen Bauern
auf den Feldern, bis zu den Handwerkern und Händlern
der Stadt, hoffte jeder auf einen kommenden
Aufschwung.

Als sich der Zeitpunkt näherte, an dem die Einweihung
beginnen sollte, *hatte* es die, von Irageween vorherge-
sehene, Unstimmigkeit gegeben, als sich Xian Li in das
Staatsgewand kleiden musste. Doch hatte sie sich mit
dem Unvermeidlichen abgefunden und ihrer Zofe nicht
das Leben unnötig schwer gemacht.

Als die Königin mit ihrem Gefolge ankam, hatte die
Garde ihrer Majestät doch einige Mühe, eine Gasse
freizumachen, damit die Königin überhaupt zum Palast
gelangen konnte. Schließlich gelang es aber und Xian
Li schritt langsam, unter dem frenetischen Jubel des
Volkes, die Stufen zum Eingang des Palastes empor,
den noch ein breites rotes Seidenband versperrte. Sie
wandte sich um, hob die Arme und wartete, dass es
ruhig wurde, dann begann sie mit ihrer

Einweihungsrede: „Es waren großer Ärger, schiere Verzweiflung und grimmiger Zorn, die einst diesen Palast zerstörten! Und seien die Gründe dafür auch auf Irrtümer und Unwissenheit zurückzuführen gewesen, so zeigt es doch, welcher Moloch in des Volkes Seele schlummert, wenn es sich im Stich gelassen fühlt. Möge sich das Volk Shèngdis nie wieder genötigt sehen, dieses Ungeheuer zu erwecken und möge dieser Palast, der nun wieder in seiner Pracht erstrahlt, weil viele daran mitgearbeitet haben, ein Zeichen sein, dass ein Volk eine weise Führung braucht und auch haben will. Doch es will *geführt* und nicht *verführt* werden. Daher mögen die Götter mir und jedem Herrscher, der nach mir kommt, die Weisheit geben, dem Volk weise und gerecht vorzustehen und es recht zu führen, dass es in Frieden und Freiheit leben kann!"

Sie machte eine kurze Sprechpause und ihre Zuhörer jubelten und applaudierten. Schnell war es wieder still, als sie erneut zu sprechen begann: „Ein jeder Herrscher dieses Reiches und jeder, der in diesem Palast ein- und ausgeht, soll stets daran denken, dass das Wort mächtiger ist, als das Schwert. Zu den Waffen zu greifen, wenn es auch eine friedliche Lösung geben kann, ist falsch und unehrenhaft! Mögen in den Mauern dieses Palastes daher viele gute Gespräche geführt werden, dass Shèngdi mit seinen Nachbarn in Frieden leben kann und mögen wir immer dessen Eingedenk sein, dass man einen Konflikt zwar beginnen, aber nie beenden kann, wann man es will!"

Nun drehte sie sich zu Liyanshimeen und die Hofmarschallin übergab ihr einen scharfen Dolch.

„Hiermit erkläre ich diesen Palast, das Zeichen der Einheit Shèngdis, für eröffnet!"

Unter dem Jubel und den Hochrufen der Menge, zerschnitt sie das Band und betrat als erste den Palast.

Würdevoll durchschritt die Königin die große Eingangshalle und sah sich um. Die Handwerker hatten wirklich großartige Arbeit geleistet. Shèngdi verfügte zwar nicht über Marmorvorkommen, aber die behauenen Steine der Felsen, die es umgaben, glitzerten wunderschön, wenn sie vom Licht getroffen wurden, ganz so, als seien sie mit unzähligen Kristallen überzogen worden.

Zur rechten Zeit öffneten Herolde die großen Türen, die in den Thronsaal führten, damit die Königin und ihr Gefolge, ohne stehen zu bleiben, weitergehen konnten.

Ganz wie es sein sollte, war der Thronsaal das Juwel des Palastes. Die Bildhauer hatten Facetten in die Wände und Säulen eingearbeitet und das Licht der vielen Kandelaber ließ den Raum erstrahlen, als wäre er ganz aus Diamanten gefertigt worden. Der Saal wirkte hocherhaben und strahlte dennoch eine angenehme Wärme und Behaglichkeit aus. Er war nicht überladen, sondern bestach durch eine kunstvolle Schlichtheit. Hätte sie es nicht besser gewusst, wäre Xian Li wohl davon ausgegangen, dass die Teppiche auf dem Boden und die Wandbehänge aus den teuersten Materialien gefertigt worden seien. Man konnte glauben, dass das Königliche Wappen in den Wandbehängen aus purem Gold gewebt worden war, doch handelte es sich hierbei um die Fasern besonderer Pflanzen, die nur in der Umgebung Shèngdis wuchsen.

Dieser Thronsaal war einem Königreich würdig und machte Empfänge zu einem Erlebnis für alle Beteiligten.

Schließlich erreichte die Königin den Thron. Mit Würde schritt sie die zwei Stufen hinauf und setzte sich, während ihr Hofstaat sich vor ihr verneigte.

Damit war die eigentliche Eröffnung beendet und der Empfang der Abgesandten, sowie der Würdenträger und Honoratioren Shèngdis würde nun folgen. Und damit auch der Moment, der Liyanshimeen große Sorgen bereitete. Xian Li hatte keinerlei Erfahrungen im diplomatischen Protokoll und es konnte sehr schnell zu bedauerlichen Zwischenfällen kommen, die im schlimmsten Fall dazu führten, dass das, was sie in ihrer Rede gesagt hatte, nicht mehr möglich war, nämlich dass Shèngdi mit seinen Nachbarn in Frieden leben würde. Die Hofmarschallin hoffte daher inständig, dass sie bei der Vorbereitung des Empfangs nichts übersehen und alles so geregelt hatte, dass die Königin sich auf relativ sicherem Terrain bewegen konnte.

Für Xian Li hingegen begann nun der Teil, den sie verabscheute. Den Rest des Tages würde sie nun im Mittelpunkt des Interesses stehen, mit unzähligen Menschen um sich herum und keinerlei Möglichkeit dem zu entkommen. Was es für sie noch schwieriger machte, war die Tatsache, dass sie absolut keine Ahnung hatte, wie solch ein Empfang ablief. Natürlich hatte ihre Hofmarschallin sie ausführlich instruiert. So ausführlich, dass Xian Li sogar einmal die Geduld verloren und sie hinausgewiesen hatte. Es hatte ihr sehr Leid getan, denn sie betrachtete Liyanshimeen mehr als Freundin, denn als Untergebene.

Nun, sie würde sich strikt an Liyanshimeens Weisungen halten und so hoffentlich den reißenden Fluss der Diplomatie bezwingen können

Nachdem der Hofstaat der Königin Aufstellung genommen hatte, trat die Hofmarschallin vor und rief nun zunächst die Abgesandten der Nachbarreiche auf, die der Königin ihre Aufwartung machten.

„Der Abgesandte seiner Majestät König Hijamdanan, Herrscher des Reiches von Atrasban, Schunju[23] Lepmandan!"

---

[23] Schunju ist nicht der Vorname des Abgesandten, sondern sein Titel. Vergleichbar mit einem Baron.

Der Genannte trat vor ihre Majestät und verneigte sich. Xian Li nickte ihm zu und er überbrachte die Grüße seines Königs.

„Schunju Lepmandan, überbringe deinem König meinen ergebensten Dank für seine Grußbotschaft! Die Königin Shèngdis ist sehr erfreut und hofft auf eine gute Zusammenarbeit unserer Reiche!"

Sehr zur Freude und zum Erstaunen des Abgesandten, sprach sie ihn in der Sprache seines Landes an, die sie ja, durch das Artefakt von Aranee, beherrschte.

Nun wurden auch die Abgesandten von Efretem und Leybakun, der beiden andern Nachbarreiche Shèngdis aufgerufen und überbrachten ihre Grußbotschaften und auch sie wurden von der Königin jeweils in ihren Landessprachen angesprochen.

Liyanshimeen freute sich im Stillen über diesen Einfall Xian Lis. Es hinterlässt bei einem Abgesandten stets ein positives Gefühl, wenn ein fremder Herrscher sich bemüht, ihre Sprache zu sprechen. Sie durfte somit hoffen, dass die Verbindungen zu den Nachbarreichen gefestigt worden waren.

Anschließend wurden die geladenen Honoratioren und Würdenträger Shèngdis aufgerufen und einer nach dem anderen trat vor die Königin, um von ihr willkommen geheißen zu werden.

Niemand, nicht einmal Liyanshimeen, wie Xian Li hoffte, merkte, dass die Königin immer angespannter wurde. Ihre Disziplin, die sie sich als Kung Fu Meisterin antrainiert hatte, half ihr, nach außen hin ruhig und gelassen zu erscheinen, doch im Innern sah das ganz anders aus.

‚Lange ertrage ich diesen Irrsinn nicht mehr', dachte sie. ‚Wer denkt sich nur so etwas aus? Warum muss jeder einzelne vor mich treten? Die Abgesandten sehe ich ja noch ein, aber die Leute aus Shèngdi? Einige davon sehe ich fast täglich. Eine förmliche Grußnote an alle, hätte doch völlig ausgereicht!'

Scheinbar unbeirrt durch diese Gedanken, fuhr sie im Protokoll fort, bis sie endlich die Begrüßungszeremonie beenden konnte. Nun ging der Empfang mit einem Bankett weiter.

‚Das ist wohl der einzig positive Aspekt an dieser Einweihung!'

Jetzt sprach ihre Hofmarschallin sie leise an: „Du bist hoffentlich nicht sehr hungrig, meine Königin, oder?"

Irritiert sah Xian Li sie an. „Warum fragst du?"

„Nun ja", antwortete Liyanshimeen gedehnt, „Jeder hier im Saal wird genau beobachten, was und vor allem wieviel, die Königin isst! Und du solltest nicht durch Völlerei auffallen!"

Innerlich verdrehte Xian Li die Augen. ‚Ich renne gleich schreiend davon', dachte sie. Doch antwortete sie ruhig: „Ich werde mich zu benehmen wissen! Fragt sich nur, wo du die Grenze der Völlerei setzt?"

„Es ist nicht so entscheidend, wo *ich* die Grenze setze, sondern wo die Gäste sie setzen! Halbiere dein Frühstück, dann bist du auf der sicheren Seite!"

„Wie bitte?" Xian Li war entsetzt. Ihr Frühstück bestand im allgemeinen aus einem Schöpflöffel Reisbrei mit ein wenig Obst.

„Dann brauche ich ja gar nichts mehr zu essen", flüsterte sie. „Ich dachte, das hier sei ein Bankett?"

„Iss ein wenig, meine Königin, weil jeder dich beobachtet! Wenn der Empfang vorbei ist, lasse ich dir, in deinen Privatgemächern, ein Festmahl kredenzen!"

Frustriert zischte sie: „Weißt du eigentlich, das jeder meiner Untertanen zehnmal mehr Freiheit hat, als ich, als Königin? Ich bin scheinbar nur ein Spielball irgendeines erbärmlichen Protokolls, das sich irgendein Geisteskranker einmal ausgedacht hat, um die Herrschenden bis aufs Blut zu peinigen! Ich werde mich jetzt dort hinsetzen und etwas essen und wenn irgendjemand eine falsche Bemerkung macht, fahre ich mit dem Schwert dazwischen!"

Die Hofmarschallin zuckte zusammen. Wenn die Königin das wirklich tat, gäbe es eine unausweichliche Katastrophe. Allerdings hatte sie keine Ahnung, wie sie das verhindern sollte. Sie entschied, dass sie innerhalb der höfischen Regeln hier keine Lösung finden würde, also verließ sie diese.

„Xian Li, bitte!"

Dass Liyanshimeen sie, inmitten eines offiziellen Empfangs, mit ihrem Namen ansprach, drang in ihre Frustration ein und beruhigte sie ein wenig, denn die Hofmarschallin, die sonst peinlichst genau auf das Protokoll achtete, würde so etwas nur tun, wenn Gefahr im Verzug war. Sie blieb stehen und sah sie an.

Ruhig sprach Liyanshimeen nun mit ihr: „Ich verstehe dich vollkommen, Xian Li! Und ja, auch ich frage mich manches Mal, ob diese Protokolle von einem Irrsinnigen erdacht wurden; aber ich flehe dich an, beruhige dich bitte und bringe diesen Empfang würdig zu Ende! Ich möchte erleben, dass du als beste Herrscherin in die Geschichte Shèngdis eingehst, nicht als jemand, der einen Staatsempfang in ein Blutbad verwandelt hat!"

Langsam hatte sich Xian Li nun wieder beruhigt und zeigte so etwas wie ein Lächeln.

„Hab keine Angst, Liyanshimeen, ich bin wieder ruhig und gefasst und ich werde sicher niemandem Schaden zufügen. Aber könnte der Königin nicht plötzlich unpässlich werden, dass sie sich zurückziehen muss?"

„Ich gebe zu, dass mir diese Idee auch schon gekommen war, meine Königin. Wie gut bist du als Mimin?"

„Wie theatralisch soll ich denn werden?"

„Kannst du einfach auf dem Weg zu deinem Platz zusammenbrechen und ohnmächtig erscheinen? Jeder der Gäste wird einsehen, dass die Königin sofort in ihre Gemächer gebracht wird und verstehen, dass die Hofmarschallin die weitere Leitung des Empfangs übernehmen muss."

„Du hast das alles schon im Voraus durchdacht, oder?"

Ein wenig scheu nickte Liyanshimeen. „Ja, meine Königin! Wenn man so etwas großes, wie einen Empfang plant, braucht man auch immer einen Plan für den Notfall. Ich hoffe, du bist mir nicht böse deswegen, aber ich habe mir Sorgen um deine Gemütsverfassung gemacht und war mir nicht sicher, dass du den ganzen Empfang überstehen würdest. Ich weiß, dass du eine starke Frau bist, aber auch der Stärkste kommt irgendwann an seine Grenzen."

„Ich bin dir ganz sicher nicht böse deswegen! Es ist gut, immer einen zweiten Plan zu haben, um für Unvorhergesehenes gewappnet zu sein. Es bleibt aber dabei, dass du mir anschließend etwas zu essen bringen lässt, oder?"

„Ja, selbstverständlich! Ich lasse dir ein Festmahl servieren, wie ich es versprochen habe, meine Königin!"

Sie nickte, dann atmete sie tief durch und meinte: „Dann wollen wir die Gästeschar mal ein wenig erschrecken…"

Zunächst ging Xian Li zu einem der Minister hinüber, um sich mit ihm zu unterhalten und ein wenig Zeit vergehen zu lassen. Falls jemand das Gespräch zwischen Liyanshimeen und ihr gesehen hatte, würde er so nicht auf den Gedanken kommen, dass es sich bei dem, was gleich passieren würde, um eine Absprache handelte. Nach der Unterhaltung ging sie zu ihrem Platz hinüber. Plötzlich hielt sie im Gehen inne, krümmte sich etwas und fiel dann vornüber auf den

Boden. Für alle Umstehenden sah es wie ein heftiger Sturz aus, doch als Meisterin der Kampfkunst hatte sie sich geschickt abgefangen und war daher nicht zu Schaden gekommen.

Sogleich rannte Liyanshimeen zu ihr und hockte sich neben sie.

„Meine Königin! Meine Königin" rief sie und jeder im Saal hielt ihr Erschrecken für echt.

Xian Li rührte sich nicht.

Die Umstehenden sahen bestürzt zu ihr hinunter und ängstliches Getuschel war zu hören, ob sie womöglich tot sei.

Liyanshimeen hielt ihr die Hand unter die Nase und sagte dann beruhigend: „Sie atmet! Wahrscheinlich ist sie ohnmächtig geworden."

Sie schüttelte sie ein wenig. „Meine Königin?"

Doch Xian Li blieb weiterhin reglos liegen.

„Sie muss sofort in ihre Gemächer gebracht werden", entschied die Hofmarschallin jetzt. Dann rief sie nach dem Minister für öffentliche Arbeiten. Nicht nur, weil er Xian Lis Gewicht tragen konnte, sondern weil sie Feng Hu in den Plan eingeweiht hatte.

Dennoch verhielt er sich, als sei er zutiefst erschrocken über den Zusammenbruch der Königin.

„Minister Feng Hu, trage die Königin sogleich in ihre Gemächer und sorge dafür, dass sich Irageween um sie kümmert."

„Selbstverständlich, Frau Hofmarschallin!"

Vorsichtig hob er die Bewusstlose vom Boden auf und trug sie aus dem Saal.

Liyanshimeen hatte eine gute Wahl getroffen. Da jeder in Shèngdi wusste, dass er, wie die Königin, aus der Außenwelt stammte und mit ihr zusammen hergekommen war, störte sich niemand daran, dass er, obwohl Minister, damit beauftragt worden war, die Königin zu tragen. Den drei Abgesandten würde sie diese Tatsache notfalls erklären.

Nachdem Feng Hu die Königin herausgetragen hatte, war es die Aufgabe der Hofmarschallin, das Bankett weiterzuführen.

„Werte Anwesende, im Namen ihrer Majestät, Königin Xian Li der Ersten, ersuche ich alle, die Unpässlichkeit Ihrer Majestät zu entschuldigen."

Nach einem kurzen Moment des Schweigens fuhr sie fort: „Da Ihre Majestät leider nicht mehr teilnehmen kann, habe ich nun die Ehre, das Bankett in ihrem Namen weiterführen!"

Sie setzte sich auf ihren Platz und langsam ebbte das Erschrecken über den Zwischenfall ab und der Raum füllte sich wieder mit dem Gemurmel vieler Gespräche.

Indessen trug Feng Hu die Königin zu ihren Gemächern. Als sich die Tür des Saales geschlossen hatte, wollte sie sich aufrichten, doch raunte er ihr zu: „Bleib liegen, Xian Li! Ich trage dich bis in deine Gemächer, falls uns jemand sieht. Wenn du dich zu rasch erholst und das einer mitbekommt, musst du nämlich wieder zum Bankett!"

Schnell fügte sie sich und mimte weiter die Bewusstlose.

‚Ich hätte mir denken können, dass Liyanshimeen alles genau geplant und ihn eingeweiht hat. Es wäre mir nämlich sehr unangenehm gewesen, wenn jemand der Garde mich hätte tragen müssen, denn dann hätte sie auch noch andere mitschicken müssen, die sich um mich kümmern, vielleicht sogar einen Heiler. Und ob ich *den* hätte überzeugen können, dass ich unpässlich bin, bezweifle ich', überlegte sie.

Einige Meter später erreichte Feng Hu schließlich die königlichen Gemächer. Als er die Tür öffnete kam sogleich Irageween angelaufen.

Erschrocken fragte sie: „Herr Feng Hu, was ist mit der Königin geschehen?"

„Sie ist im Festsaal plötzlich ohnmächtig geworden und niedergefallen." Als er das entsetzte Gesicht der Zofe sah, fügte er an: „Es scheint ihr aber nichts passiert zu sein."

Er ging zur ihrer Schlafstatt und legte sie vorsichtig darauf.

Kurz nachdem er sie abgelegt hatte, entschied sie, dass sie langsam wieder zu sich kommen konnte.

Mit einem leisen Stöhnen fragte sie: „Was ist passiert? Wo bin ich hier?"

„Meine Königin, du bist im Festsaal ohnmächtig geworden und die Hofmarschallin befahl mir, dich in deine Gemächer zu bringen", erklärte Feng Hu und ihre Zofe wollte sogleich wissen: „Kann ich etwas für dich tun, meine Königin?"

Langsam nickte Xian Li und meinte: „Hilf mir zunächst einmal aus diesem Gewand!"

Dann wandte sie sich an Feng Hu: „Hab Dank für deine Hilfe, Minister Feng Hu! Wenn du mich nun bitte entschuldigen würdest, ich möchte mein Gewand wechseln..."

Er verneigte sich. „Ich wünsche dir baldige Genesung, meine Königin!"

Damit verließ er die königlichen Gemächer wieder und ging zurück zum Festsaal.

Später am Abend, nachdem das Bankett beendet war, suchte Liyanshimeen die Königin in ihren Gemächern auf und ließ ihr, wie versprochen ein Festmahl servieren.

„Ich hoffe, du fühlst dich wieder ein wenig besser, meine Königin?"

Da sich Irageween noch im Raum befand, spielte Xian Li das Spiel mit.

„Ja, danke, Liyanshimeen, ein wenig besser!"

Dann wandte sie sich an ihre Zofe: „Du darfst gehen, Irageween!"

„Wie meine Königin es wünscht! Ich wünsche dir eine angenehme Nachtruhe!"

Xian Li nickte ihr zu und die Zofe verließ den Raum.

Als sie allein waren, fragte Xian Li: „Bevor du mir von dem Bankett berichtest, eine Frage: Hast du auf dem Bankett mehr gegessen, als du mir vorgeschlagen hast?"

„Eher noch weniger. Aller Augen waren auf mich gerichtet und warteten förmlich auf einen Fehler meinerseits... Aber den Gefallen habe ich ihnen nicht getan!"

Lächelnd lud Xian Li sie ein: „Dann setze dich zu mir und iss!"

„Das ist eine große Ehre, die du mir erweist!"

„Jetzt hör schon auf damit! Nimm einfach als Freundin an meinem Tisch Platz, nicht als Hofmarschallin. Der Empfang und das Bankett sind vorbei, also ist dein Arbeitstag beendet. Leiste mir einfach ein wenig Gesellschaft, Liyanshimeen und ermögliche es mir, eine Weile nicht Königin Xian Li die Erste, sein zu müssen, sondern nur Xian Li! Ach ja, noch etwas: Berichte mir über das Bankett erst morgen!"

„Danke, Xian Li!"

Die nächsten Stunden verbrachten die beiden Frauen mit gutem Essen und erholsamen Gesprächen, einfach nur von Frau zu Frau.

# Der Legende achter Teil: Die Schlacht

Das Leben in Shèngdi hatte sich in den vergangenen Monden sehr verbessert. Der Beginn des Handels mit seinen Nachbarn, hatte das Reich endgültig aus der Isolation befreit. Karawanen besuchten nun die Stadt und brachten den Leuten Güter, die sie lange nicht gehabt hatten; ja, die die jungen Leute noch nicht einmal kannten.

Die Münzwährung war wieder in Kraft gesetzt worden. Es waren natürlich auch neue Münzen mit dem Konterfei der Königin geprägt worden. Es hatte Liyanshimeen einiges an Überredungskunst gekostet, Xian Li dazu zu bewegen, das zu genehmigen, denn eigentlich wollte die Königin nicht auf den Münzen erscheinen. Letztlich hatte sie sich überreden lassen, weil das Volk es wünschte.

Shèngdi verfügte nun auch über einen Tempel, der dem Gòng-Gōng geweiht war. Maratjianween war  in ihr neues Amt, als Hohepriesterin eingeführt worden und hatte von Shan-Gōng die Weisungen für den Tempeldienst erhalten. Zusammen mit sechs Priesterinnen wohnte sie nun im Tempel. Auch der Altar für Shan-Gōng, den Xian Li dem Wassergeist aus Dankbarkeit für ihre Rettung versprochen hatte, war geweiht worden.

Die Truppen des Reiches waren endlich auf einem Stand, dass die Königin beruhigt sagen konnte, dass Shèngdi über eine schlagkräftige Verteidigungstruppe verfügte und zusammen mit den fertiggestellten Befestigungsanlagen, jetzt gut zu verteidigen war. Auch die Ausbildung der Reiterei war an einem Punkt angelangt, an dem es möglich war, sie in einem Kampf einzusetzen.


Es war am Nachmittag des Tages und Xian Li war gerade vom Ausritt zurück, als ihr ein Besucher gemeldet wurde.

„Meine Königin, ein Bote der Stadt Temendàr wünscht dich dringend zu sprechen. Er sagt, er habe sehr wichtige Nachrichten."

„In Ordnung Dotohereen, lass ihn eintreten!"

„Jawohl, meine Königin!"

Der Hofsekretär ging hinaus und führte kurze Zeit später den Boten herein. Dieser beugte vor Xian Li das Knie.

„Der Bote Kesunjeman wünscht die Königin zu sprechen" stellte der Sekretär ihn vor.

„Erhebe dich und sprich!"

„Edle Königin, die Stadt Temendàr schickt mich zu dir, mit wichtigen Neuigkeiten! In der großen Ebene wurde eine marodierende Söldnertruppe gesichtet. Sie haben wohl schon einige Dörfer in Atrasban geplündert, wurden dann aber von einer Einsatztruppe verjagt. Unsere Stadt war ihnen wohl zu stark befestigt, daher haben sie uns nicht angegriffen. Wenn sie aber ihre Marschrichtung beibehalten, bringt sie das nach Shèngdi! Die Obersten der Stadt haben mich daher mit dieser Botschaft zu dir gesendet!"

„Weißt du etwas über die Stärke der Truppe?"

„Nicht genau, edle Königin! Unser Hauptmann schätzt sie auf etwa einhundert bis einhundertfünfzig Mann. Aber über ihre Bewaffnung und Ausrüstung kann ich dir nichts berichten."

Xian Li nickte, dann sagte sie: „Hab Dank, für deine Mitteilung! Richte auch den Obersten von Temendàr den ergebensten Dank der Königin von Shèngdi aus!"

Sie wandte sich an ihren Sekretär: „Dotohereen, sieh zu, dass sich der Bote Kesunjeman stärken kann, bevor er sich auf den Rückweg macht! Und schicke jemanden mit einer Nachricht zu Hauptmann Tanotanween! Er soll sofort hier herkommen!"

„Hab Dank, edle Königin!" Der Bote verneigte sich.

„Sogleich, meine Königin!" Der Hofsekretär führte den Boten hinaus und schickte einen Melder zur Garde.

Als beide den Thronsaal wieder verlassen hatten, überlegte Xian Li: ‚Es scheint, als müssten wir schon bald austesten, wie schlagkräftig unserer neue Armee ist. Und auch, wie gut ich mich als General mache. Diesmal werde ich nicht versuchen, eine Entscheidung durch einen Zweikampf herbeizuführen. Genaugenommen hätte ich das schon bei den Banditen nicht machen sollen!'

Unwillkürlich griff sie sich an ihre Schulter, wo sie der Pfeil des verräterischen Schützen getroffen hatte.

Nach kurzer Zeit schon, war der Hauptmann zur Stelle und besprach sich mit seiner Generalin.

„Zunächst einmal müssen wir die Beobachtungsposten doppelt besetzen und die Truppe muss jederzeit sofort bereit sein!"

„Ich werde es veranlassen, Generalin! Soll auch die Reiterei einsatzbereit gehalten werden?"

„Auf jeden Fall! Sollte es uns gelingen, die Söldnertruppe auf Distanz zu halten, wird sie sich vielleicht zurückziehen. Aber ich will nicht, dass auch nur ein Söldner davonkommt! Sie haben schon mehrere Dörfer geplündert, wie der Bote mir sagte, aber ich bin mir sicher, dass es nicht beim Plündern allein geblieben ist! Ich will, dass sie ihren verdienten Lohn erhalten und dafür werde ich persönlich sorgen!"

Tanotanween sah sie irritiert an. So kannte er seine Generalin gar nicht. Sie wollte sich nicht mit der Abwehr der Gefahr zufrieden geben, sondern jeden Angreifer zur Strecke bringen.

„Verzeih' meine Frage, aber würde es nicht genügen, sie zurückzuschlagen?"

Sie sah ihn ernst an. „Hast du schon einmal ein Dorf gesehen, das von solch habgierigen Mördern überfallen wurde? Hast du schon einmal die verbrannten Hütten und die unzähligen Leichen der ermordeten Männer, Frauen und Kinder gesehen, die nicht einmal die Möglichkeit hatten, sich zu wehren, die einfach aus Lust am Töten niedergemetzelt wurden? Hast du die Leichen der Frauen gesehen, für die es letztlich eine Erlösung war, ermordet zu werden? – Offenbar nicht, sonst hättest du mich das nicht gefragt!" Sie ballte ihre Hände zu Fäusten. „Niemand von diesem Abschaum soll die Ebene vor Shèngdi wieder lebend verlassen und wenn es das letzte ist, was ich in meinem Leben tun werde!"

Der Hauptmann sah zu Boden. Sie hatte recht, so etwas hatte er noch nie gesehen, noch nie sehen *müssen*. Doch etwas in ihrer Art zu reden, ließ ihn vermuten, dass sie etwas Persönliches damit verband.

„Du sprichst, als wäre es persönlich für dich. Ist deinem Dorf das widerfahren, meine Königin?"

Sie atmete tief durch. „Nein, Hauptmann! Aber einem kleinen Dorf in dem Freunde von mir lebten." Einem Moment lang sah sie vor sich hin und hatte wieder die Bilder dieses Grauens vor Augen...

*Sie ging durch die Straßen, des kleinen Dorfes, wo ihre Freunde gelebt hatten. Jetzt säumten nur noch rauchende Trümmer, die einmal Hütten gewesen waren, die Wege und wohin man sah, lagen Tote. Diese Verbrecher hatten gewütet, dass selbst das wildeste Tier sich entsetzt abgewendet hätte. Sie sah Männer, denen die Arme und Beine abgeschnitten und Kinder, die auf Holzpflöcke gespießt worden waren, selbst Säuglinge waren mit Schwertern durchbohrt oder aufgeschlitzt worden. Sie sah Frauen, die nackt herumlagen und ein Blick in ihre, im Tod erstarrten Gesichter, ließ sie erahnen, was ihnen widerfahren war, bevor man sie ermordet hatte. Sie sah Gräuel, die sie sich, selbst in ihren furchtbarsten Albträumen, niemals hätte vorstellen können und dachte sich, dass man die, die das getan hatten, nicht einmal mit den niedersten Tieren vergleichen konnte, ohne diese Tiere auf das Schlimmste zu beleidigen. Selbst ein, sich im Dreck und Kot suhlendes Schwein, war eine edle Kreatur, verglichen mit diesen Mordbrennern. So stand sie inmitten dieses Massakers und ballte hilflos die Fäuste. Sie ging weiter und fand auch die Leichen ihrer Freunde die sie dann bestattete. Schließlich zog sie tief erschüttert weiter und schwor sich und den Toten, dass sie, wenn sie je die Gelegenheit bekommen würde, solche Verbrecher zu jagen, ihnen niemals Gnade gewähren würde.*

Dort war es auch, wo ihre Religiosität geendet hatte, denn wenn die Götter so etwas zuließen, dann wollte sie nichts mehr mit ihnen zu tun haben.

Langsam kehrten ihre Gedanken wieder ins Hier und Jetzt zurück. Schließlich sprach sie weiter: „Doch will ich diesen Abschaum nicht aus einer Art Rache vernichten, sondern um zu verhindern, dass ihnen noch mehr wehrlose Dörfer zum Opfer fallen! Für jeden von diesen Mördern, den wir vernichten, bleiben ungezählte Menschen am Leben! Das ist mein Antrieb, Tanotanween, keine billige Rache!"

Einen Moment schwieg sie, dann hatte sie sich wieder beruhigt und wies den Hauptmann an: „Also, du kümmerst dich darum, dass die Beobachtungsposten entsprechend besetzt werden und zwar Tag und Nacht! Und auch darum, dass die *gesamte* Armee jederzeit sofort kampfbereit ist!"

„Unverzüglich, meine Generalin!"

Sie nickte ihm kurz zu und er verließ den Thronsaal um seine Befehle auszuführen.

Als er gegangen war, überlegte Xian Li, wie sie vorgehen musste, dass zum einen möglichst niemand von ihrer Armee zu Schaden kam, zum anderen aber auch keiner der Mordbrenner entkommen konnte. Während der letzten Monde, hatte sie sich viel mit Strategie und Taktik befasst, da sie als Generalin dafür zuständig war, Schlachten zu führen und Pläne dafür zu machen.

Irgendwie musste sie dafür sorgen, dass die Stadt, trotz der Befestigungsanlagen, einen unbewachten, praktisch wehrlosen Eindruck machte. Wenn sie starken Widerstand erkennen könnten, würden diese Feiglinge sofort abziehen.

Schon bald hatte sie einen Plan gefasst, der hoffentlich zum gewünschten Ergebnis führen würde. Jetzt musste sie nur noch warten, bis die Feinde anrückten, um sie gebührend in Empfang zu nehmen.

Der nächste Tag verging mit den üblichen Geschäftigkeiten und Aufgaben, denen eine Königin nun einmal nachgehen musste, doch drückte Xian Lis Haltung stets eine gewisse Spannung aus. Würden die Angreifer kommen, oder hatten sie doch die Richtung gewechselt?

Liyanshimeen sah die ganze Angelegenheit zwiespältig. Zum einen war sie erfreut, weil Xian Li endlich wieder aus ihrer Schwermut gerissen wurde, andererseits war eine Schlacht nichts, auf das man sich freut und in dem Zusammenhang sorgte sie sich um das Leben der Königin. Die Generalin würde sicherlich nicht hinter der Truppe bleiben, sondern die Reiterei in die Schlacht führen. Es würde nicht zu übersehen sein, wer sie war und sie würde daher ein hochwillkommenes Ziel sein. Aber hatten solche Verbrecherbanden überhaupt Schützen in ihren Reihen? Sie wollte sich mit solchen Mutmaßungen lieber nicht beschäftigen.

Am späteren Nachmittag erhielt Xian Li endlich die Nachricht eines Spähers, den Tanotanween zusätzlich ausgesandt hatte: Die Feinde näherten sich der Hochebene und waren auch schon auf dem Gebirgspfad, der hinauf führte. Sie würden die Tore Shèngdis also voraussichtlich am Morgen des nächsten Tages erreichen.

Die Königin widerstand der Versuchung, mit der Reiterei den Pfad zu stürmen und die Feinde dort zu bekämpfen. Es gab zu viele Unwägbarkeiten. Man konnte dort zwar gut einen Hinterhalt aufbauen, aber für einen direkten Angriff mit der Reiterei, eignete sich die Gegend nicht so sehr. Nein, sie würde warten, bis sie dort waren, wo es keine Möglichkeiten für die Verbrecher mehr gab, zu entkommen. Sie vermutete, dass die Bande irgendwo lagern würde, um im Morgengrauen anzugreifen. Wahrscheinlich würden sie die Bewohner im Schlaf überfallen wollen, denn das war allgemein die Vorgehensweise solcher Banden. Doch diesmal würde das nicht funktionieren, denn sie würde dafür sorgen, dass die gesamte Armee ab Mitternacht einsatzbereit sein würde.

Xian Li informierte Liyanshimeen darüber, dass sie nicht im Palast bleiben, sondern sich bei der Garde einquartieren würde.

„Es würde zuviel Zeit vergehen, bis mich hier jemand verständigt hätte und ich am Tor wäre. Zudem fördert es die Moral der Truppe, wenn sich der General bei ihnen aufhält und sich der Truppe zugehörig zeigt."

„Wenn du das für angezeigt hältst, meine Königin."

„Das tue ich! Ich lege also alle Aufgaben, die bis zum Ende der Schlacht anfallen in deine bewährten Hände, verstehst du?"

Liyanshimeen nickte. „Ja, meine Königin. Bitte pass auf dich auf, dass dir nicht noch Schlimmeres widerfährt, als gegen die Banditen!"

„Ich werde aufpassen!" Sie überlegte kurz etwas, dann rief sie den Hofsekretär herein.

„Was wünscht meine Königin?"

„Du sollst etwas bezeugen, Dotohereen!"

Er sah sie fragend an, doch sie wandte sich wieder der Hofmarschallin zu: „Hiermit verfüge ich folgendes: Wenn ich in dieser Schlacht fallen sollte, wirst du, Liyanshimeen, meine Nachfolgerin auf dem Thron von Shèngdi! Nicht nur fürs Erste, sondern *du* wirst dann die neue Königin sein!"

Bevor die Hofmarschallin etwas dazu sagen konnte, wandte sich Xian Li an den Sekretär: „Hast du das notiert und bezeugt, Dotohereen?"

„Jawohl, meine Königin!"

„Dann wirst du auch dafür Sorge tragen, dass meine Verfügung so umgesetzt wird!"

„Wie du es verfügt hast, so soll es geschehen!" Er machte eine kurze Pause, dann fügte er an: „Doch hoffe ich, dass das nicht zu geschehen braucht, sondern das unsere Königin siegreich aus der Schlacht zurückkehrt!"

„Auch ich hoffe das von ganzem Herzen", ließ sich Liyanshimeen vernehmen, die sich nun von dem Schrecken erholt hatte, den Xian Lis Verfügung bei ihr ausgelöst hatte.

„Das ist auch meine Absicht, doch will ich nichts unerledigt liegen lassen, wenn der Fall eintreten sollte!"

„Ja, ich verstehe!"

„Gut, damit wäre erst einmal alles hier erledigt. Ich werde mich dann jetzt zur Garde begeben!" Sie wandte sich an ihre Hofmarschallin: „Gehab dich wohl, Liyanshimeen! Wenn wir uns wiedersehen, werden wir uns darüber freuen, wenn nicht, so sei dies ein würdiger Abschied!"

Bevor sie antworten konnte, schluckte Liyanshimeen erst einmal. „Gehab dich wohl, Xian Li! Wenn wir uns wiedersehen, werden wir uns wahrlich freuen, wenn nicht, ist dies ein würdiger Abschied!" Sie drückte ihrer Königin die Hände und Xian Li verließ den Palast.

Als die Königin die Kaserne der Garde betrat, lief Tanotanween gleich auf sie zu.

„Meine Königin, ist etwas geschehen?"

Sie schüttelte den Kopf.

„Nein, aber ich finde, es geziemt sich für einen General nicht, die Zeit vor der Schlacht, in einem Palast und nicht bei seinen Truppen zu verbringen!"

Der Hauptmann sah erfreut auf. Er wusste, dass ihre Anwesenheit die Moral der Armee stärken würde, doch hatte er nicht vermutet, dass sie, als Frau, sich in der Kaserne einquartieren würde, um sich der Armee zugehörig zu zeigen und er empfand große Hochachtung für diese Entscheidung.

Jetzt war es an der Zeit, dass sie mit ihm besprach, wie die Schlacht ablaufen sollte.

„Hör zu, Hauptmann Tanotanween! Ich erkläre dir jetzt meinen Schlachtplan! Vermutlich wird die Bande im Morgengrauen, oder kurz davor angreifen. Solche Banden sind im Prinzip feige und überfallen die Leute daher lieber im Schlaf, damit sich niemand wehren kann. Daher will ich, dass sich die ganze Armee um Mitternacht schon hinter den Befestigungsanlagen versammelt. Doch soll von außen *niemand* zu sehen sein, außer einer einzelnen Torwache. Auch bleiben die Tore geöffnet, als sei die Stadt vollkommen unverteidigt. Hinter der Brustwehr aber, sollen alle Bogenschützen geduckt in Stellung gehen. Die Speerträger und die Garde bleiben im Torraum versteckt. Die Reiterei bleibt ein wenig zurück, damit man die Pferde nicht möglicherweise hören kann. Wir werden die Angreifer sehr nah herankommen lassen, damit die Schützen gut treffen können, bevor wir schlagartig die Tore schließen und die Bande unter Beschuss nehmen. Wenn die Beobachter melden, dass die Feinde fliehen, werde ich sie mit der Reiterei jagen und vernichten! Du trägst dafür Sorge, dass die Bogenschützen nicht mehr schießen, wenn wir die

Bande jagen! Ich will nicht erleben, dass jemand unserer Leute durch eigenen Beschuss zu Schaden kommt! Sollten einige Söldner auf die Idee kommen, in die Stadt zu fliehen, um sich vielleicht zu ergeben, sind die Speerträger und die Garde gefragt."

Sie machte hier eine bedeutungsvolle Pause, bevor sie weitersprach: „Ich stelle noch einmal klar, Hauptmann: Es werden *keine* Gefangenen gemacht! Dieser Abschaum gibt niemandem jemals Gnade und hat darum auch keine Gnade verdient! Und, Hauptmann, das ist ein Befehl!"

„Ja, Generalin!"

Zwar sah Xian Li, dass Tanotanween dieser radikale Befehl nicht gefiel, auch wenn er die Hintergründe kannte, doch wusste sie, dass sie sich um die Ausführung, keine Sorgen zu machen brauchte.

Es war nicht so, dass sie eine gnadenlose Kriegerin war und bei einem anderen Gegner hätte sie einen solchen Befehl auch nie gegeben, aber hier galt es, ihren Schwur zu halten.

„Jetzt sorge dafür, dass sich die Armee ausruht! In einigen Stunden müssen sie wach und bereit sein!"

Tanotanween salutierte. „Sogleich, Generalin!"

Auch Xian Li suchte sich einen Platz, an dem sie sich bis zur festgesetzten Zeit ausruhen konnte.

Kurz vor Mitternacht weckte Xian Li den Hauptmann.

„Wach auf, Tanotanween, es wird Zeit auszurücken! Geh' und wecke die Truppen!"

Der Hauptmann rappelte sich schnell auf.

„Ja, sofort!"

Schon bald erscholl der Gong durch das Kasernengebäude und weckte die Armee. Bereits nach kurzer Zeit, war die Truppe vollständig angetreten und machte sich auf den Weg zum Tor.

Dort angekommen, ordnete der Hauptmann die Aufstellung aller Abteilungen an, wie es Xian Lis Schlachtplan entsprach.

Nun mussten sie warten, bis der Feind anrückte. Sowohl Tanotanween als auch Xian Li wussten, dass solche Wartezeiten für die Soldaten nervtötend sein konnten, daher suchten sie in Abständen immer wieder die einzelnen Einheiten auf, um ihnen Mut zuzusprechen und die Moral zu stärken.

Nach einigen Stunden meldete der Beobachtungsposten endlich, dass sich ein Trupp Fremder der Stadt nähere.

„Hauptmann, weise die Leute, besonders die Bogenschützen, noch einmal an, dass sich keiner rührt, bis ich das Kommando gebe!"

Er nickte militärisch und machte sich auf den Weg, ihren Befehl auszuführen.

Bei den anrückenden Söldnern herrschte eitel Freude, als sie sahen, dass keine Wachen, außer einer Torwache, aufgestellt waren.

„Die Dummköpfe fühlen sich sicher, weil sie hier auf der Hochebene wohnen und nur der eine Gebirgspfad hinaufführt." meinte der Anführer zufrieden.

„Schon, aber sie haben eine recht solide wirkende Palisade." antwortete einer seiner Männer.

„Und was nützt die, wenn sie nicht bemannt ist und man dazu auch noch das Tor offen lässt? – Mach dir keine Sorgen, das alles entspricht genau dem, was ich über Shèngdi gehört habe. Sie haben nur eine schwache Freiwilligentruppe, die nicht mal zwei von uns abwehren könnte. Aber die Stadt soll wieder zu Reichtum gekommen sein und den werden wir uns holen."

Er lachte hämisch.

„Und wenn die Wache Alarm schlägt?"

Der Anführer machte eine wegwerfende Handbe-
wegung.

„Bis die Truppe aufgewacht ist und sich verteidigen
kann, sind wir schon in der Stadt und haben sie,
zusammen mit den anderen Bewohnern, umgebracht!
Das ist der Vorteil, wenn man so früh am Tag angreift,
deshalb machen wir das ja!"

Er sah sich zu seinen Leuten um.

„Macht euch bereit für den Angriff! Wir holen uns
jetzt den Reichtum Shèngdis! Und seht zu, dass ihr
niemanden am Leben lasst! Aber ich habe gehört, dass
sie eine hübsche Königin haben! Die nehme ich mir
selbst vor!"

Wieder lachte er hämisch.

Hinter der Palisade beobachtete Xian Li die anrückenden Feinde durch einen kleinen Spalt am Tor. Sie
kamen beständig näher und argwöhnten offenbar
nichts. Bald würden sie dort sein, wo sie sie haben
wollte.

Als sie schon dicht bei der Palisade waren und zu
laufen begannen, gab sie den Befehl das Tor zu
schließen. Sofort drückten die dort postierten Soldaten
die Torflügel zu. Gleichzeitig erfolgte der Befehl an die
Bogenschützen: „Bogenschützen, Pfeile los!"

Sofort standen die Schützen auf und empfingen die
Angreifer mit Pfeilen.

Xian Li eilte indessen zur Reiterei und schwang sich
in den Sattel. Es würde sicher nicht lange dauern, bis
die Angreifer fliehen würden, denn diese Mörder
besaßen selten Mut.

Die Söldnerbande erkannte zu spät, dass sie in eine
Falle gelaufen waren, doch so leicht wollte der Anführer
nicht auf den Reichtum verzichten, den er in Shèngdi
vermutete.

„Verdammt! Eine Falle! Versucht die Tore zu erreichen und die Palisade zu erklimmen", schrie er.

Der, den man vielleicht als seinen Adjutanten bezeichnen konnte, fragte sich, wie das geschehen sollte. Die Palisade stand am Ufer des Flusses und war aus Bambus. Der war glatt und nicht zu erklimmen. Zudem wurden sie von einem Pfeilhagel empfangen und immer mehr ihrer Leute fielen den Bogenschützen zum Opfer. Sie würden nicht einmal in die Nähe der Tore kommen.

„Kommandant", rief er, „wir müssen hier weg! Sonst werden wir alle getötet!"

„Wir können uns doch so kurz vor dem Ziel nicht zurückziehen!"

„Vor uns steht vermutlich eine ganze Armee" schrie der Adjutant ihn an. „Wir sind nicht kurz vor dem Ziel, sondern kurz vor dem Untergang! Befiehl endlich den Rückzug! Es dauert nicht mehr lange und die Hälfte von uns ist tot!"

Der Kommandant sah in Panik, dass sein Adjutant recht hatte und schrie: „Zieht euch zur... – Fliiieeeht, so lange es noch geht!" Er machte als erster kehrt und rannte davon. Als sein Adjutant fliehen wollte, traf ihn ein gut gezielter Pfeil im Genick und sandte ihn ins Totenreich. Seine Männer wandten sich nun ebenfalls zur Flucht und rannten in alle Richtungen davon.

Auf den Beobachtungsturm rief die Wache nun: „Sie fliehen, sie fliehen!"

Darauf hatte die Generalin gewartet. Sie rief der Reiterei zu: „Zum Angriff! Jagt sie und streckt jeden der Verbrecher nieder!"

Als sich die Reiterei näherte, befahl Tanotanween: „Bogenschützen! Pfeile halt!"

Die Speerträger, die am Tor postiert waren, öffneten die schweren Torflügel und die Reiterei stürmte unter Xian Lis Führung auf die Ebene und hetzte die fliehenden Feinde und alsbald fielen die ersten unter den Schwerthieben der Reiter.

Als der Kommandant meinte, er sei weit genug gelaufen, drehte er sich um und sah entsetzt, dass nun Reiterei in die Schlacht eingriff. Sofort erkannte er, dass keiner seiner Leute mit dem Leben davonkommen würde. Aber vielleicht konnte er den Gebirgspfad erreichen, um sich irgendwo zu verstecken. So drehte er sich wieder um und rannte weiter dorthin, wo er sich Rettung erhoffte.

Xian Li hatte bereits zwei Feinde niedergestreckt, doch jetzt konzentrierte sie sich auf einen Söldner, der einigen Vorsprung vor den anderen hatte, wohl weil er zuerst kehrt gemacht hatte. Sie hielt ihn deshalb für den Anführer. Dieser wusste schließlich, wann der Befehl zum Rückzug erfolgen würde. Und *ihn* wollte sie um keinen Preis entkommen lassen. Scheinbar versuchte er, den Gebirgspfad zu erreichen.

,Oh nein', dachte sie, ,du wirst mir nicht entkommen!'

Sie ritt im Galopp hinter ihm her und verkürzte schnell den Abstand.

Als er den Hufschlag hinter sich hörte, drehte sich der Kommandant im Laufen um und sah eine junge Frau auf sich zugaloppieren. Offenbar handelte es sich dabei um die »hübsche Königin«, die er sich hatte vornehmen wollen. Jetzt stand es zu erwarten, dass *sie* sich *ihn* vornehmen würde, aber sicherlich nicht so, wie *er* das geplant hatte.

Sie holte schnell auf und ihn erfasste Panik. Er warf sein Schwert von sich und schrie: „Ich ergebe mich, ich ergebe mich, tu mir nichts!"

Xian Li zügelte ihr Pferd und sah ihn mit einem eiskalten Blick an, dann fragte sie: „Wie oft schon hast du eben diesen Satz von deinen Opfern gehört? Zehnmal, hundertmal, gar tausendmal? Und hast du sie verschont? Hast du ihnen Gnade gewährt? Oder hast du sie nur höhnisch ausgelacht und trotzdem ermordet?!"

Er sah sie an und wusste, dass sie die Antwort schon kannte. Wie sollte man auch jemanden ausrauben können, der noch lebte... und so hatte er genau das getan, was sie ihn gefragt hatte.

Anfangs hatte er noch gehofft, sie vielleicht überreden, oder betören zu können, ihn laufen zu lassen, immerhin war sie eine Frau, doch als er ihren eiskalten, harten Blick sah, verschwand diese Hoffnung schnell. Sein Herz rutschte ihm in die Beinkleider, denn ihm war nun klar, diese Frau war nicht hier, um zu reden, sondern um ihn zahlen zu lassen, für seine Verbrechen.

Ganz wie sie es erwartet hatte, blieb der Verbrecher die Antwort schuldig.

Sie trieb nun kurz ihr Pferd an und verpasste ihm einen kräftigen Fußtritt, dass er zu Boden stürzte. Dann nahm sie ein Seil von ihrem Sattel, sprang vom Pferd und fesselte den am Boden Liegenden an den Händen und Armen, befestigte dann das Ende des Seils an Ihrem Sattel und stieg wieder auf. Dann sagte sie zu ihm: „Also erwarte gefälligst auch keine Gnade von mir!"

„Was hast du vor", fragte er panisch.

„Du bist zu langsam geflohen, also werden wir ein bisschen Laufen üben!" Ihr Tonfall konnte durchaus als sarkastisch bezeichnet werden, dann ließ sie Míngzhū in schnellem Schritt gehen und er musste hinterherlaufen, wollt er nicht stürzen.

Es war seine Hoffnung gewesen, dass sie ihn schnell mit dem Schwert erschlagen würde, doch was sie nun tat, ließ ihn bis ins Mark erschaudern. Sie würde ihr Spiel, nach seinen Regeln spielen und alle Abgründe und Abscheulichkeiten seines Lebens und das Blut all seiner Opfer über ihn bringen.

Einige Zeit zerrte sie den Verbrecher nun über die Ebene, bis er keuchend rief: „Halt ein, bitte, halt ein!"

Ohne anzuhalten drehte sie sich im Sattel zu ihm um und fragte scharf: „Und wie oft hast du *den* Satz gehört, von den Frauen, die du und deine Spießgesellen geschändet und dann ermordet habt?!"

‚Ihr Götter!' Ihn durchfuhr jäh die Erkenntnis: ‚Sie *wollte* diese Sätze von mir hören, damit ich so mein eigenes Urteil spreche!"

Sie rief ihm zu: „Ich sagte dir doch schon, du sollst keine Gnade von mir erwarten! Du bist außerdem zu langsam!"

Dann trieb sie ihr Pferd zum Galopp an.

Er stürzte und wurde wie ein Sack Reis über den Boden geschleift und schrie wie... ja, wie seine Opfer geschrien hatten.

Alle Gräueltaten seines verruchten Lebens kamen in sein Gedächtnis zurück und zogen an seinen Augen vorbei. Eine nicht enden wollende Kolonne von Morden und anderen Schändlichkeiten. Die Erkenntnis schmerzte ihn mehr, als das Schleifen hinter einem galoppierenden Pferd. Und es überkam ihn fast so etwas wie Dankbarkeit gegenüber seiner Henkerin, die diese Kolonne an Bildern beenden würde.

Xian Li schleifte den Anführer weiter, bis sein Schreien für immer verstummt war. Nun kappte sie mit dem Schwert das Seil und ritt zur Stadt zurück.

‚Das wäre erledigt! Ich hoffe, die Seelen all derer, die er ermordet hat, werden ihn, im Reich Di-kang Wangs, einen gebührenden Empfang bereiten!'

All das war außerhalb der Sichtweite der Stadt geschehen und in der Armee machte sich bereits die Furcht breit, der Königin könnte etwas furchtbares passiert sein. Umso größer war die Erleichterung, als man sie im gestreckten Galopp auf die Stadt zureiten sah.

Bald war sie wieder innerhalb der Palisade angekommen und stieg vom Pferd, um das sich sofort Arotaneen kümmerte. Sie tätschelte ihrer Stute noch einmal den Hals, dann überließ sie Míngzhū der Obhut des Pferdemeisters und wandte sich an Tanotanween: „Hauptmann, was hast du mir zu berichten?"

Er salutierte und meinte dann: „Erlaube mir, zuerst meine Erleichterung und Freude darüber auszudrücken, dich wohlauf zu sehen, Generalin!"

Sie nickte und er fuhr fort: „Ich darf dir berichten, dass du einen vollkommenen Sieg errungen hast, wie ihn sich ein General nur erträumen kann. Niemand unserer Truppe ist verwundet oder gar getötet worden und die Feinde wurden total vernichtet, da ich annehme, dass du den Anführer zur Strecke gebracht hast! Und ein Sieg ohne eigene Verluste, ist ein Sieg, der doppelt soviel gilt!"

„Es tut gut, von diesem Ausgang der Schlacht zu hören, Hauptmann Tanotanween!"

Sie trat ein paar Stufen zur Brustwehr empor und drehte sich dann zu ihrer Truppe um.

„Soldaten der Armee von Shèngdi! Ihr habt hervorragend gekämpft und eure Königin stolz gemacht! Möge die Kunde von unserem Sieg durch das Land eilen und jedem braven Bürger kundtun, dass Shèngdi keine Verbrecher duldet und kurzen Prozess mit diesen macht!"

Die Soldaten jubelten und Hochrufe wurden laut. Wie ein Lauffeuer verbreitete sich nun die Nachricht über den Sieg in der ganzen Stadt und wo immer man die Königin sah, als sie zum Palast zurückkehrte, jubelten und applaudierten die Leute.

Als sie den Palast betrat, lief Liyanshimeen sogleich auf sie zu und umarmte sie ganz unprotokollarisch – und Xian Li freute sich darüber.

„Ich bin heilfroh, dich gesund wiederzusehen, Xian Li!"

„Und ich freue mich, dich wiederzusehen, Liyanshimeen! Und ich danke dir von Herzen, dass du mich nicht als Königin, sondern als Freundin begrüßt hast!"

Die Hofmarschallin lächelte. „Schließlich kann ich dich nicht als beides gleichzeitig willkommen heißen. Daher habe ich mir erlaubt, die Reihenfolge so zu wählen, wie es meinem Gefühl entspricht!"

„Wie ich sagte: Ich danke dir von Herzen dafür!"

Einen Moment schwiegen beide, dann kehrten sie einvernehmlich zum Protokoll zurück.

„Ist es denn wahr, was ich gehört habe, dass du einen perfekten Sieg errungen hast? Ohne eigene Verluste und dass die Mörderbande vernichtet wurde?"

Xian Li nickte und berichtete ihr von der Schlacht. Dann meinte sie: „Ich würde mich nun gern ausruhen und auch etwas anderes anziehen. Daher bitte ich dich, noch ein wenig länger die Staatsgeschäfte zu händeln!"

„Wie meine Königin es wünscht!" Liyanshimeen verneigte sich leicht und  die Königin machte sich auf den Weg in ihre Gemächer.

Später, als es schon Abend geworden war und die Euphorie über den Sieg abgenommen hatte, saß Xian Li nachdenklich in ihren Gemächern und überdachte das Geschehene. Immer wieder schüttelte sie dabei den Kopf und es schien sie etwas zu bedrücken, je länger sie nachdachte, je mehr.

Nach einer ganzen Weile bat sie dann ihre Zofe: „Irageween, sage bitte Liyanshimeen, dass ich sie sprechen möchte!"

„Ich eile, meine Königin!"

Es dauerte nicht lange und Liyanshimeen kam herein.

„Du hast mich gerufen, meine Königin?"

Xian Li sah auf, dann meinte sie: „Das kommt darauf an... Ich habe Liyanshimeen gerufen, nicht die Hofmarschallin!"

Die Angesprochene nickte.

„Ich verstehe! Was kann ich denn für dich tun?"

„Kennst du es, wenn du etwas tust, wovon du glaubst, dass es richtig ist und später, wenn du die Dinge mit einem gewissen Abstand betrachtest, erkennst, dass es nicht in Ordnung war?"

„Ich denke, jeder kennt das. Was beschäftigt dich, Xian Li?"

Sie berichtete ihr nun von der Bestrafung des Anführers und meinte dann: „Als ich ihn für seine Schandtaten bezahlen ließ, war ich absolut überzeugt, richtig zu handeln, schließlich hat er den Tod tausendfach verdient. Aber ich habe etwas außer acht gelassen, dass alle Meister, bei denen ich gelernt habe, mich stets als wichtigste Einstellung gelehrt haben, nämlich *jeden* Gegner mit Würde zu bekämpfen. Ein Mönch aus einem Kloster am Song Shan, sagte mir, als ich ihn einmal fragte, wie man das schaffen soll, wenn man einen widerlichen Verbrecher vor sich hat: *»Zum Verbrecher ist er erst geworden und seine Handlungen mögen noch so verwerflich und verabscheuungswürdig sein; es mag dir sogar schwerfallen, ihn als Mensch zu sehen, doch von Geburt* ist *er ein Mensch wie du und auch wenn er entartet ist, so ist er doch im Grunde ein Geschöpf der Himmlischen und als solches verdient auch er, dass du ihn mit Würde besiegst!«"*

Sie atmete schwer, als sie fortfuhr: „Und genau das habe ich nicht getan! Ich habe ihn getötet, wie man Ungeziefer vertilgt. Ich habe ihn auf erniedrigende Weise zu Tode geschleift und in der Ebene liegen lassen, als Beute für die Aasfresser. – Und in dem Moment erschien es mir richtig. Doch das war es nicht, denn ich habe völlig außer Acht gelassen, was meine Meister mich gelehrt haben. Und wenn ich mich noch so sehr damit herausreden will, dass er ein Ungeheuer war und kein Mensch, so belüge ich mich doch nur selbst. – Wie komme ich da raus?"

Liyanshimeen schwieg lange. Was sollte sie ihr antworten? Sie konnte ihre Tat nachvollziehen, sah aber auch, dass die Vorwürfe, die sie sich nun machte, berechtigt waren.

„Xian Li, ich bin nicht so mit der Weisheit des Lebens gesegnet, wie etwa Maratjianween. Ich bin eine einfache Frau, die vollkommen versteht, was du getan hast, sehe aber auch, dass die Zweifel an der Richtigkeit deines Handelns berechtigt sind. – Ich habe *nicht* den Eindruck, dass du eine religiöse Person bist, oder?"

Heftig schüttelte Xian Li den Kopf.

„Nicht mehr, seit ich einmal ein Dorf gesehen habe, dass von solchen Verbrechern, wie wir sie heute bekämpft haben, zerstört worden war. Wenn die Götter solche Gräuel zulassen, will ich nichts mit ihnen zu tun haben!"

„Das ist nicht unverständlich! Die Sache ist die, so gerne ich es möchte, aber ich weiß nicht, was ich dir sagen oder raten könnte. Könntest du nicht mit der Hohepriesterin einmal darüber reden?"

„Ich kann auch mit Gòng-Gōng nichts anfangen, Liyanshimeen!"

„Es geht auch nicht um ihn, Xian Li, aber Maratjianween ist wohl die weiseste Person, die es im ganzen Reich gibt. Wenn irgendjemand dir Rat und Hilfe geben kann, dann sie!"

Einen Moment sah sie vor sich hin, dann antwortete Xian Li: „Vielleicht sollte ich das tun. Danke, Liyanshimeen!"

„Und wenn du mit ihr sprichst, kannst du vielleicht auch klären, was in deinem Herzen zwischen ihr und dir steht..."

Erschrocken sah Xian Li auf. „Wie meinst du das?"

Mit sanfter Stimme antwortete ihre Vertraute: „Tief in deinem Herzen hast du ihr nie verziehen, dass sie dich hergerufen und dir am Anfang nicht die ganze Wahrheit gesagt hat..."

„Ja, du hast recht!" Sie seufzte tief. „Sie hat mir gesagt, wenn ich den Durchgang geöffnet hätte, würden wir in unser Dorf zurückkehren können. Und dabei wusste sie doch genau, dass ich das Artefakt zusammensetzen musste, um das zu tun und das mich das auch gleich zur Königin machen würde, ich also nicht zurückkehren könnte..."

„Sprich dich mit ihr aus, Xian Li, bitte! Nicht um ihretwillen, sondern für dich selbst! Dir liegt auch so schon genug auf dem Gemüt, als dass du diesen Stachel auch noch gebrauchen könntest."

„Du hast recht, Liyanshimeen! Ich werde mit ihr reden!" Sie machte eine kleine Pause. „Ich werde sie morgen aufsuchen!"

Dann sah sie auf. „Du bist eine wahre Freundin, Liyanshimeen! Ich danke dir!"

„Ich freue mich, wenn ich dir helfen kann und noch mehr, dass du mich als Freundin siehst! Danke, Xian Li!"

Über dem Gespräch war es recht spät geworden und es war die Zeit der Nachtruhe gekommen. So verabschiedeten sich Xian Li und Liyanshimeen nun voneinander.

„Ich wünsche dir, trotz allem was dich beschäftigt, eine angenehme Nachtruhe, Xian Li!"

Mit einem leichten Seufzen entgegnete sie: „Ich hoffe darauf! Ich danke dir noch einmal für deine Hilfe, Liyanshimeen und wünsche auch dir eine erholsame Nachtruhe!"

„Ich danke dir!"

Beide Frauen standen nun auf und umarmten einander zum Abschied und Liyanshimeen ging in ihre Gemächer.


Von einer angenehmen Nachtruhe, konnte bei Xian Li keine Rede sein. Wem das Gewissen schlägt, bei dem ist an einen ruhigen Schlaf meist nicht zu denken und so war es auch bei der Königin. Sie fühlte sich ziemlich angeschlagen und es kostete sie einige Mühe, sich nichts anmerken zu lassen, als sie in den Thronsaal ging, um die anstehenden Audienzen zu geben.

Auch wenn Liyanshimeen, nach ihrem Dafürhalten, nicht so mit der Weisheit des Lebens gesegnet war, genügte doch nur ein Blick, um zu wissen, wie es Xian Li ging. Am liebsten hätte sie ihre Königin sich erholen lassen, aber diesmal konnte sie nichts tun, denn es waren Bittsteller gekommen und daher war es nötig, dass die Königin die Audienzen selbst vornahm.

Zwar empfand Xian Li die morgendlichen Audienzen schon seit geraumer Zeit als eine Qual, doch heute im Besonderen und sie erwog sogar, diese abzubrechen und sich zurückzuziehen. Andererseits ließ ihr Pflichtgefühl das nicht zu. Sie war nicht krank oder sonstwie unpässlich, sondern hatte schlecht geschlafen und das war auf ihr eigenes Fehlverhalten zurückzuführen. Daher hielt sie es für unangemessen, die Audienzen abzubrechen. Irgendwann würde auch an diesem Morgen der Andrang der Bittsteller vorüber sein.

Schließlich hatte die Königin auch den letzten Fall erledigt und die Audienzen waren beendet. Xian Li lehnte sich auf ihrem Thronsessel zurück und meinte erleichtert: „Endlich! Ich dachte fast, das hört heute nie auf!"

„Ich nehme an, die Nachtruhe der Königin war nicht so erholsam, wie gewünscht?"

„Du nimmst richtig an! Mein Gewissen hat mich die ganze Nacht nicht in Ruhe gelassen!"

Sie richtete sich wieder auf, und fragte: „Haben wir heute noch wichtige Dinge zu erledigen, oder kann ich mich auf den Weg zur Hohepriesterin machen?"

Liyanshimeen schüttelte den Kopf. „Nein, meine Königin, für heute liegt nichts mehr an, was nicht der Hofsekretär oder ich erledigen könnten. Von daher kannst du dich bedenkenlos auf den Weg machen."

Mit einem tiefen Seufzen stand Xian Li auf. „Gut, dann gehe ich. Wenn etwas wichtiges sein sollte, findest du mich im Tempel!"

„Ja, meine Königin!" Als Freundin fügte sie an: „Viel Erfolg!"

„Danke, Liyanshimeen!"

Die Königin verließ den Thronsaal. Nachdem sie ihre Kleider gewechselt hatte, denn einen Tempel betrat man nicht im Staatsgewand, machte sie sich auf den Weg.

Als Xian Li den Tempel betrat, kam sogleich eine der Priesterinnen auf sie zu und knickste vor ihr.

„Königin Xian Li, was verschafft uns die Ehre deines Besuchs?"

„Ich ersuche ergebenst darum, die Hohepriesterin sprechen zu dürfen!"

„Warte bitte hier, ich werde die Ehrwürdige über deinen Besuch informieren!"

Die Priesterin ging und Xian Li sah sich ein wenig um. Bei der Einweihung hatte sie nicht viel Zeit gehabt, den Tempel näher zu betrachten.

Wie der Palast auch, war der Tempel im schlichten, aber eleganten Baustil Shèngdis gehalten. Der Innenhof, in dem sie sich jetzt befand, bestand zum größten Teil aus einer Wasserfläche, in der eine verkleinerte Welt aus Inseln geschaffen worden war, die über Brücken verbunden waren und so ein Durchschreiten ermöglichten. Der Hof war nach oben hin offen und wurde an drei Seiten von Säulengängen begrenzt. Die vierte Seite bildete der Eingang des Tempels. Durchquerte man den Säulengang, der dem Eingang gegenüber lag, gelangte man in das Heiligtum des Tempels, wo der Altar des Gòng-Gōng stand. Die beiden anderen Säulengänge waren von Nischen gesäumt, die zum Sitzen und Meditieren einluden, andere waren für Statuen, der Hohepriesterinnen vorgesehen. Da es bisher erst eine Hohepriesterin gab, waren sie noch leer. In einer gesonderten Nische im linken Säulengang befand sich der Altar des Shan-Gōng, der Xian Lis Dankbarkeit gegenüber dem Wassergeist bezeugte.

Im Oberen Stockwerk, so wusste sie, befanden die Gemächer der sechs Priesterinnen, sowie das, der Hohepriesterin.

Bald war die Priesterin zurück und bat Xian Li, ihr zu folgen. Sie führte die Königin in das Heiligtum und entgegen dem, was sie über die Götter dachte, verneigte sie sich vor dem Altar, wie es vorgeschrieben war. Dann wurde sie in einen Raum hinter dem Altar geführt, in dem Maratjianween auf sie wartete.

Sie verneigte sich vor der Hohepriesterin, wie es sich geziemte.

„Was kann ich für dich tun, meine Tochter?"

Auch wenn Xian Li diese sakral-mütterliche Anrede nicht sehr gefiel, sagte sie nichts dazu, sondern blieb auf der amtlichen Distanz, die die Hohepriesterin geschaffen hatte. Sie brauchte Hilfe und da war es ihr egal, wie sie angesprochen wurde, oder wie sie ihr Gegenüber ansprechen musste.

„Ehrwürdige, ich benötige Rat und Weisung von dir!"

Maratjianween nickte ihr zu. „Dann lass mich hören, was ich für dich tun kann!"

„Erlaube mir aber zuvor, dir mitzuteilen, dass ich keine religiöse Person bin und den Rat der weisen Maratjianween benötige, nicht den eines oder mehrerer Götter."

„Wenn du nicht religiös bist, warum wünschtest du dann die Hohepriesterin zu sprechen?"

„Ich wünschte Maratjianween zu sprechen, da mir Liyanshimeen gesagt hat, dass es in Shèngdi keine weisere Person gibt, als dich! Doch hielt ich es für unschicklich, die Priesterin nach etwas anderem zu fragen."

„Das hättest du trotzdem können. Auch hier im Tempel wissen wir, dass man Sakrales und Weltliches trennen kann. Folge mir dann bitte in meine Gemächer, damit wir nicht als Königin und Hohepriesterin, sondern als Xian Li und Maratjianween miteinander reden können! Hier im Heiligtum kann ich das nicht erlauben! Ebenso wenig, wie es in deinem Thronsaal möglich wäre."

So folgte sie Maratjianween zu deren Gemächern.

Sie betraten eine schlicht eingerichteten Raum, der so gar nichts von dem Prunk hatte, den man sich bei einer Hohepriesterin vorgestellt hätte. Dennoch vermittelte er eine Behaglichkeit und Ruhe, dass sich Xian Li sofort wohlfühlte.

„Setz dich bitte", lud Maratjianween sie ein „und dann sag mir, was dich bedrückt."

„Eigentlich sind es zwei Sachen, die mein Gewissen belasten. Das eine ist frisch, das andere ist schon länger da, ich habe es nur nicht wahrgenommen, bis mich Liyanshimeen gestern Abend darauf gestoßen hat."

Maratjianween nickte, dann meinte sie: „Auch wenn dich dein neues Problem sicher im Moment mehr belastet, schlage ich vor, wie gehen der Reihe nach vor."

„Einverstanden", nickte Xian Li, dann begann sie: „Es gibt etwas in mir, das zwischen dir und mir steht und das ein Stachel in mir ist. Und das betrifft deinen Auftrag an mich. Du hast mich belogen, um mich dazu zu bringen, dir helfen zu wollen. Liyanshimeen nannte es zwar anders, sie sagte, du hättest mir nicht die ganze Wahrheit erzählt, aber auch die halbe Wahrheit ist eine ganze Lüge! Du wusstest, dass ich das Artefakt zusammensetzen musste, um den Durchgang wieder zu öffnen und du wusstest auch, dass mich das zur Königin machen würde. Trotzdem hast du zu mir gesagt, dass wir in unser Dorf zurückkehren könnten, wenn ich den Durchgang geöffnet hätte."

Maratjianween sah sie einen Moment an und dachte: ‚Das war *deine* Auslegung meiner Worte! Ich habe dir etwas anderes gesagt und es wird die Zeit kommen, da ich dir zeigen kann, dass ich dir die Wahrheit gesagt *habe*! Doch für jetzt, werde ich mich deiner Auslegung anschließen, denn diesen Stachel in deinem Gemüt brauchst du wirklich nicht.'

Laut sagte sie daher: „Lass mich dich etwas fragen: Wärst du auf die Suche gegangen, wenn ich dir alles erzählt hätte?"

Ruhig sah Xian Li sie an und sagte ehrlich: „Vermutlich nicht, nein!"

„Ich war verzweifelt, Xian Li! Im ganzen Reich gab es niemanden, der das Artefaktteil von Gyradrajeen hätte zurückerobern können. Ein ganzes Volk, mehrere tausend Männer, Frauen und Kinder hätten entweder sterben oder unter der Schreckensherrschaft Gyradrajeens leben müssen, wenn du nicht geholfen hättest. Ja, ich habe dir nicht alles gesagt, was du vielleicht hättest wissen müssen, aber ich habe mir, als mein Mann fliehen musste, nun einmal die Bürde aufgeladen, mich um das Wohl des Volkes zu kümmern. Ich konnte nicht riskieren, dass du es ablehnst, mir zu helfen."

Sie sah ihr Gegenüber fest an. „Und um Shèngdi vor dem Untergang zu retten, würde ich es auch wieder tun! Ich glaube, dass du das verstehen kannst, denn auch du hast viel auf dich genommen, um des Volkes willen. Ein Beweis dafür steht im linken Säulengang dieses Tempels! Du hast das getan, um das Volk zu schützen und weil du es für richtig gehalten hast. Wir beide sind uns da recht ähnlich."

Einen Moment lang dachte Xian Li über das Gehörte nach. Jetzt da sie Maratjianweens Beweggründe kannte, verstand sie deren Handlungsweise. ‚Ja, vielleicht hätte ich auch so gehandelt‘, überlegte sie, dann fügte sie für sich an: ‚Wahrscheinlich sogar!‘

Sie hob den Blick und sah Maratjianween gerade an: „Ich danke dir, dass wir darüber geredet haben. Es war wichtig für mich, meine Verbitterung aussprechen zu können, aber mehr noch, deine Gründe zu erfahren. Jetzt da ich diese kenne und verstehe, fühle ich nichts mehr, was zwischen uns stünde. Ich entschuldige mich bei dir, für meine anklagenden Worte, Maratjianween!"

„Sie waren ja, von deinem Standpunkt aus, nicht unverständlich, Xian Li! Ich nehme deine Entschuldigung gerne an und hoffe, dass auch du mir verzeihst!"

„Das habe ich bereits!"

Sie schwieg einen Moment, dann sagte sie: „Ich vermute nur, mein zweites Problem lässt sich nicht so leicht lösen…"

Sie berichtete nun von ihrem Schwur, der Schlacht und vor allem von der Bestrafung des Anführers der Söldnerbande.

„Maratjianween, all meine Lehrmeister im Kung Fu, haben mich stets gelehrt, *jeden* Gegner mit Würde zu besiegen. Ich habe das nicht getan! Hätte ich ihn mit dem Schwert erschlagen, hätte ich ihm auch keine Gnade gezeigt und meinem Schwur genüge getan. Doch das war mir zu wenig; ich wollte ihn um Gnade flehen hören, wie auch seine Opfer gefleht hatten und dem so wenig Beachtung schenken, wie er bei ihnen. Ich hielt meine Handlung zu der Zeit für richtig. Doch als ich später darüber nachdachte, sah ich, dass ich falsch gehandelt und vergessen hatte, was mich gelehrt worden war. Und das quält mich und ließ mich sogar in der Nacht kaum Ruhe finden. Liyanshimeen sagte, du wärst die einzige, die mir vielleicht helfen könnte. Wie komme ich da raus?"

„Möchtest du eine ehrliche, oder eine freundliche Antwort von mir?"

Irritiert antwortete Xian Li: „Eine ehrliche natürlich!"

„So soll es sein! Also, auf deine Frage, wie du da raus kommst, lautet die Antwort: *Gar nicht!*"

Sie sah den Schrecken in Xian Lis Augen und fügte daher schnell an: „Bevor du jetzt geschockt davonrennst, lass mich erklären, was ich damit meine! – Der Anführer ist tot und du kannst ihn nicht wieder lebendig machen, um anders zu handeln und sehr wahrscheinlich haben sich schon Aasfresser an seiner Leiche gütlich getan, daher kannst du ihn auch nicht mehr begraben. Also hast du eine Schuld auf dich geladen und keine Möglichkeit, Wiedergutmachung zu leisten."

„Ich habe *keine* Chance da rauszukommen?"

„Nein! Von Schuld muss man freigesprochen werden und wer sollte das tun? Du könntest dich auf die Suche machen, ob du Angehörige von ihm findest und diese um Vergebung bitten..."

„Ich habe doch keine Ahnung, wer er war! Wie soll das also gehen?"

„Auch um einen Richterspruch der höchsten Instanz im Reich zu bitten, scheidet wohl aus, da du das selbst bist... Und mit der nächsten Instanz, willst du nichts mehr zu tun haben! Also, wer sollte dir da helfen können?!"

Flüsternd meinte Xian Li, wie zu sich selbst: „Ich wollte, ich wäre in der Schlacht gefallen, dann wäre ich aus *allem* raus."

Dann sah sie auf und fragte: „Und wie solle diese «nächste Instanz» mir helfen können?"

Leicht lächelnd antworte Maratjianween ihr: „Als Hohepriesterin würde ich dir sagen können, was du tun musst und *wenn* du danach handelst, wäre es mir erlaubt, eine rituelle Reinigung mit dir durchzuführen und dir den Segen der Himmlischen zu geben. – Bevor du jetzt freudig zustimmst, weil du einen Ausweg siehst, lass dir gesagt sein: Weder wird das, was ich dir auferlege leicht sein, noch wirst du dich nach der Segnung, wieder von den Göttern abwenden können, denn sonst wird auch der Segen nichtig sein!"

Eine ganze Zeit lang überlegte Xian Li nun und wägte ab, was Maratjianween ihr gesagt hatte. Schließlich fasste sie einen Entschluss.

„Ehrwürdige Maratjianween, ich habe schwere Schuld auf mich geladen, sage mir was ich tun muss, dass du mich vor den Himmlischen reinigen kannst!"

„So höre denn genau zu! Zunächst suchst du, nur in dein Untergewand gekleidet, eine Bäuerin auf und bittest sie um ihr schäbigstes Gewand. Dieses ziehst du in ihrer Gegenwart an und zahlst ihr dafür zehn Münzen. Keine mehr und keine weniger! Dann gehst du in dem Gewand heim und in die Küche. Dort nimmst du die Asche des Herdes und streust davon zwei

Handvoll über dein Haupt. Drei Tage wirst du dich nicht umkleiden oder waschen und schläfst nicht auf deiner Liegestatt, sondern auf dem nackten Boden; auch isst du in dieser Zeit nichts. Zum Trinken soll man dir Wasser reichen, in das etwas Wermut gegeben wurde. Dann kommst du wieder her und wirst hier deine rituelle Reinigung erfahren. Deine Zofe soll dich begleiten und ein frisches Gewand mitbringen. Bedenke dabei, dass du dich auch als Königin im Thronsaal, nicht umkleiden darfst!"

Die Hohepriesterin machte eine kurze Pause, bevor sie erklärte: „Damit du nicht denkst, ich hätte dir etwas Willkürliches auferlegt, lass mich erklären: Das schäbige Gewand der Bäuerin soll dich die Demut vor allen Menschen lehren. Die zehn Münzen stehen für die Acht Unsterblichen, Gòng-Gōng und dein Anliegen. Die Asche des Herdes steht für den Tod und die Vergänglichkeit, denen jeder Mensch unterworfen ist. Der Wermut im Wasser zeigt dir die Bitterkeit der Schuld, die auf dir liegt und der nackte Boden zeigt die Härte der Sühne. Bei der Reinigung werde ich dann alles von dir Abwaschen, und nach dem Segen der Himmlischen zeigt dein frisches Gewand, dass du geläutert wurdest."

Sie sah Xian Li nun fragend an. „So sage mir nun, ob du diese Sühne auf dich nehmen willst oder nicht!"

„Ja, das will ich, Ehrwürdige!"

„Dann gehe hin und tu, wie ich es dir gesagt habe!"

Xian Li verneigte sich vor der Hohepriesterin und verließ den Tempel um das zu tun, was Maratjianween ihr, im Namen der Götter, auferlegt hatte und das war nicht leicht für sie. Besonders der erste Teil war für eine Königin entwürdigend. Und selbst wenn sie sich nicht als Königin betrachtete, war es würdelos, nur im Untergewand gekleidet durch die Stadt gehen zu müssen. Doch sie verstand die Sühne. Sie hatte es an Würde fehlen lassen und musste nun ihre Würde aufgeben, bis die Himmlischen sie ihr zurück geben würden.

Am Morgen des vierten Tages ging Xian Li, gefolgt von Irageween, wieder zum Tempel. Die Hohepriesterin erwartete sie bereits am Eingang.

„Seid gegrüßt, meine Töchter!"

Xian Li verneigte sich. „Sei gegrüßt, Ehrwürdige!"

Auch die Zofe entbot der Hohepriesterin ihren Gruß.

„Folgt mir bitte!"

Maratjianween führte die beiden Frauen in das Innere des Tempels, in den Raum hinter dem Altar. Dieser war ganz mit schwarzem Tuch ausgekleidet und die sechs Priesterinnen standen an den Wänden. In der Mitte des Raumes stand ein Zuber, der mit Wasser gefüllt war.

Die Hohepriesterin begann nun mit der Zeremonie und fragte: „Xian Li, die du Schuld auf dich geladen hast, bist du der Weisung der Götter gefolgt und hast du die Sühne vollständig geleistet?"

„Ja, Ehrwürdige, das habe ich."

„Kann Irageween bezeugen, dass du dich weder gewaschen, noch umgekleidet hast, dass du keine Speise zu dir genommen hast und nur Wasser getrunken hast, das Wermut enthielt?"

„Ich bezeuge es, Ehrwürdige", sagte die Zofe.

Maratjianween nickte zufrieden.

„Tritt nun an den Zuber heran, Xian Li!"

Sie tat es und die Hohepriesterin sagte nun: „Bevor du nun in diesem Wasser gewaschen wirst und die Himmlischen dir ihren Segen geben können, beuge das Knie und sprich aus, dass du Schuld auf dich geladen hast und dass du deine Handlung bereust!"

Die Angesprochene beugte das Knie und sprach: „Ja, ich habe Schuld auf mich geladen, weil ich meinem Gegner nicht die Würde habe zukommen lassen, die er verdient hätte, sondern ihn würdelos besiegt habe. Und ich bereue es, vom Weg der Himmlischen abgewichen zu sein, den sie mich, durch meine Meister, gelehrt haben!"

Wieder nickte Maratjianween zufrieden.

„In der Sühne hast du deine Würde den Göttern zum Opfer gebracht, denn du hattest würdelos gehandelt. So lege nun das Gewand der Sühne ab und steige in den Zuber, um gewaschen zu werden und von den Himmlischen deine Würde und ihren Segen zu empfangen!"

Wie es verlangt wurde, legte Xian Li nun das schäbige Gewand ab und stieg in den Zuber. Das Wasser war ziemlich kalt und doch empfand sie es als angenehm, weil sie nun am Ende ihrer Sühne angekommen war.

Maratjianween nahm einen Eimer, den sie mit Wasser füllte und goss ihn über Xian Li. Dieses tat sie zehn Mal und beim zehnten Mal zogen die Priesterinnen die schwarzen Tücher herunter und der Raum war nun ganz mit weißen Tüchern ausgekleidet.

„Xian Li, meine Tochter, du bist nun reingewaschen, vor den Himmlischen und den Zeugen hier im Raum. Die Zeichen deiner Schuld und deiner Sühne wurden davongespült durch das Wasser. Und die Himmlischen tilgen deine Schuld und geben dir deine Würde zurück. So nimm ihren Segen und steige nun aus dem Wasser heraus. Kleide dich in das frische Gewand, damit jeder sehe, das du geläutert wurdest!"

Als sie aus dem Zuber trat, durfte ihre Zofe sie abtrocknen und gab ihr dann das frische Gewand. Nachdem sie sich angekleidet hatte, wandte sie sich der Hohepriesterin zu, ließ sich auf ein Knie nieder und sprach: „Hab Dank, ehrwürdige Maratjianween! Du hast mir gezeigt, dass sich der Mensch nicht einbilden soll, er könne ohne die Himmlischen auskommen. Einmal kommt wohl jeder dahin, dass es ohne sie nicht mehr weiter geht!"

Maratjianween beugte sich zu ihr herunter und richtete sie wieder auf.

„Du hast erkannt, was vielen verborgen bleibt, Königin von Shèngdi! Und möge dich diese Erkenntnis nie mehr verlassen!"

Damit war die Zeremonie beendet und Xian Li und Irageween verabschiedeten sich von der Hohepriesterin und verließen den Tempel wieder.

# Der Legende neunter Teil:
# Der Zusammenbruch

Das kleine Reich florierte und es waren sogar schon Neuankömmlinge da, die sich hier niedergelassen hatten. So war es an der Zeit gewesen, Regelungen für Neuansiedlungen zu schaffen. Die Königin wollte vermeiden, dass die Stadt unkontrolliert wuchs und schließlich weder genügend versorgt, noch sauber gehalten werden konnte. Sie hatte schon Städte gesehen, die nicht darauf geachtet hatten und dann von Krankheiten dahingerafft wurden und von denen nur noch Ruinen zeugten, dass es sie einst gab. Von diesem Schicksal sollte Shèngdi möglichst verschont bleiben. Es hatte darüber eine heftige Auseinandersetzung mit einem der Minister gegeben, der der Meinung war, dass man so viele Leute wie möglich hier siedeln lassen sollte, weil das auch die Stadtkasse füllte. Obwohl sich auch alle anderen Minister gegen seinen Plan aussprachen, beharrte dieser so stark auf seiner Meinung und war für logische Argumente so verschlossen, dass Xian Li sich schließlich genötigt sah, härter durchzugreifen und den Mann seines Amtes zu entheben und ihn unter Arrest zu stellen. Sie hatte das nicht gern getan, aber einen Minister, der sich so gegen das Wohl des Reiches stellte und aus Habgier sogar den Untergang der Stadt in Kauf nehmen würde, konnte sie nicht im Amt lassen und da seine Äußerungen schließlich reichsfeindlich geworden waren, hatte sie ihn in den Kerker werfen lassen. Über sein Schicksal würde sie noch entscheiden müssen.

Ansonsten blühte das Reich weiterhin und das Salzvorkommen erwies sich immer mehr als wertvoller, als wenn man eine Goldader gehabt hätte, denn das Gold bekam man nun zusätzlich, durch den Handel mit dem Salz.

Es war wieder einer jener Morgen, an denen Xian Li lieber alles hingeworfen hätte und fortgelaufen wäre.

Sie war jetzt schon so lange Königin, dass es ihr wie eine Ewigkeit vorkam. Eine Ewigkeit, die sie ihre Freiheit verloren hatte und eine Ewigkeit, die sie nicht mehr hatte allein sein können.

Tatsächlich aber waren erst ein wenig mehr als dreizehn Monde vergangen, seit sie zur Königin geworden war.

Auch ihre eiserne Selbstdisziplin reichte kaum mehr aus, um ihren Unmut und ihre Qualen zu überdecken. Andererseits auch war es genau diese Disziplin, die verhinderte, *dass* sie einfach alles hinwarf.

So machte sie sich seufzend auf den Weg zum Thronsaal und harrte der Dinge, die sie wieder zu erledigen hatte.

Ihre Hofmarschallin erwartete sie bereits und erneut fragte sie sich, ob Liyanshimeen die Arbeit am Hof jemals zuviel werden könnte. Obgleich sie einige Jahre älter war, als Xian Li, wirkte sie stets frisch und voller Energie, etwas das man von der Königin schon seit Monden nicht mehr sagen konnte.

„Guten Morgen, meine Königin", begrüßte Liyanshimeen sie.

„Guten Morgen, Hofmarschallin! Was steht uns denn heute bevor?"

Pflichtbewusst sah Liyanshimeen auf die Schriftrolle in ihrer Hand, dann antwortete sie: „Zunächst etwas Unangenehmes. Du musst das Urteil über den Minister Nusecendeen fällen, meine Königin!"

Zwar hatte Xian Li gewusst, dass dies unvermeidlich sein würde, nachdem sie ihn hatte inhaftieren lassen, doch war sie nicht erfreut darüber. Das Problem war die Auswahl der Strafe. Er war wegen seines, gegen das Wohl des Reiches gerichteten, Verhaltens verhaftet worden. Somit blieben ihr nur drei Möglichkeiten. Entweder ließ sie ihn hinrichten, was für einen Feind des Reiches angemessen wäre und ihre Entschlossenheit zeigte, die Ordnung im Reich aufrecht zu erhalten. Oder sie schickte ihn in die Verbannung, was ihren Großmut zeigen würde, ihm aber die Gelegenheit gäbe, sie anderswo schlecht zu machen. Als letzte Möglichkeit könnte sie ihn zu unbegrenzter Turmhaft verurteilen, etwas, dass sie als unmenschlich und grausam ansah, denn die Vorstellung sich nie mehr frei bewegen zu können, würde bei ihr Selbstmordgedanken auslösen.

Sie fluchte, dann fragte sie ihre Hofmarschallin: „Was würdest du mit ihm tun?"

„Ich würde eine Strafe verhängen, die zeigt, dass mein Streben dem Reich gilt und dass Leute, die dem Reich schaden wollen, keinen Platz in Shèngdi haben!"

„Liyanshimeen, du hast dich jetzt zwar wunderschön ausgedrückt, aber mir keine Antwort gegeben! Also noch einmal: Würdest du ihn hinrichten lassen, oder ihn verbannen?"

„Ich würde ihn selbst entscheiden lassen. Ich würde ihm beide Möglichkeiten vorlegen und ihm klar sagen, dass er es verdient hätte, hingerichtet zu werden, ihm aber die Gnade anbieten, sein Leben zu verschonen und ihn stattdessen für immer zu verbannen."

Irritiert sah Xian Li sie an. „Warum würdest du das tun?"

„Nicht jeder sieht die Schwere der Strafe so wie du oder ich. Wenn man *mir* diese Auswahl anbieten würde, entschiede ich mich für den Tod, denn ich habe mein ganzes Leben dem Reich gewidmet und eine Verbannung wäre für mich grausam und unerträglich. Einem anderen mag egal sein, wo er sich befindet, Hauptsache er bleibt am Leben und er würde die Verbannung wählen. Und in beiden Fällen wäre der Gerechtigkeit genüge getan. Natürlich könntest du dann auch grausam werden und die Strafe verhängen, die er *nicht* gewählt hat, da er diese offenbar als die Schlimmere ansieht."

„Das wäre aber unter meiner Würde! Ich habe meine Würde einmal verloren, das hat mir genügt!"

Nach einer kurzen Pause fuhr sie fort: „Aber dein Vorschlag gefällt mir, denn ich wähle dann die Strafe nicht willkürlich."

Sie holte einmal tief Luft, dann sagte sie: „Gut, dann lasse den Gefangenen Nusecendeen vor mich treten!"

Die Hofmarschallin nickte und gab dann den Befehl, den Gefangenen hereinzubringen.

Als der Mann hereingebracht wurde, befahl Liyanshimeen: „Knie nieder vor der Königin und höre ihr Urteil!"

Widerwillig, aber eingedenk dessen, dass ihn sonst eine Wache zum Niederknien »bewegen« würde, sank er auf die Knie.

„Nusecendeen, dein Verhalten und deine Äußerungen gegen das Wohl des Reiches und seiner Bürger, muss bestraft werden! Du hast dich als Feind des Reiches erwiesen, dem du hättest dienen sollen, als Minister! Es wäre daher eine angemessene Strafe, dich mit dem Seil hinrichten zu lassen!"

Hier machte sie eine Pause, damit ihm klar wurde, dass dies seine Strafe sein müsste, dann sagte Xian Li: „Doch biete ich dir an, Gnade zu zeigen und dich und die deinen, für alle Zeiten aus Shèngdi zu verbannen. Es ist nun an dir, deine Strafe zu wählen!"

Der ehemalige Minister sah auf. Hatte sie ihm wirklich angeboten, sein Schicksal selbst zu bestimmen? So etwas hatte er noch nie gehört. Doch was sollte er wählen? Würde er den Tod wählen, könnte seine Frau hier bleiben, wäre aber sicher nicht gut angesehen, im Volk. Wählte er die Verbannung, wären sie heimatlos, bis sie sich irgendwo niederlassen konnten und das war nicht leicht, denn die Kunde über eine Verbannung verbreitete sich meist schneller, als man reisen konnte. Er hatte nicht erwartet, dass die Königin ihm Gnade anbieten würde, denn einem Feind des Reiches gewährte so etwas nur jemand, der großmütig, weise und gerecht war und so jemanden fand man nur selten. Das änderte seine Haltung gegenüber der Königin.

So sprach er: „Edle Königin, du gewährst mir etwas, das ich nie erwartet hätte, denn Gnade ist eine seltene und kostbare Gabe. Ich bin mir bewusst, dass mein Handeln mit dem Tod bestraft werden muss. Doch wenn du mir die Gnade anbietest, mein Leben zu verschonen und woanders neu zu beginnen, so wähle ich diese Gnade, die ich nicht verdiene!"

Xian Li nickte, dann sprach sie das Urteil: „Nusecendeen, du bist dir deiner Schuld bewusst, das ist gut! Du hast deine Strafe nun selbst gewählt, daher sollst du und die deinen auf ewig und für alle Zeiten aus dem Reich Shèngdi verbannt werden! Dies ist das Urteil der Königin und des Reiches von Shèngdi! Es werden dir drei Tage gewährt, bis du die Grenzen des Reiches überschritten haben musst! Lässt du diese Zeit verstreichen, hast du die Gnade verwirkt und wirst von den Wachen an der Stelle gerichtet, wo du dich im Reich befindest! Gleiches widerfährt dir und den Deinen auch, wenn ihr das Reich je wieder betreten solltet! So geh nun, nimm deine Frau und eure Habe und verlasse das Reich!"

Als der Mann hinausgeführt wurde, sah Xian Li ihm nach und meinte dann bitter zu Liyanshimeen: „Ich beneide ihn irgendwie!"

„Wie, du beneidest einen Übeltäter? Das muss ich nicht verstehen, oder?"

Seufzend antwortete die Königin: „Nein, ich beneide keinen Übeltäter, Liyanshimeen! Ich beneide ihn um seine Strafe!"

Bevor die Hofmarschallin nachfragen konnte, ergänzte sie: „Er kann nun gehen, wohin er will und so lange er Shèngdi fernbleibt, ist er ein freier Mann. Ich hingegen sitze noch immer im Kerker! Und das schon seit einer gefühlten Ewigkeit!"

Jetzt brachen die Reste der Fassade ihrer Selbstbeherrschung. Sie stand vom Thron auf und sagte dann zu Liyanshimeen: „Es ist mir egal, was du sagst und was nicht geht! Ich muss nachdenken und dazu werde ich mich jetzt auf den Weg machen! Und wenn du mir irgendjemanden nachsendest, *werde* ich eine Straftat begehen, nämlich denjenigen mit meinem Schwert daran hindern, mir weiter zu folgen! Ich schwöre dir, ich komme in einigen Tagen zurück! Aber wenn du mich nicht gehen lassen willst, werde ich mich, jetzt und hier, selbst entleiben!"

Bevor die entsetzte Hofmarschallin auch nur an eine Antwort denken konnte, verließ Xian Li den Thronsaal, rannte in ihre Gemächer, kleidete sich in das Gewand einer Abenteurerin, rüstete sich mit ihren Waffen und eilte, beinahe fluchtartig, aus dem Palast.

Unfähig, das gerade erlebte schnell zu begreifen, stand Liyanshimeen schreckensstarr im Thronsaal. Was war gerade geschehen? Hatte die Königin den Verstand verloren? Sie überlegte, ihr nachzulaufen, doch war sie nicht sicher, ob Xian Lis Warnung nicht auch sie betreffen würde. Es dauerte einige Zeit, bis sie endlich ihre Fassung wiedergewonnen hatte und zu handeln fähig war. Sie rief den Hofsekretär zu sich.

„Ja, Hofmarschallin?"

„Hör zu, Dotohereen, sage alle Audienzen für die nächsten Tage ab, bis du eine andere Order erhältst! Und rufe mir, schnellst möglich, den Minister für öffentliche Arbeiten her!"

Irritiert fragte der Sekretär: „Was ist geschehen, Hofmarschallin?"

Sie überlegte, wie sie das eigentlich unerklärbare ausdrücken sollte. Schließlich meinte sie schlicht: „Die Königin ist für einige Tage zu einer wichtigen Reise aufgebrochen! Und jetzt rufe mir Minister Feng Hu herbei!"

„Ja, sogleich!"

Dotohereen eilte hinaus und Liyanshimeen fragte sich, wie es weitergehen würde. Zwar hatte sie irgendwann mit einer Reaktion der Königin gerechnet, da auch ihr nicht entgangen war, dass ihr Hiersein immer mehr zur Qual für Xian Li wurde, doch dass die Reaktion so plötzlich und heftig ausfiel, ängstigte sie, schließlich war Xian Li nicht nur ihre Königin, sondern auch ihre Freundin.

‚Vielleicht hätte ich ihr helfen können, wenn sie sich nicht stets so hinter ihrer Selbstdisziplin versteckt hätte', dachte sie, nur um sich dann klarzuwerden: ‚Doch was hätte ich schon tun können?'

Es dauerte nicht allzu lange und Feng Hu kam angelaufen. Er hatte an der Dringlichkeit in Dotohereens Worten gemerkt, dass irgendetwas nicht stimmte, so hatte er sich beeilt, den Thronsaal zu erreichen. Als er eintrat bemerkte er zunächst einmal irritiert, dass nur Liyanshimeen da zu sein schien, nicht aber die Königin, die aber um diese Zeit im Thronsaal sein sollte.

So trat er auf Liyanshimeen zu.

„Was ist denn geschehen, Hofmarschallin?"

„Vergiss mal die Hofmarschallin für einen Moment, Feng Hu! Xian Li ist…, nun…, weggelaufen!"

„Was meinst du mit »weggelaufen«?"

Seufzend antwortete sie: „Sie hat gesagt, sie müsse nachdenken und sich daher auf den Weg machen und wenn ich sie hindern würde, würde sie sich umbringen! Sie schwor mir, in einigen Tagen wieder da zu sein und warnte mich, dass sie jeden töten würde, den ich ihr nachsende! – *Das* meine ich mit »weggelaufen«!"

Nach einer Pause, bevor der erschrockene Feng Hu antworten konnte, fragte sie: „Ist sie jetzt wahnsinnig geworden?"

Er schüttelte den Kopf. „Nein! Sie ist geflohen, *bevor* sie das wird, Lishi! Ich sagte dir ja schon, dass sie normalerweise nach zwei Wochen unser kleines Dorf schon als zu voll empfindet. Hier ist sie bereits seit bald vierzehn Monden und kann nicht fort. Ihre Disziplin hat ihre wahren Gefühle stets überspielt, aber jetzt geht das offenbar nicht mehr. Sie wusste, wenn sie jetzt nicht geht, *wird* sie wahnsinnig und ob wir eine wahnsinnige Xian Li als Königin haben wollen, wage ich stark zu bezweifeln! Von daher ist es gut, wenn sie geflohen ist und wenn sie dir geschworen hat, dass sie zurückkehrt, so wird sie das auch in jedem Fall tun!"

„Was, wenn ihr was passiert?"

„Bisher ist ihr nie etwas passiert und sie kann gut auf sich selbst aufpassen! Sicher *kann* immer etwas passieren, aber dann ist es eben so, das liegt nicht in unserer Hand!"

Niedergeschlagen nickte Liyanshimeen. „Ich verstehe! Und was mache ich jetzt? Ich meine das Reich betreffend?"

„Hast du mir nicht gesagt, dass sie, vor der Schlacht mit der Söldnerbande, eine Verfügung erlassen hat?"

„Ja... hat sie!"

„Dann musst du nach dieser Verfügung handeln. So lange sie nicht da ist, führst du die Reichsangelegenheiten für sie weiter!"

„Ich habe wohl keine andere Wahl..."

„Nein, hast du nicht!"

Liyanshimeen sah vor sich hin und hoffte nur, dass die »einigen Tage« nicht zu lange sein würden. Und sie würde zu den Göttern flehen, dass sie über Xian Li wachten,

Nachdem sie den Palast verlassen hatte fühlte sich Xian Li, als hätte sie schwere eiserne Ketten von sich abgeschüttelt. Einen Moment überlegte sie, ob sie nicht Míngzhū mitnehmen sollte, doch entschied sie sich dagegen. Sie wollte etwas tun, das sie auch früher getan hatte und da hatte sie kein Pferd besessen. Die Frage war jetzt, ob sie ungehindert aus der Stadt kommen würde, oder ob die Torwache versuchen würde, sie zurückzuhalten und da die Schützen auf den Türmen den Befehl hatten, einen Angriff auf die Wache zu verhindern, war sie sich nicht sicher, ob die Königin davon ausgenommen war und *nicht* getötet würde.

Doch brauchte sie sich nicht zu sorgen. Die Wache verneigte sich ehrerbietig und ließ sie passieren. Schließlich stand ihm nicht zu, die Königin und Generalin zu fragen, was sie außerhalb der Stadt wollte.

So durchschritt sie die Ebene und ging auf den Gebirgspfad zu, der das Hochplateau mit der Tiefebene verband.

Hier begegnete sie der Patrouille, die dafür zu Sorgen hatte, dass nicht irgendwelche Banditen auf dem Pfad im Hinterhalt lagen, um Karawanen oder Reisende zu überfallen.

Der Leutnant, der die Patrouille führte, verneigte sich, fragte dann aber: „Meine Königin, bist du ohne Schutz unterwegs?"

„Du siehst meine Schwerter doch wohl, Leutnant, oder?"

„Verzeih, ich meinte ob du ohne Eskorte reist. Sollen wir dich begleiten?"

Sie schüttelte den Kopf.

„Nein, Leutnant, das ist nicht nötig! Führe du nur die Patrouille, wie es deiner Aufgabe entspricht!"

Leicht irritiert, aber gehorsam, antwortete er: „Wie meine Königin es wünscht!"

Dann ging die Patrouille weiter und Xian Li begann mit dem Abstieg zur Ebene. Sie hatte kein genaues Ziel, dass sie erreichen wollte. Sie fühlte nur den Wunsch, ein paar Tage allein zu sein. Ein paar Tage nur Wang Xian Li und nicht Königin Xian Li die Erste, zu sein.

Man brauchte einige Stunden, um von Shèngdi zur Tiefebene zu gelangen und so dämmerte es bereits, als sie am Ende des Pfades angekommen war. Und sie musste sich, zum ersten Mal, seit mehr als einem Jahr, eine gut geschützte Stelle suchen, wo sie die Nacht sicher verbringen konnte.

Im Palast von Shèngdi stand Liyanshimeen mit sorgenvollem Blick am Fenster ihres Obergemachs und schaute hinaus in die Dämmerung, die sich über das Land senkte. Ihre Gedanken waren bei ihrer Königin. Schon wieder, wie bei Kijantjianween, hatte sie einen Herrscher des Reiches in eine ungewisse Zukunft ziehen lassen müssen. Nur wusste sie bei Xian Li nicht einmal, ob sie noch am Leben war. Es war nun schon drei Tage her, dass sie den Palast fluchtartig verlassen hatte und zu einer Reise ins Unbekannte aufgebrochen war. Sie hatte doch keine Ahnung, wie es in der Tiefebene aussah, sie war ja noch nie dort gewesen. Es fiel Liyanshimeen schwer, sich Feng Hus Sichtweise zu eigen zu machen. Er war der Ansicht, dass es Xian Li gut ging und sie sich keine Sorgen um die Königin zu machen brauchte, aber schließlich kannte auch er die Tiefebene nicht.

Fast unbemerkt war ihr Mann hinter sie getreten und fasste sie sanft bei den Schultern. Erneut, wie schon so oft in den letzten Tagen, sagte er ruhig: „Sorge dich nicht so um Xian Li, Lishi! In ein paar Tagen wird sie wieder hier sein und vielleicht hat sie dann die Antwort gefunden, nach der sie sucht."

Ohne sich umzudrehen, antwortete sie: „Es gibt doch für sie nur eine Antwort, Feng Hu und du und ich kennen die! Warum nur sieht sie das nicht ein? Sie *kann* nicht hier bleiben! Und so sehr es mich schmerzen wird, eine Freundin zu verlieren, es schmerzt mich noch viel mehr, sie so leiden zu sehen!"

„Ich hoffe darauf, dass ihr die Tage, die sie sich nun zum Nachdenken genommen hat, die Augen öffnen werden."

„Und wenn nicht?"

„Was bekomme ich dafür, wenn ich die Königin betäube und in die Außenwelt zurückbringe?"

Sie wandte sich zu ihm um. „Von *mir* bekommst du einen Kuss, aber vom Scharfrichter bekommst du ein Seil um den Hals gelegt!"

„Dann hoffen wir mal, dass sie von selbst auf die Antwort kommt!"

Tief seufzend meinte seine Frau: „Etwas anderes bleibt uns nicht!"

Mehr als fünf Tage waren vergangen, seit sie ihren »goldenen Kerker« verlassen und endlich wieder ihre innere Ausgeglichenheit gefunden hatte. Sie wusste nun, dass nur dieser Lebensstil sie auf Dauer glücklich machen würde. Doch nannte sie auch ein starkes Pflicht- und Verantwortungsgefühl ihr eigen. Sie hatte das Reich aus seiner Isolation geführt und hatte sich nicht abschrecken lassen, dass es eigentlich unregierbar war, als sie Königin wurde. Nie hatte sie sich je vor Verantwortung gedrückt und nie jemanden im Stich gelassen, der Hilfe brauchte. Hier brauchte ein ganzes Volk Hilfe. Zwar hatte ihr Liyanshimeen mehrmals, unter Tränen, geraten, sie möge sich nicht selbst zerstören, sondern wieder in die Außenwelt gehen, doch hatte sie ihr geantwortet, dass sie noch nie etwas unerledigt hatte liegen lassen, um sich davonzumachen und dass sie damit jetzt nicht anfangen würde.

‚Vielleicht finde ich nicht allein eine Lösung‘, überlegte sie, ‚aber vielleicht kann das weiseste Wesen, dass ich kenne und Freund nennen darf, mir helfen!‘

So machte sie sich wieder auf den Weg zum Hochplateau auf dem Shèngdi lag.

Am Morgen des sechsten Tages ihrer »Flucht«, war sie wieder auf der Hochebene angekommen und schritt zielstrebig auf den Fluss zu, dorthin wo er von Shèngdi aus nicht einzusehen war.

Als sie am Ufer stand rief sie: „Großer Shan-Gōng! Erweise bitte einer Sterblichen die Ehre deiner Gegenwart!"

Ohne, dass der Boden bebte oder sich das Wasser auftürmte, erschien der Wassergeist in den Fluten und stieg an das Ufer.

„Edle Königin Xian Li, was möchtest du von mir?"

„Ich brauche deinen Rat! Du hast gesagt, du seist schon lange auf dieser Welt und hast viele Reiche – und wohl auch deren Herrscher – kommen und gehen sehen. Darum bist du wohl der einzige, der mir helfen kann. Und du hast gesagt, ich hätte deine Freundschaft gewonnen. Ich brauche einen Freund, der mir hilft!"

Er setzte sich nun nieder und lud sie ein, sich zu ihm zu setzen.

„So sage mir, was dich belastet, Xian Li!"

Sie atmete noch einmal tief durch.

„Ich war mein ganzes Leben eine Einzelgängerin, Shan-Gōng und das bin ich noch. Das Leben im Palast, aber vor allem die Tatsache, dass ich nicht mehr frei hierhin und dorthin gehen kann, treibt mich langsam in den Wahnsinn! Ich möchte weglaufen, aber ich kann auch das Reich nicht im Stich lassen. Noch nie habe ich etwas unerledigt liegen lassen und damit will ich jetzt nicht anfangen! Ich weiß keinen Ausweg mehr und wenn auch du mir nicht helfen kannst, weiß ich nicht, was aus mir werden wird!"

Sie senkte den Kopf und begann leise zu schluchzen.

„Ich fühle mich geehrt, dass du mich um Rat fragst; auch das hat noch nie ein Sterblicher getan."

Er wartete einen Moment, dann sprach er: „Wie du weißt, bin ich über vieles informiert, was an den Ufern meines Flusses geschieht und so erlaube mir, dass ich dir ein paar Fragen stelle."

Sie nickte.

„Du hast das Reich befreit und es gerettet?"

„So sagt man es jedenfalls!"

„Ich wollte eher wissen, ob du das so siehst, Xian Li!"

„Ich habe den Durchgang geöffnet, und das Reich aus der Isolation geführt, ja!"

„Und Shèngdi geht es wieder besser, seit du seine Königin bist? Es hat wieder Wasser, Nahrung, Kontakte zu seinen Nachbarn, treibt Handel, ehrt die Götter, ist zu verteidigen und wächst?"

„Ja!"

„Du würdest also sagen können, dass das Reich floriert und es nun von dir recht geführt wird, aufbauend auf dem, was du erreicht hast?"

Sie überlegte einen Moment, dann bejahte sie auch diese Frage des Wassergeistes.

„Aber du fühlst dich gefangen und es wird immer enger um dich herum?"

Heftig nickend meinte sie: „Ich hätte es nicht treffender ausdrücken können!"

„Du willst aber dem Rat deiner Freunde nicht folgen und in die Außenwelt zurückkehren?"

„Wie könnte ich denn? Ich habe dir doch gesagt, ich will nichts unerledigt liegen lassen!"

„Xian Li, was wäre geschehen, wenn du die Schlacht gegen die Söldnerbande nicht überlebt hättest?"

„Ich hatte verfügt, dass Liyanshimeen die neue Königin werden sollte, um das Reich weiterzuführen."

„Das war eine weise Verfügung, denn eine bessere Nachfolgerin könntest du nicht haben! Du hast mir doch zugestimmt, dass das Reich floriert und von dir nun geführt wird, richtig?"

„Ja."

Er lächelte. „Du weißt nicht, worauf ich hinaus will, oder?"

Irritiert meinte sie: „Nein, nicht wirklich!"

„Du *hast* bereits alles erledigt, was deine Aufgabe war. Nur weil das so ist, kannst du das Reich nur mehr führen! Alle großen Arbeiten, die zu erledigen waren, hast du schon abgeschlossen! Das Reich war isoliert, du hast es befreit! Das Reich hatte weder genug Nahrung, noch Wasser, du hast ihm, durch deine Weisheit, beides im Überfluss beschert. Es gab keine Kontakte mehr, jetzt besuchen euch Diplomaten und Karawanen. Shèngdi war wehrlos, du hast es gestärkt und ausgebildet. Selbst wenn du gefallen wärst, hätte Liyanshimeen ein florierendes Reich übernommen, das sie nur mit Weisheit weiterzuführen braucht!"

Nach einer kleinen Pause, damit sie sich verinnerlichen konnte, was er gesagt hatte, sprach er weiter: „Du *hast* bereits alles erledigt, du hast deine Aufgabe mehr als erfüllt und jetzt, liebe Xian Li, ist die Zeit gekommen, an dich selbst zu denken! Du hast gesagt, du hast Angst, wahnsinnig zu werden. Denkst du, das Shèngdi eine wahnsinnige Königin etwas nützt? Oder würdest du möglicherweise dann nicht das zerstören, was du mit solcher Mühe und Hingabe aufgebaut hast? Da du mich um Rat gefragt hast, höre also zu, was ich dir rate: Lege das Wohl des Reiches in die fähigen Hände von Liyanshimeen und danke ab.

Ich schwöre dir, dass ich den Bund, den ich mit dir geschlossen habe, auch mit ihr halten werde, wenn sie ihn hält! Kehre in *deine* Welt zurück, Xian Li und werde wieder gesund an deiner Seele! – Wir zwei sind stets offen miteinander umgegangen, so lass mich dir auch offen sagen: Wenn du nicht gehst, wirst du bald sterben! Zunächst in deinem Geist, dann in deiner Seele und schließlich körperlich! Die Entscheidung liegt bei dir! Du kannst den Tod oder das Leben wählen, aber du hast nur eine Möglichkeit, dich zu entscheiden! Triff die richtige Wahl für dich, Xian Li!"

Die Weisheit seiner Worte, aber viel mehr die Konsequenz, die er ihr aufgezeigt hatte, traf sie wie ein Schlag. Wie sie es auch drehen und wenden würde, er hatte Recht, sie würde nichts unerledigt zurücklassen. Ihre Zeit war gekommen zu gehen, bevor sie für immer gehen würde.

Dankbar sah sie den Wassergeist an.

„Niemals habe ich weisere Worte gehört, Shan-Gōng! Ich habe gut daran getan, dich um Rat zu fragen. Du hast mir die Augen geöffnet und ich danke dir von Herzen. Ich werde deinem Rat folgen, mein Freund. Aber es wird mich schmerzen, viele Freunde hier zurückzulassen!"

Sanft schüttelte er den Kopf.

„Du wirst uns in deinem Herzen behalten, und wir dich in unseren! Und das ist eine Verbindung, die nicht getrennt werden kann, egal wo du, oder wir, sind!"

Sie nickte nur, denn Worte waren jetzt nicht nötig.

Nach einer ganzen Weile, in der sie nur schweigend nebeneinander gesessen hatten sagte Shan-Gōng: „Du solltest nun Liyanshimeen von ihren Sorgen um dich erlösen und in den Palast zurückkehren. Und wenn du meinem Rat folgen willst, wirst du ja auch noch viel vorzubereiten haben!"

„Ja, du hast recht", antwortete sie, dann fragte sie: „Ich würde gerne... kann man einen Wassergeist eigentlich umarmen, oder bin ich dann patschnass?"

Er lachte. „Nein, du wirst nicht nass und ja, du kannst mich umarmen!"

So umarmte sie ihn nun und flüsterte „Danke, für deine unschätzbare Hilfe, Shan-Gōng!"

„Es war mir eine Ehre, Xian Li! Ich denke, wir sehen uns noch, bevor du gehst, ja?"

„Auf jeden Fall, denn ich werde mit der neuen Königin noch einmal zu dir kommen!"

„So soll es sein! Und nun geh zurück und bereite dich vor!"

„Ja, großer Shan-Gōng! Auf bald!"

„Auf bald, edle Königin!"

Sie standen nun beide auf und er sprang zurück in die Fluten des Flusses. Xian Li schaute noch einen Moment auf das Wasser, dann ging sie zurück zur Stadt.

Ihre Gedanken waren geordnet, wie schon lange nicht mehr. Sie wusste nun, was sie zu tun hatte, vor allem aber wusste sie, dass sie nichts unerledigt zurücklassen würde und das gab ihr die innere Freiheit, die sie brauchte, um zu gehen.

Dem Lauf des Flusses folgend, war sie schon bald am Tor angekommen und die Wache ließ sie, mit einer Verbeugung, passieren.


Kaum hatte sie den Palast betreten, lief auch schon Liyanshimeen auf sie zu und rief: „Den Göttern sei Dank, dass sie mein Flehen erhört und dich gesund zurückgeleitet haben!"

„Ich danke dir, Liyanshimeen und du hast recht! Sie haben mich *gesund* zurückgeleitet, denn das war ich nicht, als ich den Palast verließ!"

„Dann haben die Tage in der Wildnis die gewünschten Antworten gebracht?"

Xian Li schüttelte den Kopf. „Nicht die Tage in der Wildnis haben mir die Antwort gebracht, sondern ein Gespräch mit einem weisen Freund!"

Verwundert sah Liyanshimeen sie an. „Ein weiser Freund? Du warst doch in der Wildnis! Wo hast du dort einen weisen Freund gefunden?"

„Am Ufer des Flusses, an dem auch Shèngdi liegt. Ich spreche von Shan-Gōng! Ich bin ein paar Tage nur umhergewandert und das brauchte ich, um mein inneres Gleichgewicht wiederzufinden. Aber eine Antwort habe ich nicht gefunden. Dann beschloss ich, den weisen Shan-Gōng um Rat zu fragen und er zeigte mir, was ich selbst nicht sehen konnte."

„Erzählst du mir davon?"

„Ja, das werde ich. Dir und deinem Mann, aber zuerst werde ich mich umziehen und baden. Wenn ich fertig bin, würde ich euch gern in euren Gemächern besuchen, wenn du es erlaubst!"

„Sehr gern! Wir erwarten dich dann!"

Xian Li nickte und ging dann in ihre Gemächer.

Einige Zeit später warteten Feng Hu und Liyanshimeen in ihren Gemächern auf Xian Li und waren gespannt, was sie ihnen zu erzählen hätte.

„Lishi, denkst du, der Wassergeist hat ihr auch geraten zu gehen?"

„Wenn er so weise ist, wie sie sagt und ich es annehme, dann *kann* er ihr nichts anderes geraten haben. Die Frage ist nur, ob sie das endlich auch so sieht."

Er sah kurz vor sich hin, dann fragte er: „Klingen wir nicht manchmal, als wollten wir sie loswerden?"

Erschrocken antwortete sie: „Die Götter mögen mich bewahren! Sie ist die beste Herrscherin, die dieses Reich je hatte und ich schließe da sogar Kijantjianween mit ein. Wenn es ihr hier gut ginge, würde ich mir wünschen, sie als Königin zu behalten, bis sie eines fernen Tages in das Reich Di-kang Wangs eingeht! Doch es geht ihr mit jedem Tag schlechter und das darf nicht sein, darum hoffe ich, dass auch Shan-Gōng ihr geraten hat, zu gehen!"

„Wir werden es hoffentlich bald erfahren!"

Nicht lange nach diesem Gespräch klopfte Xian Li an die Tür und wurde von Feng Hu hereingebeten. „Meine Königin, wir füh..."

Hier wurde er von Xian Li unterbrochen: „Halt ein! Ich bin nicht als Königin hier! Ich besuche Freunde, um ihnen zu berichten, was mir die Tage, wie Liyanshimeen es ausdrückte: »in der Wildnis«, gebracht haben."

„Dann tritt einfach nur ein!"

„Gern!"

Als gute Gastgeberin bat Liyanshimeen sie nun, sich zu setzen.

„Möchtest du eine Erfrischung?"

„Im Augenblick nicht, danke!"

Als sich auch die beiden gesetzt hatten, sah Liyanshimeen sie erwartungsvoll an: „Nun, was hast du zu berichten?"

„Wenig und sehr viel", antwortete Xian Li rätselhaft.

Bevor jemand fragen konnte, erklärte sie bereits: „Über meine Reise an sich, gibt es wenig zu berichten. Ich bin ohne bestimmtes Ziel umhergewandert, allein um es zu genießen, hingehen zu können wohin ich will und kein Protokoll mir vorschreibt, was ich zu tun habe. Ich brauchte ein paar Tage, um mein inneres Gleichgewicht wiederzuerlangen. Ich habe auch in den Tagen viel nachgedacht, kam aber zu keinem Ergebnis. Der Grund dafür war, wie sich später zeigen sollte, dass ich von falschen Voraussetzungen ausgegangen bin. Da ich aber meine Reise nicht ohne Ergebnis beenden wollte, nur um in wenigen Tagen wieder an dem gleichen Punkt zu sein, habe ich den großen Shan-

Gōng um Rat gefragt. Und das war eine gute Entscheidung!"

Hier machte sie eine kleine Pause.

„Der Wassergeist konnte dir also helfen", stellte Feng Hu fest.

Xian Li nickte. „Oh ja, das konnte er! Genaugenommen habt auch ihr mir schon diesen Rat gegeben, doch ich konnte ihn nicht annehmen, weil ich stets davon ausgegangen bin, ich würde vor meiner Aufgabe davonlaufen und etwas unerledigt liegen lassen. Shan-Gōng hat mir gezeigt, dass ich meine Aufgabe schon abgeschlossen habe und nichts unerledigt liegen lasse. Ich habe Shèngdi gerettet, es wieder aufgebaut und es floriert nun wieder. Das war meine eigentliche Aufgabe. Jetzt führe ich das Reich nur noch, auf der Grundlage dessen, was ich geschaffen habe. Er hat mir aber auch aufgezeigt, was für Folgen es für mich haben würde, wenn ich mich weiter den Qualen, Königin zu sein, aussetze."

Sie senkte den Kopf und erklärte dann: „Er hat mir gesagt, dass ich dann in Bälde sterben werde; zuerst am Geist, denn ich würde wahnsinnig werden, dann an der Seele, denn ich würde mich selbst endgültig verlieren und schließlich würde mein Körper sich weigern, weiter am Leben zu bleiben!"

Nach einem Moment des Schweigens und einiger tiefer Atemzüge sah sie auf und erklärte dann: „Ich werde also wieder in die Außenwelt zurückkehren!"

Ruhig sah Feng Hu sie an, dann sagte er: „Wir freuen uns, dass der weise Wassergeist dir die Augen geöffnet hat, auch wenn es Lishi und mich schmerzt, eine Freundin zu verlieren."

„Shan-Gōng sagte, wenn ihr mich und ich euch im Herzen behalte, dann haben wir eine Verbindung, die nicht getrennt werden kann, ganz gleich, wo wir sind! Und ich werde euch sicher in meinem Herzen behalten!"

Obwohl ihr nun Tränen über die Wangen liefen, senkte sie nicht den Kopf, sondern sah die beiden mit einem liebevollen Blick an.

Auch Liyanshimeen und selbst Feng Hu, rannen nun die Tränen über das Gesicht. Kurz sah er seine Frau an, dann sagte er: „Auch wir werden dich in unseren Herzen behalte, dessen kannst du sicher sein!"

„Das werden wir", bestätigte auch Liyanshimeen, dann fügte sie an, auch um die Atmosphäre leichter zu machen: „Wir alle drei!"

Irritiert sah Xian Li sich um, ob noch jemand im Raum war, sah aber niemanden. Dann verstand sie und in ihre Augen trat Freude.

„Ihr bekommt ein Kind?"

Beide nickten.

„Davon habe ich nichts bemerkt."

Liyanshimeen lachte jetzt. „Das Gewand einer Hofmarschallin ist da sehr praktisch. Es fällt so locker, dass man meine zunehmende Leibesfülle nicht sieht."

„Aber dass nicht einmal der Tratsch der Zofen zu mir gelangt ist?"

„Ich denke, dass Irageween und Tilantideen gerne ihre Stellungen behalten möchten! Und darüber entscheidet ja die Hofmarschallin..."

„Verstehe! – Und wann wird es soweit sein, dass ihr Nachwuchs habt?"

„Wir vermuten, so in vier oder fünf Monden."

„Ihr versteht aber, dass ich das Ereignis nicht abwarten werde, oder?"

„Voll und ganz, Xian Li, voll und ganz!"

Feng Hu wollte jetzt noch etwas anderes wissen: „Wer wird dir eigentlich auf dem Thron nachfolgen? Hast du das schon überlegt?"

Sie nickte.

„Das hatte ich mir schon vor der Schlacht überlegt und an meiner Verfügung werde ich nichts ändern! Von daher... muss Liyanshimeen schauen, ob auch das Gewand einer Königin ihre Leibesfülle verdeckt!"

Anders, als bei der Ankündigung vor der Schlacht, die aus heiterem Himmel erfolgt war, erschrak Liyanshimeen diesmal nicht.

„Und du bist sicher, dass ich die richtige dafür bin?"

„Nicht nur *ich* bin mir da ganz sicher, sondern ich habe auch gesagt bekommen, dass ich keine bessere Nachfolgerin finden kann!"

Verwirrt fragte Feng Hu jetzt: „Und wer hat dir das gesagt? Ich dachte, du hättest nur mit..."

Er unterbrach sich. „Oh..., der große Shan-Gōng hat dir das gesagt?"

„Ja! Und er hat mir auch geschworen, dass er den Bund, den er mit mir geschlossen hat, auch mit Liyanshimeen halten wird, wenn *sie* ihn hält!"

„Das werde ich, auf jeden Fall! Schließlich garantiert uns dieser Bund, dass wir leben können!"

„Genau!"

Xian Li stand nun auf.

„Ich werde mich jetzt ausruhen!"

Die beiden nickten, dann fiel Liyanshimeen noch etwas ein: „Sollen morgen Audienzen sein?"

„Waren bisher welche?"

„Nein, ich hatte Dotohereen angewiesen, alle zu streichen, bis er eine andere Order erhält."

„Dann belassen wir es auch dabei! Ich habe in den nächsten Tagen damit zu tun, alles zu ordnen und mich auf die Rückkehr vorzubereiten. Zudem müssen wir uns auch noch über eine Zeremonie unterhalten, mit der du zur Königin wirst! Und du wirst es nicht glauben, aber diesmal habe ich schon eine Vorstellung davon, wie das ablaufen wird!"

„Ich bin gespannt darauf!"

Xian lächelte. „Das glaube ich! – Ich werde dann jetzt gehen! Habt eine angenehme Nachtruhe!"

„Jetzt, wo du wohlbehalten zurück bist, werden wir die haben! Auch dir eine angenehme Nachtruhe, Xian Li!"

Sie nickte dankend, dann verließ sie die beiden und ging zurück in ihre Gemächer.

Trotz der guten Wünsche, dauerte es, bis Xian Li in dieser Nacht Schlaf fand. Auch wenn sie nun wusste, was sie zu tun hatte, beschäftigten sich ihre Gedanken noch mit dem, was in den nächsten Tagen auf sie zukommen würde. Doch nach einiger Zeit hatte sie die Flut in ihrem Kopf eingedämmt und kam zur Ruhe.

# Der Legende zehnter Teil: Die Rückkehr

Bereits als der Morgen dämmerte, erwachte die Königin und war, anders als in den letzten Tagen, Wochen und Monden, voller Tatendrang. Endlich sah sie wieder eine Zukunft für sich und das erfüllte sie von neuem mit Energie. Jetzt musste sie nur noch die Angelegenheiten im Reich ordnen, bevor sie in die Außenwelt zurückkehren konnte. Sie wusste zwar, dass sich das nicht in ein oder zwei Tagen erledigen lies, aber sie konnte klarer über ihre Aufgaben nachdenken, als in den letzten Monden, daher hatte sie bereits eine Vorstellung darüber, wie es ablaufen musste.

Nachdem sie gefrühstückt hatte, machte sie sich schon auf den Weg in den Thronsaal und Liyanshimeen staunte nicht schlecht, ihre Königin so früh hier anzutreffen. In der letzten Zeit hatte sie eher die Befürchtung gehabt, sie müsse die Königin auf den Thron zerren.

„Guten Morgen, meine Königin!" rief sie und ihr Erstaunen schwang in ihrer Stimme mit.

„Guten Morgen, Liyanshimeen! Du bist überrascht, mich schon zu sehen, oder?"

„Ehrlich gesprochen: Ja!"

Xian Li lachte.

„Das glaube ich dir! Aber du weißt ja, es gibt noch viel zu tun und ich dachte mir, wir nutzen die Energie, die mich endlich wieder durchströmt."

Die Hofmarschallin nickte, dann fragte sie: „Was tun wir als erstes?"

„Ist das nicht normalerweise meine Frage an dich", fragte Xian Li lächelnd.

„Stimmt! Ich nehme an, du möchtest alles, was noch ansteht, rasch erledigen, ja?"

„Ganz genau", antwortete die Königin nickend. „Daher fangen wir am besten gleich an! – Ich denke, du stimmst mir zu, dass du dich auf einem Schlachtfeld nicht so gut machen würdest?"

Im Brustton der Überzeugung bestätigte Liyanshimeen das: „Definitiv!"

„Dann rufe einmal den Hofsekretär herein, denn ich werde eine Verfügung erlassen!"

Es dauerte nur wenige Augenblicke, bis Dotohereen pflichtbewusst angelaufen kam.

„Dotohereen, notiere bitte eine Verfügung für das Militär Shèngdis!"

„Ich höre, meine Königin?"

„Von heute an soll der Herrscher des Reiches der Oberste des Militärs sein und jedwede Befehlsgewalt haben! Er kann aber entscheiden, ob er selbst als General die Armee führen will, oder ob er jemanden dazu ernennt! – Hast du das?"

„Ja, meine Königin!"

Der Sekretär war irritiert. Sie war der beste General, den sich die Armee wünschen konnte. Wollte sie das etwa aufgeben? Zu gern hätte er die Königin nach dem Grund für diesen Erlass gefragt, doch das stand ihm nicht zu.

Zwar bemerkte Xian Li, dass der Sekretär sehr irritiert über den Erlass war, doch noch wollte sie ihm das Kommende nicht enthüllen. Er würde es schon noch früh genug erfahren.

„Du darfst wieder gehen, Dotohereen!"

Der Schreiber verneigte sich und verließ den Thronsaal. Als er gegangen war, meinte Xian Li: „So, dieser Erlass sollte dir erlauben, vom Schlachtfeld fern zu bleiben. Du solltest dich dennoch ein wenig mit der Kriegskunst beschäftigen, denn auch wenn du nicht selbst kämpfen musst, bist du die Oberste Instanz der Armee."

Die künftige Königin nickte: „Ja, das muss ich wohl tun! Ich danke dir, für den Erlass!"

„Sehr gerne! Ich kann viel ruhiger gehen, wenn ich dich geschützt weiß!"

Liyanshimeen sah ihre Königin ein wenig besorgt an. „Hast du eigentlich in der letzten Nacht geschlafen?"

„Nicht sehr viel, zumindest nicht, bis ich durchdacht hatte, was noch zu tun ist, bevor ich beruhigt das Wohl des Reiches in deine Hände legen kann! Denn das Wissen, dass ich abdanken werde, hat nichts damit zu tun, dass ich nicht bis zuletzt für das Reich da sein werde!"

„Etwas anderes hätte ich auch nie von dir erwartet!"

Die Königin nickte.

„Da ist noch ein Erlass, aber den kann ich nur dir persönlich sagen, da er mit etwas zu tun hat, dass kein anderer wissen sollte und das betrifft das Artefakt von Aranee! Ich möchte dir die Weisung geben, dass Artefakt nie getrennt aufzubewahren. Auch ich habe das nie getan, sondern hatte stets beide Teile, wenn auch auseinandergenommen, bei mir. Das sollst du auch so handhaben, damit nicht wieder so etwas passieren kann, wie bei Kijantjianween!"

Liyanshimeen schien damit nicht sehr glücklich zu sein. „Ich möchte nicht widerstrebend erscheinen, aber ich halte das nicht für sehr weise... Es braucht dann nur einen Taschendieb und schon hat das Reich einen neuen König!"

„Hmmm..., das ist nicht ganz unrichtig! Also müssen wir etwas finden, dass es unmöglich macht, nur mit dem Artefakt zum König zu werden..."

Sie dachte eine Weile nach, dann meinte sie: „Vielleicht habe ich eine Idee, aber das muss ich erst einmal mit Maratjianween bereden... – Die Sache mit dem Artefakt verschieben wir daher auf später."

„Wie du es wünscht!"

Die Hofmarschallin fragte sich, was Xian Li eingefallen sein könnte, um dieses heikle Problem zu lösen. Sie konnte ja das Artefakt nicht seiner Kraft berauben und zerstören konnte sie es auch nicht, dann verlöre der König die Loyalität des Volkes und die Fähigkeit andere Sprachen zu sprechen. Für sie als Königin würde das vielleicht auch bedeuten, nicht mehr mit dem Wassergeist reden zu können und das würde bestimmt einmal nötig sein, nachdem Xian Li fort wäre.

„Wenn im Moment hier nichts zu erledigen ist, werde ich gleich einmal die Hohepriesterin aufsuchen, da die Umsetzung meiner Idee Zeit beanspruchen wird, wenn es denn machbar ist."

„Im Moment gibt es hier nichts, dass die Aufmerksamkeit der Königin erfordert! Bitte grüße Maratjianween von mir!"

„Werde ich tun!"

Xian Li verließ den Palast und machte sich auf den Weg zum Tempel des Gòng-Gōng.

Nachdem die Königin zu Maratjianween vorgelassen worden war, fragte diese: „Was kann ich für dich tun, edle Königin?"

„Ich möchte ein paar sehr wichtige Dinge mit dir bereden, Ehrwürdige. Doch zunächst, habe ich dir Grüße von Liyanshimeen zu überbringen."

„Ich danke dir! Richte ihr bitte auch meinen Gruß aus!"

Maratjianween sah die Königin an und sagte dann: „Bitte, setze dich doch! Also, was möchtest du mit mir bereden?"

„Ich weiß nicht, ob du bereits weißt, was Shan-Gōng mir geraten hat?"

Lächelnd nickte sie.

„Und? Wirst du seinem Rat folgen?"

„Das werde ich! Aber ich mache mir Sorgen, wegen des Artefaktes von Aranee! Wenn jeder König wird, der das komplette Artefakt besitzt, ist der Herrscher dieses Reiches in steter Angst. Ich habe Liyanshimeen geraten, beide Teile stets bei sich zu tragen, doch sie meinte, dann könnte jeder Taschendieb König werden. Das geht natürlich nicht! Ich würde daher gern von dir folgendes wissen: Kann man noch ein weiteres Teil, mit Hilfe des Artefaktes schaffen, dass es zwar seine Macht behält, aber es nur mit dem weiteren Teil zusammen, möglich ist, König zu werden?"

Maratjianween dachte eine ganze Weile nach, bevor sie antwortete: „Ja, das wäre möglich. Mit einem magischen Ritual könnte man so etwas tun! Schwebt dir da etwas bestimmtes vor?"

„Ja, das tut es. Ich fand es immer sehr amüsant, dass die Offiziellen des Reiches ihre Hingabe zu Reich und Krone beschwören müssen, aber es eigentlich gar keine Krone gibt! Daher würde ich gern eine Krone fertigen lassen, auf die die Macht von Aranee übertragen werden kann."

Ein wenig schüchtern fuhr sie fort: „Zudem wäre es schön, wenn das mein sichtbares Vermächtnis an Shèngdi wäre."

„Ich verstehe… Willst du die Krone mit dem Artefakt erschaffen, oder soll das ein Handwerker tun und die Macht Aranees wird dann darauf übertragen?"

„Ein Handwerker soll das tun, denn ich habe da noch eine andere Idee, die ich gern in das Werk einfließen lassen möchte."

„In Ordnung! Wenn die Krone fertig ist, bringe sie her und wir werden das Ritual durchführen!"

Doch Xian Li hatte noch etwas auf dem Herzen: „Ich möchte auch eine feierliche Zeremonie haben, mit der Liyanshimeen zur Königin gekrönt wird und die Krönung soll, auch für alle Zeiten, von der Hohepriesterin Shèngdis, im Thronsaal des Palastes durchgeführt werden. Wärest du damit einverstanden, ehrwürdige Maratjianween?"

„Es wird mir eine Ehre sein!"

„Und ich möchte noch einen Zeugen dabei haben, damit der Bund mit ihm immer bestehen bleibt. Denkst du, dass Shan-Gōng, an solch einer Zeremonie teilnehmen könnte und wärst du bereit ihn zu fragen?"

„Ich werde ihn gern fragen, aber ich denke, er wird deiner Bitte entsprechen."

Ein feines, ungewolltes, Lächeln umspielte ihre Mundwinkel und Xian Li sah sie verwirrt an, da ihr ein merkwürdiger Gedanke kam.

„Sag mir, Ehrwürdige, warum wusstest du schon von meinem Gespräch mit dem Wassergeist und warum scheinst du so sicher, dass er zu solch einer Zeremonie kommen wird?"

Maratjianween sah nun verlegen zu Boden. Es war ihr unangenehm, auf diese Frage zu antworten. Natürlich könnte sie ihr sagen, dass es ein religiöses Geheimnis war, doch wollte sie die Königin nicht anlügen.

„Nun…, es ist so… Eine Hohepriesterin und ein Wassergeist können durchaus mehr für einander empfinden, als nur eine religiöse Nähe… Kurz gesagt: Er ist mein Geliebter!"

Sie sah die sprachlose Xian Li an und sagte dann bestimmt: „Das ist aber unser Geheimnis, meine Königin!"

„So soll es sein, Ehrwürdige!"

Sie erhob sich wieder.

„Ich werde dann wieder gehen und mich um die Krone kümmern! Hab Dank, dass du mir deine Zeit gewidmet hast, ehrwürdige Maratjianween! Auf bald!"

„Das habe ich sehr gern getan! Auf bald, meine Königin!"

Xian Li verließ den Tempel wieder und machte sich auf den Rückweg zum Palast.

Später am Nachmittag, ging sie zum besten Silberschmied der Stadt. Sie war verwundert, dass es in

Shèngdi überhaupt einen Silberschmied gab, schließlich verfügt das Reich über keine Silbervorkommen.

Als sie seine Werkstatt betrat, verneigte sich Yotrulanmeen ehrerbietig.

„Sei gegrüßt, meine Königin! Was führt dich in meine bescheidene Werkstatt?"

„Sei gegrüßt, Yotrulanmeen! Ich hätte da einen Auftrag für dich! Man sagt, du seist der beste Silberschmied, den es im Reich gibt! Und ich möchte dir daher die Gelegenheit geben, deinem Ruf gerecht zu werden und etwas Einmaliges zu schaffen!"

Gespannt sah der Mann sie an.

„Zunächst hätte ich aber eine Frage..."

„Meine Königin möchte wissen, wie ich Silberschmied in einer Stadt sein kann, die keine Silberader hat?"

Xian Li sah ihn überrascht an.

„Ganz genau! Woher kanntest du meine Frage?"

„Jeder, der mich zum ersten Mal besucht, stellt diese Frage. – Ursprünglich war ich nur ein Schmied, der kunstvolle Metallreifen für die Frauen des Reiches herstellte. Als wir über den Handel, bevor das Tal verschlossen wurde, Silber bekamen und ich feststellte, dass es sich viel leichter und kunstvoller bearbeiten ließ, als Eisen, habe ich mich darauf spezialisiert. Da nun wieder Silber gehandelt wird, kann ich also meinem Handwerk wieder nachgehen."

Sie nickte.

„Ich verstehe!"

Jetzt sah der Schmied sie fragend an und sie erklärte ihm, welchen Auftrag sie für ihn hatte: „Du sollst eine Königskrone erschaffen, die diesen Namen auch verdient! Meinst du, du bekommst das hin?"

„I... ich soll eine Krone machen", fragte er erstaunt.

„So ist es! Ich werde dir sagen, was ich mir vorstelle und du wirst mir dann sagen, ob das möglich ist!"

„Wie du es wünscht, Herrin!"

„Gut, dann höre mir jetzt genau zu! Also..."

Sehr genau beschrieb Xian Li dem Handwerker nun, wie sie sich die Krone vorstellte. Als sie fertig war, überlegte Yotrulanmeen eine ganze Weile, bevor er schließlich antwortete: „Ja, das würde sich machen lassen! Es fragt sich nur, wieviel Zeit ich dafür habe?"

„Fünf, höchstens sieben Tage!"

Der Silberschmied glaubte seinen Ohren nicht zu trauen und war nahe dran, in Ohnmacht zu fallen.

„Meine Königin! Ich bin Silberschmied und kein Magier! Wenn du mir gesagt hättest fünf Wochen, wäre es schon knapp geworden! Aber in fünf bis sieben Tagen? Das ist unmöglich!"

Wenn sie eine Krone für die Königin wollte, würde sich ihr Aufenthalt wohl noch etwas verlängern, überlegte sie. Aber vielleicht konnte sie die Zeitspanne doch verkürzen.

„Man sagte mir, dass auch dein ältester Sohn das Handwerk eines Silberschmieds gelernt hat und auch schon eine Werkstatt besitzt. Wie lange würdest du brauchen, wenn du mit ihm zusammenarbeiten würdest?"

Der Meister war scheinbar nicht ganz glücklich über diese Frage.

„Meine Königin, es ist so... er hat deshalb eine eigene Werkstatt, weil wir nicht gut miteinander arbeiten *können*. Eigentlich hatte ich angenommen, er würde meine Werkstatt übernehmen, doch wir streiten uns dauernd." Seufzend fügte er hinzu: „Ich hoffe, mein jüngerer Sohn wird mir einmal nachfolgen."

Xian Li nickte, dann fragte sie: „Was denkst du, könntest du mit deinen beiden Söhnen das Werk in drei Wochen schaffen, wenn ich dir eine entsprechende Entlohnung in Aussicht stelle?"

Das Wort »Entlohnung« ließ ihn, wie jeden Handwerker, hellhörig werden. Wenn eine Königin davon sprach, konnte es die Summe wert sein, sich mit seinem Sohn zu versöhnen, vorausgesetzt, dieser sah das ebenso.

„Über welche Summe reden wir denn, meine Königin?"

Sie nannte einen Betrag und Yotrulanmeen hätte fast einen Herzschlag bekommen. Für *diese* Summe würde er sogar mit seinem ärgsten Feind zusammenarbeiten, wenn er einen hätte.

„Es *ist* möglich, meine Königin! Ganz gewiss ist es möglich!"

„Gut, dann erwarte ich dich, mit der Krone, im Palast, in genau drei Wochen, von heute an! Jeder Tag, den du länger brauchst, wird deine Entlohnung deutlich reduzieren! Und selbstverständlich erwarte ich von dir eine tadellose Arbeit! Vergiss nicht, man wird dich in Erinnerung behalten, als denjenigen, der die Krone von Shèngdi geschaffen hat!"

„Jawohl, meine Königin!"

„Dann mach dich gleich an die Arbeit! Also, bis in drei Wochen, Yotrulanmeen!"

Er verneigte sich wieder. „Bis in drei Wochen, meine Königin!"

Sie verließ die Werkstatt wieder und er rief nach seinem Sohn und befahl ihm: „Lauf sofort zu deinem Bruder und bitte ihn, herzukommen! Sage ihm, dass es sich für ihn mehr als lohnen wird!"

„Ja, Vater!" Der junge Mann verließ die Werkstatt und Yotrulanmeen machte sich daran, das Material zusammenzusuchen, dass er für die Krone brauchen würde. Einen Moment bleib er stehen und dachte über die Worte der Königin nach: Man würde sich an ihn erinnern, als den der die Krone von Shèngdi geschaffen hat... Er würde sein größtes Meisterwerk erschaffen!

Bald kamen seine Söhne zurück und sein ältester wollte wissen, was denn so dringend sei.

„Wir sollen in drei Wochen eine Königskrone fertigen und allein kann ich das niemals schaffen! Darum brauche ich deine Hilfe! Wirst du bitte mit mir zusammenarbeiten?"

„Mein Bruder sagte, es würde sich mehr als lohnen, was meinte er damit?"

Sein Vater nannte ihm die Summe, die die Königin in Aussicht gestellt hatte, wenn sie rechtzeitig fertig würden und der älteste Sohn erschrak nicht schlecht.

„Er hat die Wahrheit gesagt! Das ist *mehr* als lohnend!"

Einen Moment später sagte er: „Du kannst auf mich zählen, Vater!"

„Das ist sehr schön, mein Sohn! Nun höre zu, wie die Krone aussehen soll!"


Am nächsten Morgen sandte Xian Li einen Boten zu Maratjianween, der der Hohepriesterin mitteilen sollte, wann das Ritual voraussichtlich durchzuführen wäre.

Es war ihr nicht ganz recht, dass sich ihre Rückkehr dadurch noch verzögern würde, aber andererseits konnte sie dadurch alle anderen Dinge, die sie noch tun wollte, ruhiger angehen, als sie es geplant hatte.

Am Abend noch, war ihr eingefallen, dass es bei ihrer Rückkehr in ihrem Dorf Schwierigkeiten geben könnte, wenn sie allein zurückkam, schließlich war sie zusammen mit Feng Hu aufgebrochen und dieser würde sicherlich nicht wieder mit zurückkommen wollen. Daher könnten die Dorfbewohner ihr unterstellen, sie habe ihm etwas angetan, schließlich wusste jeder dort, welche Spannungen bisweilen zwischen ihnen geherrscht hatten. Sie war darum zu dem Schluss gekommen, dass es nötig sein würde, etwas zu haben, das beweisen konnte, dass sie hier war und was hier geschah.

Als sie wieder im Thronsaal war, rief sie Dotohereen zu sich.

„Was kann ich für meine Königin tun?"

„Du bist ja nicht nur Hofsekretär, sondern auch Chronist, richtig?"

„So ist es!"

„Dann habe ich eine Aufgabe für dich! Sicher hast du alles aufgeschrieben, was ich hier in Shèngdi getan habe!"

Er nickte eifrig. „Natürlich! Es gibt keine Tat der Königin Xian Li, die nicht in die Chronik eingetragen worden wäre!"

„Sehr schön! Könntest du mir davon eine Abschrift anfertigen und das auch vielleicht in der Sprache der Außenwelt?"

Dotohereen glaubte sich verhört zu haben. Eine Abschrift und noch dazu in Chinesisch[24]?

„Darf ich mir die Freiheit nehmen und meine Königin fragen, zu welchem Zweck" fragte er vorsichtig.

Es war ihr klar gewesen, dass sie ihn in dieses Geheimnis einweihen musste, wenn sie ihn um die Abschrift bat.

„Was ich dir jetzt erzähle, Dotohereen, ist strengstes Reichsgeheimnis! Du wirst unter keinen Umständen etwas darüber erzählen! Hast du verstanden?"

„Ich habe verstanden, meine Königin!"

„In einigen Wochen werde ich in die Außenwelt zurückkehren, da meine Aufgabe hier erfüllt ist! Ich möchte etwas als Erinnerung mitnehmen, das mir zeigt, was geschehen ist. Schließlich war ich lange hier und alles davon kann ich mir nicht merken!"

Dotohereen konnte sein Entsetzen über diese Nachricht nicht verbergen. Die beste und beliebteste Königin, die Shèngdi je hatte, würde das Reich verlassen... Welch ein Verlust würde das sein. Doch sie war eine Außenweltlerin und wohl von Maratjianween nur aus dem Grund gerufen worden,

---

[24] Der Schreiber weiß durchaus, wie die »Sprache der Außenwelt« heißt

das Reich zu retten und es wieder zu Wohlstand zu führen. Nun, da ihre Aufgabe erfüllt war, wie sie gesagt hatte, würde wohl wieder ein Herrscher aus Shèngdi den Thron besteigen. Doch dieser würde großen Spuren folgen müssen, die Xian Li in der Geschichte Shèngdis hinterlassen hatte. Da er vermutete, dass die Königin ihre Nachfolgerin bereits in der Verfügung vor der Schlacht festgelegt hatte, würde also Liyanshimeen ihr auf dem Thron nachfolgen. Das beruhigte ihn dann doch, denn niemand anderes würde diese Aufgabe schaffen, als nur die Hofmarschallin.

Nachdem er sich wieder gefangen hatte, sagte er: „Selbstverständlich werde ich darüber schweigen, meine Königin! Und ich werde dir die Abschrift anfertigen, wie du es gewünscht hast! Ich hoffe, du kannst meine Schrift dann auch lesen, denn ich bin sehr ungeübt in Chinesisch zu schreiben!"

Xian Li erinnerte sich, dass das Artefakt, dessen Teile sie, in ihrem Gewand versteckt, bei sich trug, da Abhilfe schaffen konnte. Sie ließ die Hand in die Tasche ihres Gewandes gleiten und umfasste beide Teile, dann gab sie dem Schreiber die freie Hand, wie um ihm zu danken und sagte: „Ich bin sicher, dass du das ohne Probleme schaffen wirst!"

„Ich werde mich sogleich an die Arbeit machen, denn du hast sehr viel hier getan, meine Königin!"

Sie nickte ihm zu und er verließ den Thronsaal wieder.

‚Vielleicht wird er sich wundern, wie gut er Chinesisch schreiben kann, aber wahrscheinlich wird er sich nur freuen, wie gut er es beherrscht', dachte sie.

Es waren genau drei Wochen vergangen, seit Xian Li die Krone in Auftrag gegeben hatte und sie war gespannt, ob Yotrulanmeen fertig geworden war, oder ob er sich verspäten würde. Doch kaum, dass die Zeit der morgendlichen Audienzen begonnen hatte, wurde ihr der Silberschmied gemeldet.

„Meine Königin, der Silberschmied Yotrulanmeen wünscht die Königin zu sprechen", meldete Dotohereen.

„Er möge eintreten!"

Der Hofsekretär verließ den Saal wieder, um den Angekündigten hereinzuführen. Währenddessen bat Xian Li Liyanshimeen, kurz den Thronsaal zu verlassen, denn noch sollte sie die Krone nicht zu sehen bekommen.

Kurz danach wurde Yotrulanmeen hereingeführt, beugte vor dem Thron das Knie und wartete, dass die Königin ihn ansprach.

„Erhebe dich, Yotrulanmeen! Was hast du mir zu berichten?"

„Meine Königin, ich darf dir mitteilen, dass die Krone, die du in Auftrag gegeben hast, fertig gestellt ist. Wenn du es erlaubst, wird mein ältester Sohn sie nun hereinbringen. Ich habe ihn mitgebracht, damit auch er vor dich treten darf, denn ohne ihn hätte ich es nie schaffen können!"

Xian Li nickte und der Silberschmied ging zur Tür des Thronsaals und holte seinen Sohn. Dieser trug eine Schatulle, aus der sein Vater bereits am Eingang die Krone entnahm und zum Thron brachte, um sie der Königin zu präsentieren.

„Hier ist die Krone, meine Königin! Ich hoffe, sie entspricht dem, was du dir vorgestellt hast."

Vorsichtig nahm sie ihm die Krone ab und betrachtete das filigrane Gebilde eingehend. Genauso hatte sie sich das vorgestellt. Yotrulanmeen hatte ihre Ideen genauestens umgesetzt und auch die Zeit eingehalten.

„Das habt ihr fantastisch gemacht! So sollte sie sein! Ich bin sehr zufrieden! Du hast dir deine Entlohnung mehr als verdient!"

Der Silberschmied senkte den Kopf und meinte: „Ich bin glücklich, unserer Königin dienen zu können!"

Sie rief nun den Sekretär wieder herein und gab ihm den Auftrag, Yotrulanmeen und seinen Sohn zu dem neuen Minister für Finanzen zu bringen, damit die Entlohnung ausgezahlt werden konnte.

„Doch vorher, Dotohereen, stellst du zwei Urkunden aus. Eine für Yotrulanmeen und eine für seinen Sohn, denn ich ernenne sie hiermit beide zu Königlichen Hofsilberschmieden!"

Die so Geehrten, sahen sie nur sprachlos an, dann beugten sie die Knie und senkten den Kopf. Yotrulanmeen fand als erster die Sprache wieder und sagte: „Edle Königin, ich danke dir, aus der Tiefe meines Herzens, für diese Ehre!"

Auch sein Sohn dankte Xian Li für die, ihm gewährte Ehre, dann führte Der Hofsekretär sie zum Minister, damit sie ihre wohlverdiente Bezahlung erhalten konnten.

Nachdem Dotohereen die beiden Silberschmiede hinausgeführt hatte, sah Xian Li einen Moment vor sich hin. Jetzt war die Zeit nahe herbeigekommen, in der sie wieder in die Außenwelt gehen würde. Viel blieb ihr hier nicht mehr zu tun. Wenn das magische Ritual, das die Krone mit der Kraft von Aranee aufladen würde, abgeschlossen war, würde noch die feierliche Krönung von Liyanshimeen zur neuen Königin Shèngdis folgen. Danach würde sie sich noch von den Leuten, die hier ihr Leben begleitet und geprägt hatten, verabschieden und dann würde ihr Aufenthalt in Shèngdi beendet sein.

Jetzt, wo sie wusste, dass sie gehen würde, dachte sie immer einmal wieder an Begebenheiten hier, die wirklich schön gewesen waren und wenn sie das tat, passierte es des öfteren, dass auch der »harten Kämpferin«, ein paar Tränen über die Wangen liefen.

Doch noch war es nicht soweit, daher schob sie diese Gedanken von sich, atmete tief durch und rief wieder ihre Hofmarschallin herein.

„Liyanshimeen, ich muss dringend etwas zu Maratjianween bringen, was keinen Aufschub duldet. Warten noch Bittsteller draußen?"

„Nein, meine Königin!"

„Sehr schön, dann werde ich mich gleich auf den Weg machen!"

Die Hofmarschallin nickte und Xian Li nahm die Schatulle unter den Arm und machte sich auf.

Diesmal brauchte sie nicht erst eine der Priesterinnen bitten, vorgelassen zu werden, sondern Maratjianween selbst erwartete sie schon und Xian Li fragte sich, einmal mehr, woher die Hohepriesterin das immer so genau wissen konnte.

„Ich grüße dich, meine Königin", empfing Maratjianween sie.

„Sei gegrüßt, Ehrwürdige!"

„Es ist alles für das Ritual vorbereitet! Bitte folge mir in meine Gemächer!"

Als sie die Tür ihres Zimmers geschlossen hatte fragte sie: „Hast du das Artefakt auch dabei?"

„Selbstverständlich!"

„Dann tue jetzt genau, was ich dir sage..."

Nun hielt die Hohepriesterin das geheime Ritual ab, dass die Krone zu einem unlösbaren Bestandteil der Königswürde von Shèngdi machte. Niemand würde mehr den Thron des Reiches besteigen können, nur weil er das Artefakt von Aranee besaß. Darum krönte Maratjianween Xian Li zur Königin, auch wenn es nur noch für einen kurzen Zeitraum war. Aber schließlich sollte sie ja noch die Königin sein, bis Liyanshimeen gekrönt wurde.

Es war Xian Li noch etwas durch den Kopf gegangen, dass sie mit Maratjianween unbedingt klären wollte.

„Ehrwürdige Maratjianween, erlaube mir bitte eine persönliche Frage."

„Was möchtest du wissen, mein Kind?"

„Bist du nicht eifersüchtig, dass Liyanshimeen meine Nachfolgerin werden soll und nicht du? Immerhin war Kijantjianween dein Mann und wolltest du nie Königin werden? Schließlich hast du fünfzehn Jahre für das Reich gearbeitet."

„Nein, Xian Li, ich habe nie Königin werden wollen! Ja, ich habe all die Jahre das Reich im Gleichgewicht gehalten, aber seine Königin wollte ich nie sein. Die Götter haben es sehr gut geführt, dass ich nun Hohepriesterin bin. Auch wenn ich es am Anfang nicht so sehen konnte, ist es doch ein Amt, das mir ganz entspricht. Hier kann ich mich mit all meinen Gaben und Fähigkeiten einbringen. Als Königin könnte ich das nicht. Selbst wenn du mir die Königswürde angeboten hättest, würde ich sie abgelehnt haben. Es gibt niemanden, der die Fähigkeit hat, deine Nachfolgerin auf dem Thron zu werden, als nur Liyanshimeen. Und auch, wenn es dich jetzt irritieren wird, lass mich sagen: Sie wurde dazu geboren!"

Bevor Xian Li etwas erwidern konnte fuhr Maratjianween fort: „Ich werde dir alles offenbaren, wenn die Zeit da ist, aber noch ist es eine kleine Weile hin! Daher übe dich noch ein wenig in Geduld, mein Kind!"

„Wie du es wünscht!"

„Das tue ich! Und nun erlaube mir, dass ich dich bitte zu gehen, edle Königin! Das Ritual hat mich viel meiner Kraft gekostet und daher muss ich ein wenig ruhen."

„Das ist verständlich. Auf bald, Ehrwürdige!

„Auf bald, meine Königin!"

Xian Li verließ den Tempel wieder und war einmal mehr verwirrt, über das, was Maratjianween gesagt hatte. Es war nicht das erste Mal und, ihrer Andeutung nach, auch nicht zum letzten Mal.

‚Warum nur spricht diese Frau immer in Rätseln? Von Beginn an, wäre vieles so viel einfacher gewesen, wenn sie mir mehr erzählt hätte‘, dachte sie. 'Aber scheinbar ist sie nun einmal so. Vielleicht hat sie auch gute Gründe dafür, wer weiß.‘

Kurz nachdem sie in den Palast zurückgekehrt war, rief sie Liyanshimeen zu sich, um ihr mitzuteilen, was in den nächsten Tagen passieren würde.

„Also, Morgen werden wir die Minister und den Hofstaat im Thronsaal versammeln und ich gebe bekannt, dass ich abdanken werde und dich zu meiner Nachfolgerin bestimmt habe. Am Tag darauf wirst du, in einer feierlichen Zeremonie, zur Königin werden und zwei Tage später gehe ich dann zurück in die Außenwelt."

Traurig sah Liyanshimeen zu Boden.

„Kannst du denn nicht einfach bleiben, wenn du keine Königin mehr bist? Dann hast du doch keine Pflichten mehr und kannst tun und lassen, was du willst. Du wirst mir sehr fehlen!"

Xian Li fasste sie bei den Schultern. „Sieh mich an, Liyanshimeen! Ich gebe zu, die Idee war mir auch schon gekommen, aber es zieht mich dennoch in die Außenwelt. Ich möchte wieder die sein, die ich war und nicht als ehemalige Königin durch die Lande ziehen. Außerdem bekommst du mich dann auch nicht mehr zu sehen, denn ich werde nur eine einfache Bürgerin sein, die im Palast nichts mehr zu suchen hat!"

„Und wenn ich dir Amt und Titel gäbe?"

Lächelnd schüttelte Xian Li den Kopf. „Lass gut sein. Liyanshimeen. Wenn du mir das gibst, bin ich wieder an ein Amt gebunden und ich gehe ja deshalb in die Außenwelt zurück, damit ich davon freikomme!"

Seufzend meinte sie: „Du hast recht! Daran habe ich nicht gedacht!"

„Wenn du mich nur in deinem Herzen behältst, werde ich nie weit weg sein!"

Liyanshimeen nickte und rang um ihre Fassung. Um ihr zu helfen, kehrte Xian Li nun wieder zum Ausgangspunkt ihre Gespräches zurück: „Auch wenn du es kaum glauben wirst, so habe ich doch schon die Zeremonie, mit der du Königin wirst, vorbereitet."

Die Hofmarschallin glaubte ihren Ohren nicht trauen zu können. Diejenige, die stets um Zeremonien und Protokolle einen möglichst großen Bogen machen wollte, hatte eine Zeremonie vorbereitet? Das grenzte an ein Wunder.

„Weihst du mich darin ein, oder werde *ich* diesmal ins kalte Wasser geworfen?"

„Nein, wirst du nicht! Morgen, nachdem ich verkündet habe, dass ich abdanken werde, wirst du mich, zusammen mit deiner Zofe, in meine Gemächer begleiten. Dort wirst du mein Staatsgewand anprobieren, denn wir werden es nicht schaffen, dass wir dir, bis Übermorgen, etwas eigenes schneidern lassen können. Lediglich ein paar Änderungen an meinem Gewand, wären möglich, falls das überhaupt nötig sein sollte. Und da ich es nicht mitnehmen will, wird es ohnehin hierbleiben müssen. In diesem Gewand wirst du dann hier im Thronsaal erscheinen. Ich übergebe dann der Hohepriesterin symbolisch die Königswürde, die sie dann auf dich übertragen und dich damit zur Königin weihen wird. Danach erhältst du eine Umarmung von mir, dabei übergebe ich dir das Artefakt von Aranee. Die Zeremonie wird vor dem Ministerrat, dem Hofstaat und den Oberen des Volkes abgehalten werden. Anschließend trittst du auf den Balkon und zeigst dich dem Volk, als seine neue Königin, Liyanshimeen die Erste! Das wäre alles."

„Was das Artefakt betrifft, so habe ich noch Sorge, ob ich damit umgehen kann."

„Das kannst du, sei unbesorgt! Du bist eine genauso starke Frau, wie ich und kannst das Artefakt kontrollieren. Außerdem hat Maratjianween mit einem magischen Ritual dem Artefakt das Böse genommen. Es ist noch immer genauso mächtig, nur kann es den Träger nun nicht mehr zum Bösen verleiten. Wir haben das beschlossen, weil es nicht gut ist, wenn ein Herrscher in ständiger Angst leben muss, unbewusst etwas Böses zu tun."

Aufatmend sagte Liyanshimeen: „Das ist gut! Hast du dir auch etwas einfallen lassen, dass nicht jeder, der das Artefakt berührt, König wird?"

„Ja, habe ich! Du hast mich doch gestern mit der Schatulle zu Maratjianween gehen sehen, oder?"

„Sicher! Du hast es mir ja angekündigt."

„Darin befand sich die Lösung des Problems. Shèngdi verfügt nun über eine Königskrone! Und diese wurde mit dem Artefakt verknüpft. Nur wer das komplette Artefakt *und* die Krone in seinem Besitz hat, ist der rechtmäßige Herrscher Shèngdis. Selbst wenn ein Teil des Artefaktes, oder sogar das ganze Artefakt, gestohlen würde, wäre der Dieb nicht König und er kann auch nicht die Kraft des Artefaktes nutzen, um an die Krone zu kommen."

„Du hast den Herrschern, die dieses Reich führen werden, eine große Angst genommen, Xian Li. Ich bin dir zutiefst dankbar, denn du hast alles gelöst, was mich belastet hat, seit ich weiß, dass ich deine Nachfolgerin werden soll. Danke!"

Lächelnd meinte die Angesprochene: „Ich habe dir doch gesagt, dass ich viel beruhigter zurückgehen kann, wenn ich dich geschützt weiß!"

Nach einem Moment der Stille entschieden beide, dass es Zeit war, den Tag zu beenden und sich auszuruhen.

Als die Königin am nächsten Morgen den Thronsaal betrat, wies sie Dotohereen sogleich an, dass der gesamte Ministerrat und der Hofstaat sich unverzüglich einzufinden hätten, da sie etwas Wichtiges zu verkünden habe.

Wie gewohnt war der Sekretär schnell unterwegs und nach nicht allzu langer Zeit, waren alle versammelt.

Nachdem sie einmal tief Luft geholt hatte, begann Xian Li mit ihrer Ankündigung: „Ich gebe jetzt dem Ministerrat und dem Hofstaat bekannt, dass ich morgen abdanken und dann in die Außenwelt zurückkehren werde!"

Es war totenstill im Thronsaal und alle standen starr vor Schreck und vermochten nicht zu glauben, was sie eben gehört hatten. Doch die Königin fuhr fort: „Ich habe die Hofmarschallin Liyanshimeen zu meiner Nachfolgerin bestimmt und sie wird morgen in einer feierlichen Zeremonie zur Königin Shèngdis gekrönt werden. Diese Zeremonie, die hier im Thronsaal stattfinden wird, soll für alle Zeiten die Art und Weise sein, wie der Herrscher dieses Reiches auf den Thron kommt! Das soll als ein Erlass so aufgeschrieben werden! Ein jeder soll morgen hier in seinem besten Gewand erscheinen! Ich weiß, dass Liyanshimeen die Erste, das Reich ebenso gut, wenn nicht besser, führen wird und Shèngdi unter ihrer Herrschaft weiter wachsen und blühen wird!"

Sie machte eine Pause und langsam löste sich die Schreckensstarre ihrer Zuhörer, denn jeder wusste um die Fähigkeiten der Hofmarschallin.

Xian Li sprach weiter, damit nicht jemand auf die Idee käme, sie überreden zu wollen, zu bleiben: „Ich bin hier her gerufen worden, um das Reich wieder aufzurichten und diese Aufgabe ist abgeschlossen. Daher muss das Reich nun wieder eine Königin haben, die aus Shèngdi kommt und nicht mehr von einer Außenweltlerin regiert werden!"

Einen Moment ließ sie die Worte noch wirken, dann schickte sie alle an ihre Arbeit zurück.

Als sie wieder allein waren, fragte Liyanshimeen: „Und du bist dir immer noch sicher, dass ich die richtige Wahl bin?"

„Wir sind doch immer ehrlich miteinander umgegangen, oder? Warum sollte ich dich dann also derart belügen? Und auch, wenn du es vielleicht nicht recht eingestehen magst: Du regierst dieses Reich schon seit Monden! Ohne dich wäre der Aufschwung, den das Reich erlebt hat, gar nicht denkbar gewesen. Was verstehe ich schon von der Verwaltung eines Reiches? Nichts! Also, nenne mir mal einen guten Grund, warum du nicht Königin sein kannst? Du bist zudem das Leben an einem Königshof seit vielen Jahren gewöhnt; ich habe mich nach mehr als einem Jahr noch immer nicht daran gewöhnt! Darum bist du die beste Nachfolgerin, die ich mir nur wünschen kann, Liyanshimeen!"

Der Tonfall zeigte der Hofmarschallin, dass Xian Li nicht mehr weiter darüber debattieren wollte. Stattdessen sagte sie: So, und nun komm mit, damit wir dein Staatsgewand anprobieren können!"

Liyanshimeen folgte der Königin nun in ihre Gemächer.


Die Ankündigung, dass die beliebteste Königin, die Shèngdi bis jetzt hatte, abdanken und in die Außenwelt zurückkehren würde, hatte für viel Bestürzung unter der Bevölkerung gesorgt, doch die Mitteilung, dass Liyanshimeen nun Königin werden würde, beruhigte die Leute wieder und trug dazu bei, dass man auch weiterhin zuversichtlich in die Zukunft blickte.

Zum festgesetzten Zeitpunkt fanden sich die Oberen und Würdenträger, des Reiches, die Minister und der ganze Hofstaat im Thronsaal ein. Wie es sich Xian Li gewünscht hatte, war auch Shan-Gōng zu den Feierlichkeiten erschienen, als Zeichen des Bundes zwischen ihm und der neuen Königin von Shèngdi. Seine Anwesenheit sorgte für großes Erstaunen und Freude.

Nun trat Xian Li vor den Thron und sprach: „Meine Aufgaben, für die ich hier her gerufen wurde, sind beendet und es ist daher an der Zeit, dass ich in die Außenwelt zurückkehre! So erkläre ich nun, dass ich, Königin Xian Li die Erste, hiermit abdanke und die Krone des Reiches weitergebe an Liyanshimeen, auf dass sie, als Liyanshimeen die Erste, dieses Reich weise und gerecht, in eine blühende Zukunft führen möge! So soll nun die Zeremonie ihrer Krönung beginnen!"

Sie nahm die Krone von ihrem Kopf und übergab diese an Maratjianween.

Während Liyanshimeen sich nun vor den Thron kniete, trat die Hohepriesterin mit der neuen Krone auf sie zu.

„Liyanshimeen, wirst du vor den Göttern und dem Volk von Shèngdi schwören, dass dein Wirken als Königin stets dem Wohl des Reiches gelten wird, dass du den Bund mit dem großen Shan-Gōng hältst und die Götter unserer Väter ehrst? Dann antworte mir: Ja, das werde ich von ganzem Herzen tun, das sollen die Götter bezeugen!"

Wie gefordert, leistete die künftige Königin den Schwur: „Ja, das werde ich von ganzem Herzen tun, das sollen die Götter bezeugen!"

Maratjianween setzte ihr nun die Krone auf ihr Haupt, dann trat Xian Li an die Königin heran, umarmte sie und übergab ihr dabei unbemerkt das Artefakt von Aranee. Sie trat einen Schritt zurück und beugte das

Knie vor der neuen Königin, als Zeichen, dass der Wechsel nun vollzogen war.

„So nimm auf dem Thron Platz, der die gebührt, Liyanshimeen die Erste", sprach die Hohepriesterin nun.

Als sie sich gesetzt hatte, trat Shan-Gōng an den Thron heran und sagte, so dass ihn alle verstehen konnten: „Edle Königin Liyanshimeen, ich bekräftige hiermit den Bund, den ich mit Shèngdi geschlossen habe. Er wird von meiner Seite Bestand haben, wenn er auch von euch gehalten wird!"

„Hab Dank, großer Shan-Gōng! Auch ich bekräftige diesen Bund und sage dem Volk, dass die Strafe, die Königin Xian Li für einen Verstoß ausgesprochen hat, seine volle Gültigkeit behält. Wer versucht, diesen Bund zu hintergehen, der soll durch das Schwert sterben, damit nicht der Zorn des großen Shan-Gōng wieder über Shèngdi kommt!"

Der Wassergeist trat nun wieder an die Seite der Hohepriesterin.

Jetzt schworen alle Anwesenden, von der Hohepriesterin, bis zu den Zofen, der Königin die Treue.

Dann war es an der Zeit, dass die neue Königin sich dem Volk zeigte. Sie trat auf den Balkon heraus, der sich über dem Eingang des Palastes befand und Dotohereen rief dem Volk zu: „Volk von Shèngdi, beugt eure Knie vor eurer Königin Liyanshimeen der Ersten!"

Die versammelte Bevölkerung sank auf die Knie und rief: „Lang lebe unsere Königin Liyanshimeen die Erste!"

Die Königin entbot dem Volk ihren Gruß, dann kehrte sie in den Palast zurück und damit war die Krönungszeremonie beendet.

Da Xian Li, die Königin um etwas ersuchen wollte, ließ sich auf ein Knie nieder, wurde aber sofort von Liyanshimeen aufgehalten.

„Ich kann nicht erlauben, dass eine Freundin vor mir auf die Knie fällt, Xian Li! Daher verfüge ich, dass du niemals vor mir das Knie beugen sollst!" Leise flüsternd fügte sie an: „Und sag ja nicht »meine Königin« zu mir!"

Xian Li flüsterte zurück: „Doch, öffentlich werde ich das tun, denn es soll niemand sagen können, dass ich die Königin respektlos behandele! Aber wenn wir allein sind, werde ich deinem Wunsch folgen."

So wurde auch Königin Liyanshimeen schnell vom Protokoll eingeholt.

„Meine Königin, erlaube nun, dass ich mich empfehle, denn ich möchte damit beginnen, mich zu verabschieden."

Leicht zuckte Liyanshimeen zusammen, als sie das Wort »verabschieden« hörte, dann nickte sie Xian Li zu. „Gewährt", sagte sie und Xian Li verneigte sich.


Zuerst suchte sie Irageween auf, denn sie würde in dieser Nacht nicht mehr im Palast nächtigen können, doch hatte Maratjianween ihr angeboten, im Tempel zu übernachten.

Als sie ihre ehemalige Zofe zu sich gerufen hatte, um ihr Lebewohl zu sagen, sah sie an ihren geröteten Augen, dass sie geweint hatte.

„Was ist geschehen, Irageween", fragte sie.

„Das fragst du? Du gehst wieder in die Außenwelt und ich werde dich sehr vermissen! Darum bin ich traurig und habe geweint!"

‚Wie gut ich das nachempfinden kann', dachte Xian Li, ‚auch ich werde viele hier sehr vermissen!'

„Ich werde dich auch vermissen, glaube mir! Darum will ich auch nicht gehen, ohne mich von dir zu verabschieden!"

„Was wird nun aus mir, wenn du fort bist?"

„Oh, ich bin sicher, dass die Königin gut zwei Zofen gebrauchen kann. Weißt du, sie legt doch mehr Wert auf ihr Gewand, als ich. Mach dir keine Sorgen."

Sie nahm die Zofe jetzt kurz in den Arm und drückte sie an sich. „Lebe wohl, Irageween!"

„Lebe wohl, Xian Li!" Man merkte an ihrer Stimme, dass sie sich sehr bemühte, nicht wieder zu weinen und es gelang ihr auch, zumindest so lange, wie Xian Li da war…

Bevor sie noch einmal Feng Hu und Liyanshimeen aufsuchen würde, machte sie sich auf den Weg zu Dotohereen und hoffte, dass er die Abschrift der Chronik, die sie betraf, fertig hatte.

Sie traf ihn, wie immer höchst beschäftigt und eifrig, an.

„Sei gegrüßt, Dotohereen!"

„Sei gegrüßt, Xian Li! Ich vermute, du kommst wegen der Abschrift deiner Chronik?"

„Ja! Hast du sie fertig bekommen?"

Er nickte. „Das habe ich. Wenn du allerdings noch die Ereignisse von heute darin haben möchtest, muss ich dich auf morgen vertrösten. Oder gehst du heute schon zurück?"

Sie schüttelte den Kopf „Nein erst morgen. Zumindest ist das mein Plan." Einen Moment überlegte sie, dann bat sie ihn: „Gib mir bitte die Abschrift, so wie sie ist. Ich glaube, ich möchte mein Abdanken gar nicht darin haben. Ich weiß es ja und das genügt!"

„Wie du es wünscht!"

Er kramte einen Moment in seinem Schreibpult, dann händigte er ihr die Rolle aus. „Hier ist sie!"

„Ich danke dir, Dotohereen! Dann nutze ich auch gleich die Gelegenheit, mich auch von dir zu verabschieden! Ich habe deine Arbeit stets sehr geschätzt und ich bin sicher, Liyanshimeen wird das auch tun!"

Sie reichte ihm zum Abschied die Hand. „Lebe wohl, Dotohereen!"

„So lebe wohl, Xian Li und mögen die Götter dich schützen!"

„Und dich auch!"

Als sie weitergegangen war stellte sie wieder fest: ‚Ich mag Abschiede nicht! Ganz und gar nicht, aber ich kann schließlich nicht gehen, ohne Lebewohl zu sagen. Alle werde ich ohnehin nicht aufsuchen können, aber von einigen *muss* ich mich einfach verabschieden…'

Bald hatte sie die Gemächer von Feng Hu und Liyanshimeen erreicht, denn noch waren sie nicht in die königlichen Gemächer umgezogen.

„Darf ich hereinkommen?"

Feng Hu sah sie irritiert an. „Natürlich darfst du das! Was soll die Frage?"

„Naja, immerhin bin ich keine Königin mehr und habe zu einigen Räumen im Palast darum keinen Zutritt mehr…"

„Unsinn" rief jetzt Liyanshimeen energisch. „Du kannst dich überall im Palast bewegen, das verfüge ich so!"

„Lass gut sein, ich bin ja nur mehr kurze Zeit hier."

„Egal! Und wer weiß vielleicht werde ich dich rufen, wenn unser Kind da ist, damit du es kennenlernst!"

Xian Li lächelte leicht. „Das würde ich dir sogar zutrauen!" Doch eigentlich war ihr eher zum Weinen zumute. Denn wenn ein Abschied wirklich weh tat, dann der von diesen beiden.

„Werdet ihr mich morgen zur Passage begleiten, oder wollen wir uns hier schon verabschieden?"

Liyanshimeen sah sie seltsam an. „Die Abschiede gehen dir sehr nahe, nicht wahr?"

Sie nickte. „Wie kommst du darauf?"

„Weil du so wirkst! Hast du vergessen, dass zumindest *ich* mitkommen *muss*? Wer sollte denn die Passage für dich öffnen, wenn nicht ich?"

„Und du glaubst doch wohl nicht, dass ich nicht auch mitkomme", warf Feng Hu ein.

Xian Li errötete. „Oh… ja, natürlich!"

Dann meinte sie: „Ich möchte dich gern noch etwas anderes fragen, Liyanshimeen. Denkst du, dass du als Königin nicht vielleicht zwei Zofen gebrauchen könntest? Als ich mich von Irageween verabschiedet habe, machte sie sich große Sorgen, was nun aus ihr wird. Ich habe ihr gesagt, dass du vielleicht zwei Zofen brauchst, weil du mehr Wert auf dein Gewand legst, als ich… Was meinst du?"

„Hmm… Ja, das ist eine gute Idee! Ich werde sie in meine Dienste nehmen."

„Danke!"

Liyanshimeen nickte, dann fügte sie an: „Und in ein paar Monden brauche ich auf jeden Fall noch eine Hilfe und wer weiß, ob sie nicht auch gern Kindermädchen ist."

„Sag mal", wollte Feng Hu nun wissen, „wo wirst du eigentlich die Nacht verbringen? Willst du nicht im Palast bleiben?"

„Natürlich wird sie das!"

Xian Li jedoch schüttelte den Kopf. „Nein, das werde ich wohl nicht. Ich habe bereits Maratjianween gefragt, ob ich im Tempel übernachten kann. Schließlich wusste ich nicht, dass du mir noch immer überall Zugang gewähren würdest. Da ich mich aber auch noch von Shan-Gōng verabschieden möchte und natürlich auch von Maratjianween, passt es mir ganz gut, dass sie mir einen Platz dort angeboten hat."

„Das verstehe ich allerdings! Der Weg ist doch recht weit" sagte Liyanshimeen. „Dann treffen wir uns morgen wieder?"

„Das werden wir! Kannst du es vielleicht einrichten, dass wir uns um die Mittagsstunde am Rand der Stadt treffen, dort wo der Weg beginnt, den du uns damals geführt hast?"

„Das ist kein Problem!"

Mit einem leichten Seufzen meinte Xian Li nun: „Dann werde ich jetzt gehen und mich weiter verabschieden."

„Bis dann, Xian Li!"

„Bis dann!"

Sie verließ nun endgültig den Palast, der doch einige Zeit ihr zu Hause gewesen war. Kurz erinnerte sie sich, wie dieses Juwel der Baukunst Shèngdis aussah, als sie es zum ersten Mal betrat, um darin nach dem Teil des Artefaktes zu suchen...

Jetzt war der Palast wieder das Schmuckstück des Reiches und sie war Stolz auf ihren Beitrag dazu.

Doch jetzt war es an der Zeit, ihm den Rücken zuzuwenden und wieder in ihr Leben zurückzukehren.

Es dauerte einige Zeit, bis sie am Ufer des Flusses angekommen war. Jetzt war der Moment gekommen, sich von dem großen Shan-Gōng zu verabschieden. Sie dachte daran, wie sie ihn zum ersten Mal getroffen hatte und er ihr gleich einmal angedroht hatte, sie zu einem Häufchen Asche zu verbrennen, dann aber doch bereit war, mit ihr einen Bund zu schließen, der auch weiterbestehen würde. Sie erinnerte sich, wie er dann die Stadt vor den verräterischen Banditen gerettet hatte, sie heilte und ihr sagte, dass sie seine Freundschaft gewonnen hätte. Und auch wenn sie sich nun von ihm verabschieden musste, so wusste sie doch, dass er sich bis zum Ende der Zeiten an sie erinnern würde.

„Großer Shan-Gōng, bitte erweise einer Sterblichen die Ehre deiner Gegenwart!" rief sie in den Fluss hinein.

Es dauerte nicht lang und schon stieg der Wassergeist aus dem Fluss.

„Du kommst, um dich zu verabschieden?"

Auch ohne das Artefakt von Aranee konnte sie ihn verstehen, da er das wollte.

„So ist es! Ich werde morgen in die Außenwelt zurückkehren, um wieder an meiner Seele zu gesunden."

Er nickte bedächtig. „Das ist eine gute Entscheidung, edle Xian Li!"

„Ich werde dich sehr vermissen, großer Shan-Gōng!"

„Ich dich auch, Xian Li! Du hast mir ein völlig neues Bild der Menschen geschenkt. Nie zuvor ist mir jemand begegnet, der mich als Freund behandelt hat, der offen und ehrlich und ohne magische Tricks mit mir umgegangen ist. Und wenn Könige, wie du und Liyanshimeen den Thron Shèngdis besteigen, so kann dieser Bund, den wir geschlossen haben, noch lange bestehen."

Kurz unterbrach er sich, dann hub er wieder an: „Sollten wir uns je wiedersehen, so rufe mich ein wenig anders. Bitte darum, einer Freundin die Ehre meiner Gegenwart zu erweisen. Denn das bist du, Xian Li und wirst es auch immer sein."

„Ich danke dir, großer Shan-Gōng!"

Für einen Moment schloss sie die Augen, dann sagte sie: „Nun ist es an der Zeit, dass wir uns Lebewohl sagen!"

Sie atmete tief durch, um zu verhindern, dass ihr die Tränen in die Augen traten.

„So lebe denn wohl, großer Shan-Gōng, mein Freund!"

„Lebe wohl, edle Xian Li, meine Freundin! Mögen die Götter mir dir sein, wohin du auch gehst!"

Er umarmte sie ein letztes Mal, dann sprang er zurück in den Fluss und wurde wieder ein mit den Wassern.

Sie sah noch einige Zeit in den Fluss und mühte sich, ihre Gefühle wieder unter Kontrolle zu bringen.

‚Mit jedem Mal wird es schwerer, nicht in Tränen auszubrechen‘, dachte sie ‚und dabei stehen mir die schwersten Abschiede erst noch bevor!‘

Tief seufzend wandte sie sich um und ging in den Tempel, wo sie ihre letzte Nacht in Shèngdi verbringen würde.

Am nächsten Morgen wurde Xian Li von einer der Priesterinnen geweckt.

„Xian Li, die Ehrwürdige bittet dich zu sich. Sie hat dir, in ihrem Gemach eine Mahlzeit herrichten lassen."

„Ich werde sie gleich aufsuchen! Sag, wo gibt es hier die Möglichkeit, sich zu waschen?"

Die Priesterin wies ihr den Weg und nachdem sie sich gereinigt hatte, ging sie zur Hohepriesterin.

Als sie eintrat verneigte sie sich. „Sei gegrüßt, ehrwürdige Maratjianween"

„Sei gegrüßt, Xian Li! Bitte, setze dich zu mir und iss etwas."

„Hab Dank, für diese Einladung!"

Die Hohepriesterin nickte ihr zu. „Schließlich wirst du Kraft für diesen Tag brauchen!"

‚Viel Kraft‘, dachte Xian Li. Schließlich musste sie sich von Maratjianween, Liyanshimeen und Feng Hu verabschieden und nicht zu vergessen, von Míngzhū und all diese Abschiede würden sehr weh tun.

Während sie aß, dachte sie zurück an den Moment, als sie Maratjianween zum ersten Mal sah, als Liyanshimeen sie in den, von Kerzen beleuchteten, Raum geführt hatte. Wie sie dann später auf dem Hauptplatz zu ihr kam und von ihr vor dem Volk rehabilitiert wurde. Sah, wie sie zur Hohepriesterin geweiht wurde und schließlich Liyanshimeen zur Königin gekrönt hatte. Obwohl sie auch Differenzen mit ihr hatte, war sie ihr ebenso ans Herz gewachsen, wie Feng Hu und Liyanshimeen.

Und nun musste sie sich auch von ihr verabschieden und erneut seufzte sie tief.

„Was ist mit dir, mein Kind?"

‚Wenn sie doch nur diese Anrede lassen würde… Aber das ist geistlichen Führern scheinbar eigen.'

„Kannst du dir das nicht denken? Jedes Mal, wenn ich mich verabschiede, komme ich den Tränen näher und bald kann ich sie auch nicht mehr zurückhalten."

„Und was ist so schlimm daran, wenn du weinst?"

„Ich spüre, dass es allen schon schwer genug fällt, sich von mir zu verabschieden. Soll ich es ihnen denn noch schwerer machen, indem ich in Tränen ausbreche?"

„Das nicht, aber deiner Seele würde es gut tun!"

Xian Li sah zu Boden. „Du hast wohl recht, aber dazu wird noch genug Zeit sein, wenn ich wieder in der Außenwelt bin. Denn ich werde euch sicher nie vergessen!"

„Und wir dich nicht, da kannst du ganz sicher sein!"

„So will ich mich denn auch von dir verabschieden, ehrwürdige Maratjianween. Ich hoffe, du hast es nie bereut, mich gerufen zu haben."

„Wenn ich durch die Stadt gehe und mich umsehe, so weiß ich, dass das alles nur deinetwegen noch steht. Ohne dich wäre Shèngdi verloren gewesen! Wie könnte ich da bereuen, dich gerufen zu haben?!"

„Am Anfang habe ich mich verflucht, dass ich in die Passage geklettert bin, aber nun bin ich froh, so viel hier getan zu haben und ich freue mich, dass Shèngdi wieder blüht."

„Und jeder freut sich mit dir!"

Einen Moment herrschte nun Schweigen, dann sagte Xian Li: „So lebe denn wohl, ehrwürdige Maratjianween! Mögen die Himmlischen dich behüten, wie ihren Augapfel und möge deine Weisheit alle erleuchten, denen du begegnest."

„Lebe wohl, Xian Li! Mögen dich die Himmlischen segnen und bewahren und möge es dir nie an Weisheit mangeln!"

Die Hohepriesterin umarmte Xian Li nun und diese verneigte sich noch einmal vor ihr, dann verließ sie den Tempel.

Zuletzt suchte Xian Li jetzt die Pferdekoppel auf, denn auch von Míngzhū musste sie sich schließlich verabschieden.

Sie trat an die Weide heran und ihr Stute kam sogleich auf sie zugelaufen und rieb ihren Kopf an ihrer Schulter. Ihr traten die Tränen in die Augen. Míngzhū war ihr so ans Herz gewachsen und es tat so unglaublich weh, sich von ihr verabschieden zu müssen.

Immer heftiger rieb die Stute nun ihren Kopf an Xian Li, als ahnte sie, was passieren würde und sie begann nervös zu schnauben.

Bald unbemerkt war Arotaneen an Xian Li herangetreten. Ruhig sprach er sie an: „Das geht nicht, Xian Li!"

Sie sah ihn fragend an. „Was meinst du?"

„Du kannst Míngzhū nicht hierlassen! Sie dir nur ihre Augen an! Sie merkt, dass du sie verlassen willst. Bitte, nimm sie mit dir in die Außenwelt! Sie wird eingehen, wenn du nicht mehr da bist! Du *darfst* sie nicht allein zurücklassen! Sie würde das nicht überleben, glaube mir!"

Xian Li seufzte, dann meinte sie: „Ich mag sie auch nicht verlieren, Arotaneen!"

Sie sah den Pferdemeister einen Moment lang an, dann erklärte sie: „Ich werde sie mitnehmen! Du hast recht, sie leidet jetzt schon mehr als ich! Hoffen wir mal, dass sich auch Pferde durch die Passage gehen können!"

Sie sah ihn an: „Dann hole mir bitte ihren Sattel und das Zaumzeug! Sie wird mich begleiten!"

Sie streichelte nun die Stute beruhigend und sagte ruhig: „Hab keine Angst, ich werde dich mitnehmen!"

Wie, wenn sie sie verstanden hätte, wieherte Míngzhū leise und hob den Kopf, als wollte sie sagen: «Dann lass uns losgehen!»

Als der Pferdemeister mit Sattel und Zaumzeug zurück war, sattelte sie Míngzhū, dann nahm sie sie am Halfter und führte sie mit sich, zu dem Treffpunkt, den sie mit Liyanshimeen und Feng Hu ausgemacht hatte.


Zusammen mit Liyanshimeen, die mit dem Artefakt die Passage öffnen musste, Feng Hu und Míngzhū, war Xian Li wieder zu der Felswand zurückgekehrt, in der sich die magische Passage befunden hatte, durch die sie und Feng Hu vor mehr als einem Jahr hergekommen waren.

Als sie sich gerade schweren Herzens endgültig verabschieden wollte, sah sie zu ihrer Überraschung, Maratjianween auf sich zu kommen. Von ihr hatte sie sich doch schon verabschiedet, welchen Grund konnte es also dafür geben, dass sie hier her kam.

„Ich grüße dich, Ehrwürdige! Was führt dich hier her?"

„Sei auch du gegrüßt, mein Kind!"

Noch immer hatte sich Xian Li nicht an diese mütterliche Anrede gewöhnt, die die Hohepriesterin entbot und sie verzog leicht das Gesicht.

„Du magst die Anrede nicht, oder?"

„Nicht wirklich, nein!"

Maratjianween schien es dabei zu belassen und beantwortete die Frage, die Xian Li gestellt hatte: „Zuerst möchte ich dich auf etwas aufmerksam machen! Erinnerst du dich, dass du mir vorgeworfen hast, ich hätte dich angelogen?"

„Ja…", antwortete Xian Li gedehnt.

„Ich hatte dir gesagt, als du ankamst, dass Liyanshimeen dich wieder in euer Dorf bringen würde, wenn deine Aufgabe abgeschlossen ist. Du hast das so gedeutet, dass du zurückkehren kannst, wenn du den Durchgang wieder geöffnet hast, aber das war nicht das, was ich gesagt hatte! Sieh dich einmal um, wer da steht!"

„Liyanshimeen!"

„Und warum ist sie hier?"

Irritiert antwortete Xian Li: „Um die Passage zu öffnen!"

„Sehr richtig! Nachdem deine Aufgabe nun abgeschlossen ist, wird dich Liyanshimeen wieder auf den Weg zu deinem Dorf bringen, wie ich es dir vorhergesagt habe! Ich habe also die Wahrheit gesprochen!"

„Oh…"

Xian Li sah zu Boden. „Entschuldige bitte meine Anklage, Maratjianween!"

Diese nickte, dann führ sie fort: „Aber ich hatte dir auch noch versprochen, dir etwas zu gegebener Zeit zu offenbaren… Diese Zeit ist nun gekommen!"

Sie machte eine kurze Pause und fragte sich, wie Xian Li das, was sie ihr zu sagen hatte, wohl aufnehmen würde.

„Ich muss dir dazu eine Geschichte erzählen: Vor vielen Jahren – es mögen nun bald dreißig sein – erwartete das königliche Paar von Shèngdi Nachwuchs und es wurde ihnen eine Tochter geboren. In der Nacht, nach der Geburt hatte die Mutter einen Traum. Sie sah, dass das Reich in schwere Not kommen würde und dass nur die Tochter, die sie gerade geboren hatte, Shèngdi würde retten können. Doch sah sie auch, dass sie das Kind würde loslassen müssen, da es hier, in Shèngdi, nicht das lernen konnte, was es brauchen würde, um das Reich zu retten. In ihrem Traum wurde ihr ein anderer Ort gezeigt und ein Paar, das sich ein Kind wünschte, aber keines bekommen konnte. Aber: dieser Ort war in der Außenwelt! Der Mutter des Mädchens wurde durch den Traum offenbart, dass sie sich nicht lange an ihrer Tochter würde erfreuen können, sondern diese weit fort geben musste, wenn das Reich überleben sollte. Ein schreckliches Schicksal für eine junge Mutter! Doch da sie begabt war, in die Zukunft zu sehen, wusste sie auch, dass alle hier, auch sie und das Kind, sterben würden, wenn sie es nicht tat. In einer dafür bestimmten Nacht, öffneten der König und seine Frau also eine Passage in die Außenwelt und übergaben das Kind dem auserwählten Paar. Diese versprachen, es aufzuziehen, wie ihr eigenes und Sorge zu tragen, dass es alles lernen würde, was nötig war. Doch zerriss es der Mutter fast das Herz, ihr kleines Mädchen abzugeben. In Shèngdi hingegen wurde verkündet, dass das Kind einige Tage nach der Geburt gestorben sei. Es war eine furchtbar schwere Zeit für beide Eltern. Zwar war ihre Tochter nicht wirklich tot, doch für sie machte das keinen Unterschied, denn sie war unerreichbar fern.

Die Mutter hatte aber durch ihre Begabung die Möglichkeit, das Mädchen aufwachsen zu sehen, das zu einer stattlichen jungen Frau wurde, die natürlich nichts über ihre Herkunft wusste. Eines Tages würde sie bereit sein, ihre vorbestimmte Aufgabe zu erfüllen, doch bis dahin sollten viele Jahre vergehen!"

Als Maratjianween mit ihrer Erzählung fertig war, regte sich in Xian Li ein Verdacht, daher fragte sie: „Hatte das Mädchen einen Namen?"

„Natürlich! Ihr wurde der Name Schijanliween gegeben."

Diese Ähnlichkeit konnte kein Zufall sein, dessen war sich Xian Li sicher, doch fragte sie weiter: „In der Außenwelt wurde ihr sicher ein anderer, vielleicht ähnlich klingender, Name gegeben, oder?"

Maratjianween nickte.

„Und ihre Pflegeeltern hießen nicht zufällig Wang Mei und Tao?"

„Nein, nicht zufällig! Es war so bestimmt!"

„Und ich nehme auch an, dass ihr leiblicher Vater später fünfzehn Jahre in ihrem Dorf lebte?"

„Genauso ist es – Schijanliween! Du siehst, es entbehrt nicht der Wahrheit, wenn ich dich mit »mein Kind« anrede! Und du siehst auch, dass ich weit mehr als nur fünfzehn Jahre für das Reich *alles* gegeben habe!"

Alle sahen Maratjianween geschockt an. Während Xian Li noch versuchte, ihre Gefühle zu ordnen, fragte Liyanshimeen verstört: „*Sie* ist dein Kind, Maratjianween?"

„Ja, das ist sie."

„Aber dann gehört sie doch auf den Thron, und nicht ich!"

Leise sagte Feng Hu zu ihr: „Sie war ja auch schon auf dem Thron, Lishi! So, wie es sich gehörte!"

Maratjianween hingegen antwortete: „Du bist, seit deiner Geburt, dazu bestimmt, die Königin Shèngdis zu sein, Liyanshimeen! Und auch diese Bestimmung hat sich nun erfüllt!"

Vorsichtig fragte Liyanshimeen nun: „Ich bin aber nicht auch deine Tochter, oder?"

„Nein, das bist du nicht! Auch wenn ich dich wie eine Tochter liebe!"

„Wie kann es dann aber sein, dass mir verheißen war, Königin zu werden? Mein Vater war kein Herrscher dieses Reiches?"

Die Hohepriesterin machte eine kurze Pause, dann sagte sie: „So lass mich nun auch dir, Liyanshimeen, eine kurze Geschichte erzählen: Lange bevor Kijantjianween der König von Shèngdi wurde, regierte ein legendärer König dieses Reich, über den nur noch wenige etwas, aus alten Legenden wissen. Er war ein weiser König und zugleich der größte Magier, den die Welt jemals gesehen hat. Als er alt geworden war und sich sein Leben dem Ende neigte, erschienen ihm die Acht Unsterblichen, die er mehr verehrte, als jeder andere im Reich. Sie sagten ihm, dass acht Herrscher auf dem Thron Shèngdis sitzen würden, von denen alle, bis auf den achten mit der Gabe der Magie gesegneten sein würden. Wenn der achte Herrscher den Thron verlassen hätte, würde wieder ein Mitglied aus des legendären Königs Linie den Thron besteigen, doch würde auch dieser nicht mehr magisch begabt sein. Der letzte König, der noch über Magie verfügte, war Kijantijanween. Der achte Herrscher war Schijanliween. Und nun sitzt eine Nachfahrin des legendären Königs Maktonshimeen auf dem Thron Shèngdis, wie es die Acht Unsterblichen verheißen hatten. Als du geboren wurdest, Liyanshimeen, konnte man sich nicht vorstellen, wie die Prophezeiung sich erfüllen könnte, denn du bist die letzte Vertreterin dieser Blutlinie und Kijantjianween war erst der siebte König. Als Schijanliween geboren wurde und ich die Vision über sie hatte, wusste ich, wie es möglich sein würde, dass du die verheißene neunte Königin nach Marktonshimeen sein würdest. Du siehst, es *ist* dir bestimmt, die Königin Shèngdis zu sein."

Die Königin sah Maratjianween nur vollkommen sprachlos an. Jetzt wusste sie, warum Kijantjianween sie so früh schon, zu seiner engsten Beraterin gemacht und stets darauf geachtet hatte, dass sie alles lernte, was zur Führung eines Reiches notwendig war.

Nun wandte sich Maratjianween wieder an Xian Li: „Und? Darf ich wissen, wie es dir jetzt geht?"

Langsam nickte ihre Tochter. „Seltsam geht es mir. Zuerst war ich kurz wütend, weil ich mich verstoßen fühlte, doch dann sah ich, was es dich gekostet hat, diesen Schritt zu tun, um ein ganzes Reich zu retten. Und nun, da ich weiß, dass ich hier eine Mutter habe, frage ich mich, ob ich nicht bleiben soll. Andererseits möchte ich auch mein altes Leben zurück! Aber: Welches ist eigentlich mein wirkliches Leben?"

„Ich habe hier etwas, dass ich dir geben möchte! Diesen Talisman hat mir Shan-Gōng für dich gegeben. Er besitzt die Macht, die Passage zu öffnen und auch, um mit Liyanshimeen oder mir sprechen zu können. Ich schlage vor, du gehst erst einmal zurück und nimmst dir Zeit zum Nachdenken. Wenn du dann möchtest, kannst du uns mitteilen, wie du entschieden hast. Und falls du hier leben möchtest, öffnest du die Passage und kommst her. Du kannst uns aber auch nur besuchen, wenn du nicht hier leben magst."

Sie hängte ihrer Tochter die Kette um. Einen Moment lang sah Xian Li sie an und überlegte eine Weile, dann nahm sie in den Arm.

„Ich danke dir, Mutter", sagte sie und spürte, wie ihre Wange feucht wurde, von den Tränen Maratjianweens.

„Nach fast dreißig Jahren, darf ich endlich hören, dass mein Kind zu mir »Mutter« sagt", flüsterte sie, „ich hatte nicht zu hoffen gewagt, dass mir das einmal vergönnt sein würde!"

Sie drückte Xian Li fest an sich. Eine Weile hielt sie ihre Tochter wortlos fest, um ihre Nähe zu genießen, dann ließ sie sie los und flüsterte: „Danke, Schijanliween"

Eine ganze Zeit lang sagte niemand etwas, doch jeder spürte, dass nun der Moment gekommen war, an dem es hieß, Abschied zu nehmen, auch wenn es wohl nicht für immer war, wie vorher alle gedacht hatten.

Xian Li straffte die Schultern, dann verabschiedete sie sich zunächst von Maratjianween: „Auf bald, Mutter! Und ich meine das auch so, denn wir werden uns wiedersehen!"

„Auf bald, mein Kind! Ich weiß, dass wir das werden!"

Sie umarmten sich noch einmal, dann wandte sich Xian Li an Feng Hu: „Dann sage ich auch dir nun: Auf bald, mein Freund!"

„Auf bald, Xian Li! Und ich hoffe, dieses »bald« wird nicht lange auf sich warten lassen!"

Sie nickte und wandte sich dann an die Königin: „Auf bald, Liyanshimeen, meine Königin und meine Freundin!"

„Auf bald, Xian Li, meine Freundin! Und vergiss nicht, es wird bald jemand da sein, der dich auch kennenlernen möchte..."

Xian Li lächelte. „Ich weiß und auch ich möchte euer Kind sehen. Wie hat meine Mutter doch ganz richtig gesagt, auch wenn ich nicht hier leben will, kann ich euch jederzeit besuchen!"

„Und du wirst uns immer willkommen sein!"

„Dann öffne nun bitte den Weg zurück in mein Dorf."

Liyanshimeen nickte, nahm das Artefakt aus der Tasche und öffnete die magische Passage.

Xian Li nahm Míngzhū am Zügel und ging mit ihr in den Felsgang hinein. Sie hoffte, dass der Ausgang auf der anderen Seite nicht zu hoch über dem Boden sein würde, denn dann würde der Ausstieg schwer für das Pferd.

Maratjianween, Liyanshimeen und Feng Hu sahen ihr noch einen Moment lang nach und jeder wischte sich ein paar Tränen aus den Augen, dann wandten sie sich um und gingen mit schwerem Herzen in die Stadt zurück, jeder mit der stummen Frage in sich, wann Xian Li zurückkehren und wie sie sich dann entschieden haben würde.


Wie Xian Li wusste, war die Passage nicht allzu lang und so waren sie bald am Ausgang angekommen. Sie spähte vorsichtig hinaus, ob jemand zu sehen war, aber offenbar hatte niemand bemerkt, dass sich die Öffnung im Fels wieder gezeigt hatte. Immerhin war es ja auch ein Stück bis zum eigentlichen Dorf; nur Quian Tian Wens Hütte hatte hier gestanden. Da sie zerstört war, gab es wohl für die Bewohner keinen Grund, hier zu sein.

Sie trat an den Rand und sah hinunter. Der Boden war nur knapp zwei CHI[25] tiefer, also für Míngzhū kein unüberwindliches Hindernis. Xian Li sprang zuerst aus dem Loch, dann führte sie ihr Pferd, am Zügel fassend, heraus und ging auf das Dorf zu. Es hatte sich nicht viel verändert, nur die Hütten, die das Unwetter zerstört hatte, waren wieder aufgebaut worden.

Bald hatte sie das Dorf erreicht und schon wurden die ersten auf sie aufmerksam und sogleich rief jemand: „Xian Li ist zurück!"

Schnell versammelten sich die ersten Leute um sie.

„Wo bist du so lange gewesen", fragte jemand und ein anderer schloss sich an: „Und wo ist Feng Hu?"

Sie blieb stehen und antwortete: „Ich bin im Königreich von Shèngdi gewesen und Feng Hu ist immer noch dort. Er hat geheiratet und wollte daher nicht wieder mit zurückkommen!"

Einen Moment sahen die Leute sie ungläubig an, bis einer rief: „Du lügst doch! In der Richtung, aus der du scheinbar kommst, liegt nichts! Was hast du mit Feng Hu gemacht?"

Xian Li zwang sich zur Ruhe. „Was glaubt ihr eigentlich? Wenn ich ihm etwas angetan hätte, denkt ihr, dann käme ich allein zurück, damit es jeder weiß?"

Plötzlich hörte man eine Männerstimme rufen: „Lasst sie in Ruhe! Sie sagt die Wahrheit!"

Alle drehten sich zu dem Rufer um und dieser bahnte sich den Weg nach vorn.

„Lasst sie in Frieden, bevor noch jemand zu Schaden kommt! Glaubt ihr, dass das, was sie auf dem Rücken trägt, Brotmesser sind? Sie würde eine halbe Armee damit schlagen können und von euch würde in

---

[25] altes chinesisches Längenmaß = 0,33 Meter

wenigen Augenblicken keiner mehr stehen! Glaubt mir, wenn ich euch sage, dass sie die Wahrheit spricht!"

„Onkel Lu!" Xian Li sah ihn erschrocken an. „Was weißt du…"

Er unterbrach sie leise: „Wir besprechen das gleich allein, Xian Li!" Dann wandte er sich wieder an die anderen: „Freut euch lieber, dass sie zurück ist. Und vergesst nicht, auch wenn ihre Geschichten manchmal sehr abenteuerlich waren, so hat sich immer gezeigt, dass sie nicht lügt! Darum habt ihr keinen Grund, sie der Lüge zu bezichtigen!"

Die Leute sahen zu Boden und zunächst schien es so, als würden sie nur gehen, doch dann sah eine ältere Frau auf und sagte: „Entschuldige, Xian Li!" Auch die anderen murmelten nun eine Entschuldigung.

„Wenn euch wirklich interessiert, wo ich war, was ich erlebt habe und wo Feng Hu ist, so kommt heute Abend auf den Dorfplatz und ich werde euch alles genau erzählen!"

Viele nickten, dann gingen sie wieder ihrem Tagwerk nach. Xian Li aber wandte sich an ihren Onkel: „Komm bitte mit in meine Hütte!"

Er folgte ihr und nachdem sie Míngzhū neben ihrer Hütte angebunden und sie mit Wasser und Futter versorgt hatte, setzte sie sich mit ihrem Onkel in ihrer Hütte nieder.

„Onkel Lu, woher willst du wissen, dass ich die Wahrheit gesagt habe?"

Schmunzelnd sah er sie an. „Weil ich weiß, dass es das Reich Shèngdi gibt; schließlich bin ich Wang Taos jüngerer Bruder!"

Ganz wohl war ihr bei seiner Stimmlage nicht. „Was weißt du denn?"

„Nun", antwortete er gedehnt, „alles?"

„Ach ja?"

Statt einer Antwort fragte er: „Wie geht es denn Maratjianween?"

Bevor sie sich von dem Schrecken erholt hatte, fügte er an: „Deiner Mutter!"

Fast tonlos fragte sie nur: „Woher weißt du?"

„Ich war in jener Nacht auch hier! Und ich wusste auch all die Jahre, wer Quian Tian Wen wirklich war, doch ich habe in jener Nacht mein Ehrenwort beschworen, es dir niemals zu sagen, bis du selbst die Wahrheit kennst!"

Sie war sprachlos vor Schreck und Staunen.

„Ich hoffe, du glaubst mir nun – Schijanliween!"

Noch unfähig zu sprechen, nickte sie nur, mit weit aufgerissenen Augen.

Es dauerte einige Zeit, bis Xian Li wieder fähig war, zu sprechen und auch Wang Lu schwieg in der Zeit.

„Versprichst du auch mir, es nie jemandem zu erzählen, Onkel Lu?"

„Natürlich! Und ich werde dich auch nicht wieder mit deinem Geburtsnamen ansprechen!"

„Danke! Eigentlich kenne ich meine Herkunft noch nicht einmal einen halben Tag lang. Erst kurz bevor ich zurückkam, hat sich meine Mutter mir offenbart. Es muss schwer für sie gewesen sein, mich über ein Jahr in ihrer Nähe zu haben und mir nicht sagen zu können, wer sie ist."

Lu nickte. „Aber das war vermutlich nur eine sehr kurze Zeit für sie, verglichen mit all den Jahren, in der sie dich nicht einmal *sehen* konnte!"

„Sicherlich! Kannst du mir sagen, was ich tun soll, Onkel Lu? Soll ich hier in der »Außenwelt« bleiben, wo ich lebe, so lange ich mich erinnern kann, oder soll ich nach Shèngdi zurückkehren, wo meine Mutter lebt?"

„Das kann ich dir nicht sagen, Xian Li! Nur du kannst das entscheiden, niemand sonst. Du solltest aber auch einmal überlegen, ob die Jahre deines Umherwanderns nicht allmählich zu einem Ende kommen sollten."

Irritiert sah sie ihn an. „Gerade *das* hat mir dort so gefehlt, dass ich fast wahnsinnig geworden wäre! Ich bin zurückgekommen um dieses Leben wieder führen zu können und du rätst mir, das aufzugeben?"

„Das habe ich nicht gesagt! Ich habe gesagt, du solltest mal *überlegen* ob das nicht *allmählich* zu einem Ende kommen *sollte*!"

„Ich verstehe, aber ich bin eine Einzelgängerin und ich fühle mich unwohl, wenn ich zu lange nicht ganz allein sein kann."

„Aber dazu musst du nicht zwingend umher-wandern…"

„Vielleicht werde ich auch *darüber* nachdenken müssen, aber im Moment muss ich wichtigeres entscheiden!"

‚Und vielleicht merkst du dabei auch, dass das eine mit dem anderen verbunden sein könnte', dachte Lu, sagte aber nichts weiter.

Als sich der Tag langsam neigte, ging Xian Li zum Dorfplatz, wie sie es angekündigt hatte. Und bald versammelte sich die ganze Dorfgemeinschaft, um ihre Geschichte zu hören. Sie zog die Abschrift der Chronik, die Dotohereen für sie angefertigt hatte, unter ihrem Umhang hervor und überflog sie kurz. Das Artefakt hatte ihn tatsächlich dazu befähigt, in sauberem Chinesisch zu schreiben, das wirklich jedermann würde lesen können. Fein säuberlich hatte er sie sogar in Abschnitte unterteilt, die er überschrieben hatte.

Xian Li wandte sich an die Bewohner: „Wie ich euch versprochen habe, erzähle ich euch nun, was sich so alles in den letzten, fast eineinhalb Jahren zugetragen hat und was Feng Hu und ich alles getan haben. Mein Onkel hat euch bereits gesagt, dass ich die Wahrheit gesagt habe und wirklich im Königreich von Shèngdi war. Wie ihr ja wisst, sind wir in ein Loch gestiegen, dass sich dort geöffnet hatte, wo sich einst Quian Tian

Wens Hütte befand, um zu erkunden, wie es entstanden war und wohin es führte."

Die, die damals dabei waren, wie Zhu Chan, nickten und Xian Li fuhr mit ihrer Erzählung fort: „Es zeigte sich schnell, dass es sich um einen Weg im Berg handelte und als wir ihm folgten, kamen wir in einen Talkessel, in dem sich eine Stadt befand, wie wir sie noch nie gesehen hatten."

Sie entrollte nun die Chronik.

„Der Chronist des Reiches hat für mich zusammengefasst, was dort geschehen ist. Den ersten Abschnitt hat er mit dem Titel »Die Suche« überschrieben…"

Bis tief in die Nacht las sie ihnen nun die Chronik vor und niemand dachte auch nur daran, schlafen zu gehen. Dafür war es viel zu interessant, was sie zu erzählen hatte.

Was aber weiter mit Xian Li geschah und wie sie sich entschieden hat… Nun, das ist eine andere Geschichte, die zu einer anderen Zeit erzählt werden soll.

# Der Legende Glossar

| | |
|---|---|
| Brandsatz | Ein chemisches Gemisch, das dem Schwarzpulver ähnelt und eine Explosion mit einer großen Feuerlohe auslöst. |
| bu | altes chin. Längenmaß = 1,67 Meter |
| Budai | Chinesische Göttin des Glücks und der Zufriedenheit. |
| chi | altes chin. Längenmaß = 0,33 Meter |
| Di-kang Wang | Chinesischer Gott des Jenseits. |
| Die Acht Unsterblichen | In der chinesischen Mythologie acht Götter (Lü Dongbin, Li Tiekuai, Zhongli Quan. Han Xiangzi, Cao Guojiu, Zhang Guolao, Lan Caihe und He Xiangu) |
| fen | altes chin. Flächenmaß = 66,67 m$^2$ |
| Gòng-Gōng | Chinesischer Wassergott ähnlich einer Schlange oder einem Drachen |
| Gun | Der **Langstab** ist ein Stab aus Hartholz oder Bambus, dessen Länge zwischen ca. 2,50 m und 3 m variiert. Der Kampf damit ist anspruchavoll, da eine Vielzahl von Techniken Anwendung findet, Von Schlag- und Stoßtechniken, bis zu Kung Fu-Techniken, bei denen der Stab zur Unterstützung verwendet wird. Da die Techniken, bei versierten Kämpfen, fließend ineinander übergehen können, ist auch die Verteidigung sehr anspruchsvoll. |
| Jiàn | Das **Schwert** hat meist eine leicht |

| | |
|---|---|
| | gebogene längliche Form und ist an der Spitze dicker als am Heft. Die Klinge ist biegsam und federnd. In China ist der Kampf mit zwei Schwertern gleichzeitig sehr verbreitet. Es erlaubt dem Kämpfer mit der einen Waffe abzuwehren und mit der anderen zur gleichen Zeit anzugreifen. |
| jin | altes chin. Gewicht = 500g |
| Lei Ku | Chinesischer Gott des Donners, der Wolken, des Sturms und des Regens. |
| Shàn | Für den Einsatz als Waffe wurden **Fächer** (Shàn) komplett aus gegeneinander beweglichen harten Scheiben gefertigt, die entweder aus Holz (z. B. Bambus) oder Metall bestanden. Die äußere Kante war sehr scharf, so dass der Fächer im aufgeklappten Zustand zum Schneiden verwenden werden konnte, während er in der eingeklappten Form als Hiebwaffe oder zum Stoßen taugte. Einige Fächer waren so gefertigt, dass sie im aufgeklappten Zustand arretiert werden konnten und so auch als Wurfwaffe zu verwenden waren. Der Fächer war die optimale Version einer versteckten Waffe, da er als Alltagsgegenstand ganz offen getragen werden konnte und damit sofort zur Verfügung stand, wenn dies nötig wurde. |

| Song Shan | Der heilige Berg Chinas. Dort befinden sich bedeutende Klöster, unter anderem auch das Kloster der Shaolin-Mönche. |
|-----------|-----------------------------------|
| Taklamakan | Die **Taklamakan-Wüste** ist die zweitgrößte Sandwüste der Erde. Sie erstreckt sich in Zentralasien im heutigen nordwestchinesischen Uigurischen Autonomen Gebiet Xinjiang durch den westlichen Teil des Tarim-Beckens. |
| Tian Shan | Das **Tian Shan-Gebirge**, das sich über die heutigen Staatsgebiete von China, Kasachstan, Kirgisistan, Usbekistan und Tadschikistan erstreckt, liegt westlich und nördlich des Tarimbeckens, östlich der Kysylkum, südöstlich der Kasachischen Schwelle und südlich des Hochbeckens von Dsungaristan. |
| yin | altes chin. Längenmaß = 33,3 Meter |
| zhàng | altes chin. Längenmaß = 3,3 Meter |